Melaten Macchiato

Ein KRIMINAListenROMAN

von
Bernhard Hatterscheidt

EDITION
LEMPERTZ

Bernhard Hatterscheidt
wurde 1965 in Essen geboren und ist seit 1982 Polizeibeamter. Nach Jahren im Streifendienst und der sog. Einsatzhundertschaft kam er 1996 nach der Ausbildung zum Kriminalkommissar zur Kölner Mordkommission. Anschließend war er sieben Jahre lang, bis 2010, enger Mitarbeiter des Leiters der Kölner Kriminalpolizei. Heute bearbeitet er Beamten- und Korruptionsdelikte.

Vorwort

Dieser Roman beruht wieder auf Tatsachen und die Ermittlungen und Vernehmungen orientieren sich an der Wirklichkeit des kriminalpolizeilichen Alltags. Allerdings sind vorsorglich in diesem KRIMINAListenROMAN bewusst einige Ermittlungsschritte verfälscht worden, um etwaigen Nachahmern keine Anleitung zu geben.
Keine der genannten Personen ist so existent, es sei denn, es wurde ausdrücklich gewünscht. Namensähnlichkeiten sind daher zufällig. Jede Ähnlichkeit mit tatsächlichen Geschehnissen sowie mit lebenden oder verstorbenen Personen ist aber nicht immer rein zufällig.
Auch dieser KRIMINAListenROMAN soll vor allen Dingen ein authentischer Roman sein. Deshalb sind wieder einige Textpassagen bewusst protokollartig.

Meinen lieben Schwiegereltern

Christa und Henno

Impressum

Math. Lempertz GmbH
Hauptstraße 354
53639 Königswinter
Tel.: 02223 / 90 00 36
Fax: 02223 / 90 00 38
info@edition-lempertz.de
www.edition-lempertz.de

1. Auflage – September 2014

Text: Bernhard Hatterscheidt
www.kriminalistenroman.de
info@kriminalistenroman.de

Find us on Facebook

www.facebook.com/kriminalistenroman
Die kostenlose App zum KRIMINAListenROMAN im Google Play Store:
https://play.google.com/store

Umschlaggestaltung: Ralph Handmann
Lektorat: Philipp Gierenstein, Laura Liebeskind
Titelbild: fotolia

Printed and bound in Germany

ISBN: 978-3-943883-68-8

Melaten Macchiato

Ein KRIMINAListenROMAN

von

Bernhard Hatterscheidt

***„Alle Dinge sind Gift, und nichts ist ohne Gift;
allein die Dosis macht's, dass ein Ding kein Gift sei."***

Paracelsus (1493–1541),
Schweizer Arzt, Alchemist, Mystiker und Philosoph

Prolog

Beate Kuckelke verabschiedete an diesem für die Jahreszeit relativ milden Montagmorgen ihren 5-jährigen Sohn Jan mit einer Umarmung und einem Küsschen auf die Wange, als dieser gegen 08.00 Uhr von seiner Oma abgeholt wurde. Anfang Dezember hatte sie Peter verlassen und lebte seitdem mit Jan in einer kleinen Zweizimmerwohnung im Kölner Stadtteil Chorweiler-Nord. Silvester würde sie diesmal wohl alleine mit Jan verbringen. Zu oft hatte die 29-Jährige beide Augen zugedrückt und die Seitensprünge von Peter verziehen – allein wegen Jan. Nun aber hatte sie sich fest vorgenommen, sich endgültig von ihm zu trennen und sich nicht wieder bequatschen zu lassen.

Um Jan zu Weihnachten und zu seinem bevorstehenden 6. Geburtstag im Februar seine Wünsche zumindest teilweise erfüllen zu können, arbeitete sie für ein paar Stunden als Aushilfskraft bei dem Lebensmitteldiscounter Brutto im City-Center Chorweiler. Mal räumte sie die Regale ein, mal saß sie an der Kasse. Durch die wenigen Stunden konnte sie den spärlichen Unterhalt ein bisschen aufpeppen. Dass auch Peter dort arbeitete, störte sie relativ wenig; sie strafte ihn regelmäßig mit Nichtachtung und redete nur das Nötigste mit ihm. Zum Glück arbeitete er in der Verwaltung und nicht im Verkaufsbereich. Durch seinen Einfluss hatte sie die Aushilfsstelle bekommen. Ihr wurde regelrecht schlecht bei dem Gedanken, dass sie diesem Kerl jahrelang vertraut hatte und am Ende so derbe enttäuscht worden war. Sie hoffte, dass sie es diesmal durchhalten und keinen Rückzieher mehr machen würde.

Seit ein paar Tagen kämpfte sie mit dem alljährlichen grippalen Infekt, von dem derzeit gefühlt die halbe Stadtbevölkerung befallen sein musste. Selbst in den Tageszeitungen wurde wieder von einem besonders aggressiven Virenstamm geschrieben und dass man sich unbedingt gegen Grippe schutzimpfen lassen sollte. Für sie war es aber jetzt erstmal zu spät.

Beate legte sich noch mal für eine halbe Stunde ins Bett und kuschelte sich in ihre dicke Winterdecke. Als sie eine halbe Stunde später der schrille Ton des Funkweckers aus ihrem wirren Kurztraum riss, raste ihr Herz. Deutlich fühlte sie ihren Pulsschlag in der Halsschlagader; auf ihrer Stirn tummelten sich kleinste Schweißperlen. Unter normalen Umständen wäre sie zuhause geblieben oder hätte sich krank gemeldet, aber sie brauchte diesen Job.

Der stämmige Filialleiter, der 53-jährige Herbert Ohrem, der auf der Weihnachtsfeier ein Auge auf Beate geworfen hatte, begrüßte sie munter: „Guten

Morgen, Beatchen! Du siehst ziemlich fertig aus. Hast du das Wochenende durchgemacht?" Das fette Grinsen in seinem bärtigen Gesicht sprach Bände.

„Mich hat's erwischt. Grippe! Und das ausgerechnet zu Silvester."

„Ach so." Ohrem hätte ob seiner schmutzigen Fantasie sicher gerne etwas anderes gehört. In seiner Vorstellung hatte sie schon öfters die Mittagspause mit ihm in der Besenkammer verbracht. „Bist du sicher, dass du nicht zum Arzt gehen willst?"

„Es geht schon. Habe eben zum Aufwärmen noch einen schönen heißen Latte Macchiato in der Teeküche getrunken. Jetzt fühle ich mich schon besser."

„Gut! Wie du meinst. Dann übernimmst du heute Kasse 3, die Regale können auch andere einräumen."

Kurze Zeit später saß Beate auf ihrem Drehstuhl in dem eng umgrenzten Kassenbereich, als sie plötzlich ein brennendes Kribbeln im Mund spürte. Mit der Zungenspitze fuhr sie an der Innenseite ihrer Wangen und am Zahnfleisch entlang. Ihr Mund war auf einmal ganz trocken. Sie trank einen großen Schluck Mineralwasser und blickte in den Verkaufsraum. Als sie den Kopf drehte, folgten kleine Schleier den Lichtern im Laden. Sie versuchte sich zu konzentrieren, kniff die Augen zusammen, aber zu allem Überfluss wurde ihr auch noch speiübel. Sie spürte heftige Stiche in der Brust und ihr Körper fühlte sich an wie Blei. Sie ärgerte sich über sich selbst, dass sie nicht einfach zu Hause geblieben war. Beate war wie in Trance, spürte ihr immer stärker werdendes Herzrasen und konnte sich nicht bewegen. Niemand bemerkte etwas.

Eine ältere Dame legte eine Ananas auf das feucht abgewischte Förderband. Als diese ins Sichtfeld der apathisch dreinblickenden Beate kam, sah sie darin einen abgeschlagenen, in einer Blutlache liegenden Kopf. Mit einem entsetzten Aufschrei stieß sie die Ananas vom Band, sackte dann auf dem Stuhl zusammen und rutschte leblos herunter auf den Boden. Die völlig bestürzte Kundin rief laut um Hilfe. Max, der Auszubildende, kam zusammen mit der Inventurhilfe Julian herbeigeeilt. In Windeseile zogen sie die besinnungslose Kassiererin aus dem engen Kassenbereich und legten sie in Rückenlage auf den kalten Fliesenboden. Während Max mit den Reanimationsmaßnahmen begann, rannte Julian auf dessen dringende Bitte hin zum Vorraum der Sparkasse und holte den automatisierten externen Defibrillator. Max zählte laut den Rhythmus, während er nach jeweils 30

Herzdruckmassagen abwechselnd zweimal die Mund-zu-Mund-Beatmung durchführte. Erst kürzlich hatte er wegen seiner bevorstehenden Führerscheinprüfung einen Erste-Hilfe-Kurs absolviert. Mit dem kleinen, aber feinen Unterschied, dass nun ein Mensch aus Fleisch und Blut unter ihm lag und kein Übungspuppentorso.

Als Julian endlich mit dem lebensrettenden Gerät eintraf, entfernte er mit zitternden Fingern die Schutzfolie von den Elektroden-Pads. Danach schob Max die Bluse von Beate hoch und klebte die Pads auf deren Brustkorb und die Brustkorbseite. Nach einer kurzen Analysezeit forderte die blecherne Computerstimme, den Patienten nicht mehr anzufassen und erst dann den roten Knopf zur Schockauslösung zu drücken. Begleitet von einem schrillen Ton wurde der erste Stromstoß durch den noch immer leblosen Körper der jungen Mutter gejagt. Max setzte die schweißtreibenden Wiederbelebungsmaßnahmen fort und folgte noch zwei weitere Male den Anweisungen der Computerstimme.

Als nach einer gefühlten Ewigkeit endlich die Notärztin eintraf, trat er erleichtert zur Seite, zitterte jedoch am ganzen Körper. Die Anspannung und die körperliche Anstrengung der letzten Minuten hatten ihn ausgelaugt.

Nachdem die sprachgesteuerte Ansage ein viertes Mal ertönt war, wurde es noch einmal sehr hektisch: kein Puls – keine Atmung! Die dicke Nadel der Adrenalinspritze, im Rettungsdienst oft zynisch als Partyfässchen bekannt, bohrte sich durch Beates Brustkorb ins Herz. Die Sekunden des Wartens auf einen einsetzenden Herzrhythmus kamen allen vor wie Stunden. Dann aber senkte die Notärztin ihren Kopf, schloss für einen kurzen Moment die Augen und deutete an, dass die Patientin es nicht geschafft habe.

Max brach in Tränen aus und wurde von einer der Aushilfen in den Arm genommen und getröstet.

Nachdem die Notärztin dann auf dem Totenschein „ungeklärte Todesursache“ angekreuzt hatte, wurde nun das zuständige Kriminalkommissariat alarmiert. Das Telefon im KK 11 läutete.

Kapitel 1

Montag, 30.12.

Die Stimmung im Kommissariat war gut. Alle waren noch weihnachtlich beschwingt und freuten sich nun auf den Jahreswechsel. Die zurzeit Bereitschaft versehende Mannschaft der Mordkommission 6 drückte sich selbst die Daumen, dass nicht gerade jetzt ein Tötungsdelikt passieren würde. Zum Jahreswechsel wollten sich Paul Westhoven und seine Frau Anne, Heinz und Doris Dember mit „Klein-Dember" und Toni Krogmann mit ihrer Partnerin Laura zum Fondue treffen. Westhoven hatte hierzu eingeladen.

Paul Westhoven, Leiter der MK 6, hatte sich schon den dritten Schokoriegel einverleibt, als sein Chef Arndt Siebert in sein Büro kam. Westhoven sah schon an seinem Gesichtsausdruck, dass die Ruhe nun vorbei sein würde.

„Sag schon, Arndt. Was gibt's?"

„Die Leitstelle hat eben angerufen. Im City-Center Chorweiler ist eine 29-jährige Frau gestorben und der Notarzt hat ‚ungeklärt' angekreuzt. Ich hab gesagt, dass jemand kommt."

„Und warum kommst du dann zu mir? Wir haben Bereitschaft und keinen Tagesdienst. Oder gibt es Anhaltspunkte dafür, dass jemand ein bisschen nachgeholfen hat?"

„Komm schon, Paul, wir sind personell sowieso dünn besetzt. Es sind doch fast alle im Urlaub. Und dem Tagesdienst habe ich vorhin alle Leichensachen vom Wochenende ins Fach gelegt. Die reichen erstmal für den Vormittag."

Westhoven atmete demonstrativ tief durch. „Manchmal glaube ich wirklich, dass du meinst, dass du es mit mir machen kannst!" Er blickte seinen Chef mit durchdringendem Blick an. „Okay, wo im City-Center ist denn die gute Frau verstorben? Der Laden erstreckt sich doch über zwei Etagen! Oder soll ich mit einer Wünschelrute vom Springbrunnen aus anfangen zu suchen, wo es sein könnte? Und ist schon jemand von der Polizeiinspektion vor Ort?"

Sieberts Gesicht hellte sich auf. „Ich wusste, dass du mich nicht hängen lässt. Wenn du wüsstest, wie gern ich mal wieder selbst einfach nur ermitteln würde! Stattdessen muss ich mich mit dem täglichen Wahnsinn der *wichtigen* Controllingzahlen herumschlagen. Wer wann sein Sportabzeichen gemacht hat, wer wie Wyatt Earp um die Ecke schießen kann, Einsatztraining und und und. Wenn das so weitergeht, laufe ich bald nur noch mit extremen Hautirritationen durchs Präsidium und jage jemanden mit meinem Eichenholz durch die Südstadt oder...."

Westhoven unterbrach ihn freundlich: „Okay. Okay. Ist ja schon gut, hör auf zu kümen, sonst kommen mir die Tränen. Du weißt ja: Das erste Leben ist hart und deine A13 sind schließlich ein fürstliches Schmerzensgeld!" Er grinste und Arndt Siebert rollte mit den Augen. „Jetzt guck nicht wie ein gebumstes Frettchen, Chef. Sag mir lieber, wo wir hin müssen!"

„Die Tote liegt im *Brutto*-Supermarkt an der Kasse 3 und eine Motorradstreife aus Chorweiler ist vor Ort und wartet auf euch. Sämtliche Lebensmittelläden sind dort im Erdgeschoss, ihr findet das schon. Das dürfte nicht zu übersehen sein. Mehr weiß ich derzeit auch noch nicht. Ich verlass mich auf dich." Siebert zeigte anerkennend mit dem Zeigefinger auf Westhoven und war dann wieder verschwunden.

Westhoven seufzte. Er nahm seine Tasse Kaffee vom Schreibtisch und ging zum Büro von Toni Krogmann und Heinz Dember. Die beiden hockten vor Dembers Computer. Dember strahlte. „Guck mal, da. Ist er nicht süß? Sieht aus wie ich. Meiiin Junge." Mit dem Zeigefinger tippte er dabei auf den Bildschirm. Toni Krogmann lächelte ebenfalls.

„Moin, ihr beiden. Wenn ihr fertig seid mit dem Familienalbum, dann hätte ich eine klitzekleine Leichensache für euch." Damit hatte Westhoven ihre ganze Aufmerksamkeit. Verständnislos sahen die beiden zu ihm hoch.

„Wie jetzt? Ist jemand ermordet worden? Um diese Uhrzeit?" Dember fühlte sich bei seiner Fotopräsentation sichtlich gestört.

„Dember! Du bist und bleibst ein hoffnungsloser Fall." Westhoven schüttelte fast unmerklich den Kopf. „Der Tagesdienst hat sein Fach bis zum Anschlag voll mit Leichensachen vom Wochenende. Arndt hat darum gebeten, dass wir einen ‚Ungeklärten' im City-Center Chorweiler übernehmen."

„Na toll!" Dembers Unmut war nicht zu überhören. Seit der Geburt von Leon Heinz kreisten seine Gedanken nur noch um seinen kleinen

Filius. Jedem, der es nicht hören oder sehen wollte, erzählte er davon und zeigte unentwegt Fotos von dem kleinen Racker.

„Sei doch froh, Heinz. Da gibt's auch Babyläden. Kannst ja im Anschluss noch ein paar Strampler kaufen." Westhoven lachte.

„Weißt du was, Paul? Das mache ich auch. Ob ich die in den Köln-Arcaden oder im City-Center kaufe, ist wirklich egal. Dann mach ich halt meine Mittagspause dort. Oder Toni?" Dember blickte sie fragend an.

„Klar! Klar, wieso nicht? Ich gehe dann derweil in die Buchhandlung. Es soll ein neuer Kriminalistenroman auf dem Markt sein, den will ich unbedingt haben. Laura hat mir zu Weihnachten zwar einen Reader geschenkt, aber ich habe mich noch nicht richtig daran gewöhnen können, ein Buch auf so einem Ding zu lesen."

„Doris hat auch einen E-Book-Reader. Sie ist total begeistert, freut sich jetzt schon auf unseren Urlaub, weil sie dann Bücher ohne Ende mitnehmen kann; wenn wir denn überhaupt jemals wieder einen machen."

Westhoven meldete sich zu Wort: „Heinz, seid froh, dass ihr noch außerhalb der Schul- oder Kindergartenferien fahren könnt. Dann wird's nämlich erst richtig teuer. Ich spreche da aus Erfahrung. Aber kommt jetzt Leute, kommt in die Puschen und fahrt mal eben die Leichensache. Ein Todesermittlungsverfahren mehr oder weniger bringt euch nicht um."

***

Schon an der Ein- und Ausfahrt zum Parkplatz vor dem City-Center Chorweiler stand Dember kurz davor, die Nerven zu verlieren. Wie von Sinnen beteiligte er sich an dem Hupkonzert, das um sie herum herrschte, und schrie dabei durch die geschlossene Scheibe in Richtung eines Rentnerpärchens, dass sie endlich voranmachen und nicht so herumschleichen sollten.

Toni schüttelte den Kopf. „Meine Güte! Was hast du denn? Hast du etwa erwartet, dass die hier den roten Teppich für dich ausrollen oder dir einen Parkplatz reservieren?"

„Das macht mich rasend, diese Schleicherei, so viele Leute…"

„Ich verstehe dich nicht, Dember. Das ist doch jedes Jahr dasselbe, dass die Geschäfte mit dem Umtausch der unpassenden Weihnachtsgeschenke sprichwörtlich überrannt werden."

„Mann! So viele Lahmärsche auf einem Fleck! Ich stelle unseren Wagen jetzt direkt hinter das Polizeimotorrad und wehe, da hängt gleich 'ne Knolle dran. Dann..." Dembers Gesicht war puterrot angelaufen.

„Wie kannst du dich nur so künstlich aufregen? Stell den Wagen ruhig dorthin, aber wehe, der wird abgeschleppt! Und noch was: Denk an Klein-Dember, mit einem Lächeln im Gesicht bist du gleich sympathischer – du Giftzwerg."

Toni schwang sich elegant auf der Beifahrerseite aus dem Wagen und rückte ihre Steppjacke zurecht, damit niemand die Dienstwaffe an ihrem Gürtel sehen konnte. Danach öffnete sie die hintere Tür und holte ihren „Leichenkoffer" heraus. Diesen Koffer führte sie stets zu solchen Anlässen mit. Schön sortiert befanden sich darin Plastiktüten, Einmalhandschuhe, eine sehr scharfe Schere, um notfalls die Kleidung vom Leichnam herunterzuschneiden, ihr Notizblock sowie eine Digitalkamera.

Nach einigen Remplern durch die Menschenmassen erreichten die beiden Todesermittler den verschlossenen *Brutto*-Supermarkt. Die großen Glasscheiben, die sonst nur zum Ladenschluss vorgezogen wurden, verdeckten teilweise den Blick auf die mit verheulten Gesichtern im Laden stehenden Angestellten. Ein Polizist in Motorradkluft kam auf sie zu. „Seid ihr vom KK 11?"

Dember nickte und Toni antwortete: „Ja. Ist der Notarzt schon weg?"

„Die sind direkt weiter zum nächsten internistischen Notfall." Mit diesen Worten übergab er ihnen die Todesbescheinigung. „Da steht nicht viel drauf, eben nur ‚ungeklärt'."

Dember ergriff das Wort: „Das hätte mich ehrlich gesagt auch gewundert, wenn der Notarzt bei einer so jungen Frau ‚natürlichen Tod' angekreuzt hätte."

„Notärztin", berichtigte ihn der Motorradpolizist.

„Von mir aus. Spielt aber für mich keine Rolle. Wir sind so oder so im Boot. Was ist mit Angehörigen, wisst ihr da schon was?"

„Der Mann der Toten arbeitet auch hier: Peter Kuckelke. Er steht da drüben mit dem Filialleiter, der mit dem dunklen Pullover." Der Kollege wies auf einen adipösen Mann im weißen Verkaufskittel.

„Und sonst? Hat jemand gesehen, was passiert ist?"

„Die ältere Dame dort, Frau Voswinkel." Er deutete auf eine Frau im beigefarbenen Mantel. „Die stand gerade an der Kasse und hat ihren Einkauf aufs Band gelegt, als die Kassiererin zusammengebrochen ist. Und da drüben, das ist der Ersthelfer, der Auszubildende hier. Der Arme ist völlig fertig.“

Dember nickte. „Schreibst du bitte einen Bericht mit allen Feststellungen, Personalien und Erreichbarkeiten und schickst ihn vorab per E-Mail ans KK 11?“

„Klar, mache ich. Ich bin dann mal wieder. Tschö.“ Der Motorradpolizist griff nach seinem Helm und verließ den Supermarkt. Seine Motorradkombi quietschte bei jedem Schritt.

Herbert Ohrem näherte sich den beiden zögernd und sprach sie an: „Guten Morgen, sind Sie von der Kripo? Mein Name ist Ohrem, ich bin hier der Filialleiter. Wir sind alle so geschockt. Wie geht's denn jetzt weiter?“

„Mein Name ist Krogmann.“ Sie gab ihm die Hand. „Wir müssen uns zunächst mal einen Überblick verschaffen, aber wo Sie gerade schon da sind: Ist Ihnen heute an Frau Kuckelke irgendwas aufgefallen?“

„Eigentlich nicht. Beate, also ich meine Frau Kuckelke, war freundlich wie immer. Sie kam pünktlich zur Arbeit und ich habe sie wegen ihrer Grippe für die Kasse eingeteilt. Wissen Sie, Regale einräumen wäre vielleicht zu anstrengend gewesen.“ Nach den letzten Worten rollten ihm Tränen über die Wangen. „Sie war so beliebt, immer hilfsbereit. So jung. Mir tut das Kind so leid.“

Dember wurde hellhörig. „Kind? Was für ein Kind? Ist das auch hier?“

Ohrem verneinte: „Nein, der kleine Jan ist nicht hier. Ich weiß nicht, wo er ist. Vielleicht weiß es sein Vater. Der steht da drüben, der Herr im dunklen Pullover.“

„Dann wird er ja wohl wissen, wo sein Sohn gerade ist.“

„Nicht unbedingt, Herr Kommissar. Die beiden haben sich vor Wochen getrennt und Jan lebt – lebte bei seiner Mutter.“

„Danke, das klären wir später. Offenbar ist er ja, wo auch immer, zurzeit gut untergebracht. Wir kommen dann gleich noch mal zu Ihnen.“

Im Grunde hätten die Ermittler nun erwartet, dass der Filialleiter sich wieder zu seinen Angestellten gesellen würde, aber er blieb stehen und nestelte an seinen Fingern. Er wollte offensichtlich noch etwas loswerden.

„Gibt's noch was, was Sie uns unbedingt jetzt sagen wollen, Herr Ohrem?“ Toni schaute in sein knallrotes, feuchtes Gesicht. Herr Ohrem holte ein gefaltetes Blatt Papier aus seinem Kittel und gab es ihr. Zögernd stammelte er: „Ich weiß nicht, ob das damit zu tun hat, aber ich wollte damit sowieso zur Polizei.“

Nachdem sie das Blatt auseinandergefaltet hatte, wurden Tonis Augen immer größer. Gebannt las sie das Schreiben. Schon nach dem ersten Satz hielt sie es Dember hin und bedeutete ihm, mitzulesen.

dies ist ein erpresserbrief!
wir verlangen 100.000 € bis zum 12.12.!
sollten sie unseren forderungen nicht in allen punkten bedingungslos und fristgerecht nachkommen, vergiften wir produkte aus ihrem supermarkt und platzieren sie anonym für den abverkauf zum weihnachtsfest. das wiederholen wir bis zur erfüllung unserer bescheidenen forderung!
bei der kleinsten abweichung oder einschaltung der polizei verdoppeln wir die summe auf 200.000 € und werden unsererseits die örtliche presse informieren, um den druck zu erhöhen! spielen sie nicht unnötig mit den leben ihrer kunden! lassen sie es nicht so weit kommen! wir erwarten ihre entscheidung. schreiben sie uns daher nur am 11.12. um 12.00 uhr eine e-mail von ihrem firmenaccount auf 100000@trashmail.de.
sie erhalten dann weitere instruktionen.
dieses schreiben weist keinerlei auswertbare spuren auf.
und wie gesagt: keine polizei!

Nachdem Toni den letzten Satz gelesen hatte, hob sie den Kopf und sah Ohrem fassungslos an. „Sind Sie eigentlich verrückt? Was Sie getan haben, ist unverantwortlich! Völlig unabhängig davon, ob das Ableben Ihrer Mitarbeiterin damit zu tun haben könnte oder nicht. Was haben Sie sich nur dabei gedacht, nicht umgehend die Polizei zu informieren!?“

Ohrem versuchte sich zu rechtfertigen: „Jetzt aber mal langsam, Frau Kommissarin. Ich habe das Schreiben einfach vergessen in dem Weihnachtstrubel. Wissen Sie eigentlich, was dann hier los ist?“

„Erzählen Sie mir nichts! Ein solches Erpresserschreiben zu ignorieren, ist fahrlässig, um es mal gelinde auszudrücken! Oder wollen Sie mir ernsthaft erklären, dass solche Erpressungen hier im *Brutto* an der Tagesordnung sind und Sie das völlig kalt und unbeeindruckt lässt?" Toni fühlte sich ein wenig verschaukelt.

Dember, der schon des Öfteren in Erpressungen im Einsatzabschnitt Ermittlungen eingesetzt gewesen war und über rudimentäres Wissen in solchen Verfahren verfügte, fragte Ohrem, ob dieser denn schon die Konzernsicherheit informiert habe. Aber auch dies hatte der stämmige Filialleiter nicht gemacht. Dember griff zum Mobiltelefon und informierte Westhoven.

„Dember, du verarschst mich jetzt, oder?" Westhoven wollte einfach nicht glauben, was ihm sein Kollege da erzählte.

„Paul, das ist kein Scherz. Ich halte das Schreiben doch in der Hand."

„Na toll! Dann hast du wenigstens noch die letzten Spuren vernichtet."

Dember behielt für sich, dass auch Toni das Schreiben mit „blanken Fingern" angefasst hatte und antwortete in der ihm eigenen, unnachahmlichen Naivität: „Ich glaube nicht, dass hier noch irgendwas zu vernichten war. Der Filialleiter trägt das Ding schon seit Wochen mit sich herum und außerdem steht da auch drauf, dass da keine Spuren zum Auswerten sind."

„Glauben kannst du in der Kirche. Jetzt steckt das Schreiben gefälligst in eine Plastikhülle und sorgt dafür, dass das keiner mehr außer der Spurensicherung anfasst. Das kann echt nicht wahr sein! Gab es denn nur dieses eine Schreiben oder verheimlicht der Mann noch was?"

Dember senkte das Telefon und wandte sich an Ohrem. Nachdem dieser hektisch verneint hatte, hielt er das Gerät wieder an sein Ohr. „Er sagt nein. Was sollen wir denn jetzt machen?"

Ohne wirklich darüber nachdenken zu müssen, antwortete Westhoven: „Ich sage Cheffe und Sarah Bescheid, dass wir eine neue Mordkommission haben, und ihr behandelt alles dort wie einen Tatort. Befragt schon mal die Angestellten und lasst euch eine Liste von allen Mitarbeiterinnen und Mitarbeitern geben. Auch von kürzlich Entlassenen. Ich schicke euch den Erkennungsdienst. Bis gleich."

„Und, Heinz? Was sagt Paul?" Toni ahnte nichts Gutes.

„Wir sollen alles wie einen Tatort behandeln, das volle Programm."

Tonis Kommentar fiel kurz aus: „Ich hätte mich gewundert, wenn er was anderes gesagt hätte."

***

„Was?“ Staatsanwältin Sarah Steinmann klang nicht freundlich.

„Wie ich dir schon sagte: An der Kasse ist eine Kassiererin verstorben und vor ein paar Wochen kam ein Erpresserschreiben, welches der Filialleiter ignoriert oder vergessen hat. Das müssen wir noch klären. Jedenfalls ist der wohl ziemlich dämlich. Kann wahrscheinlich einem Vegetarier eine Schweinshaxe verkaufen, aber ansonsten....“ Paul machte keinen Hehl aus seinem Groll.

„Bis gleich, Paul. Wir treffen uns im Laden. Der Leichnam muss auf jeden Fall obduziert und auf Gifte untersucht werden.“

***

Gerade als Westhoven sich auf den Weg machen wollte, kam Arndt Siebert mit dem Kriminalinspektionsleiter 1, Edgar Stengelmann, ins Büro. Stengelmann sah Westhoven entnervt an. „Paul, wenn es sich hier wirklich um Erpressung handelt, dann ist das KK 13 zuständig. Sowas führt dann regelmäßig zu einem größeren Einsatz mit Polizeiführer und Unterabschnitten und etlichen Einsatzkräften. Das brauche ich dir nicht zu erklären, das weißt du selbst!“

„Edgar, klar weiß ich das. Weißt du vielleicht was, was ich noch wissen sollte, damit ich nicht dumm sterbe? Ist diese Erpressung schon bekannt? Wissen die Jungs und Mädels in Duisburg schon was?“ Westhoven meinte die Beratergruppe des Landesamtes für Zentrale Polizeiliche Dienste.

„Nein, wir hatten auch noch keinen Kontakt mit denen! Ich möchte aber auf jeden Fall, dass du den Kollegen Häuser vom KK 13 mitnimmst. Er ist der Fachmann in solchen Dingen und sollte die erste Lagebewertung vor Ort selbst durchführen.“

„Kein Problem, dann kann er sich um die Erpressung kümmern und wir uns um die Leiche. Mich würde es ehrlich gesagt schon sehr wundern, wenn die junge Frau tatsächlich an einer Vergiftung gestorben ist. Die Erpresser wollen doch in der Regel nur Geld und keine Leichen auf ihrem Konto haben.“

„Das stimmt, Paul. Aber der oder die Täter könnten sich genauso gut mit der Dosierung verkalkuliert haben. Ich sehe hier erstmal keine klare

Linie, sondern eine Gemengelage. Nach der Obduktion und der toxikologischen Untersuchung werden wir mehr Gewissheit haben. Die Staatsanwaltschaft obduziert doch, oder?"

„Ja, genau mit dieser Aussage hat Sarah aufgelegt und sich auf den Weg nach Chorweiler gemacht. Ich muss dann jetzt auch mal los."

„Halt uns auf dem Laufenden."

***

Dember hatte sich mit dem Filialleiter in dessen Büro gesetzt und mit der Befragung begonnen. Um ganz sicher zu gehen, hatte er ihn eindringlich zeugenschaftlich belehrt und ihm gesagt, dass er sich nicht selbst zu belasten brauchte.

„Die Beate war eigentlich immer gut gelaunt. Hat wohl die Trennungskiste mit Peter total verdrängt. Wenn Sie mich fragen, dann war da schon lange was im Argen zwischen den beiden. Peter hat hier nichts anbrennen lassen, Sie verstehen schon." Ohrem grinste anzüglich.

Dember zog bei dieser Beschreibung Parallelen zu sich selbst. Vor seiner Hochzeit mit Doris war auch er stets bemüht gewesen, keine Nacht allein verbringen zu müssen. Aber als Ehemann und junger Vater käme ihm nicht in den Sinn, seine Doris zu hintergehen.

„Jetzt tun Sie mal Butter bei die Fische und reden Sie nicht so in Orakeln. Mit welcher Ihrer Angestellten hat sich Herr Kuckelke getroffen? Gab es vielleicht offenen Streit zwischen ihm und seiner Frau oder zwischen seiner Frau und einer der Eroberungen?"

„Nee, ich sagte ja, die Beate hat alles verdrängt. Der schien das alles egal zu sein. Ich kann's ihr auch nicht verdenken. Verstehen Sie mich nicht falsch, ich mag den Peter, aber ich mag, äh, ich mochte die Beate auch sehr. Sie hat mir immer so leid getan. Aber ich mische mich da nicht ein. Das ist nicht meine Aufgabe als Filialleiter." Er sinnierte einen Moment und fügte dann hinzu: „Ich will nichts Falsches sagen, aber bei der Silke bin ich mir ganz sicher, das weiß hier jeder. Und bei der Andrea, ich würde mich wundern wenn, aber das fragen Sie Peter wohl besser selbst."

Dember notierte sich die Namen. „Und wie heißen die beiden mit Nachnamen?"

„Silke Müller und Andrea Kasupke, die sind auch beide da. Aber was ist denn jetzt mit dem Erpresserschreiben? Glauben Sie, dass die Beate tatsächlich vergiftet wurde?"

„Das mit dem Erpresserschreiben klären wir gleich. Meine Kollegen in der Sache kommen ebenfalls hierher. Und ob das eine mit dem anderen zusammenhängt, kann ich nicht sagen. Da muss man die rechtsmedizinische Untersuchung abwarten." Dember zuckte mit den Schultern.

***

Westhoven und sein Kollege Häuser betraten das Büro des Filialleiters und stellten sich vor. Während Häuser bei Ohrem blieb und ihn zu dem Erpresserschreiben befragte, gingen Dember und Westhoven vor die Tür.

„So, Heinz. Was wissen wir bis jetzt?"

„Im Grunde nicht mehr als vorhin. Beate Kuckelke, 29, hat sich wohl trotz ihrer Grippe heute hierhin geschleppt. Bevor sie an die Kasse ging, soll sie zum Filialleiter gesagt haben, dass sie eine Tasse Latte Macchiato getrunken hat. Der hat sie dann für die Kasse 3 eingeteilt, wo sie kurz danach zusammengebrochen ist. Davor soll sie allerdings eine Ananas vom Band gefegt haben, die eine Kundin kurz vorher darauf gelegt hatte. Das war's."

„Und die Geschichte mit der Erpressung?"

„Vor ein paar Wochen hat der Filialleiter ein Erpresserschreiben bekommen und will das dann wohl vergessen haben. Angeblich sei hier alles so stressig. Mehr weiß ich auch nicht."

„Na gut, dann geh bitte zu Toni und fragt bitte alle Angestellten und natürlich auch den Ehemann."

„Den Ehemann als Beschuldigten oder Zeugen?"

„Gibt's denn Anhaltspunkte für seine mögliche Täterschaft?"

„Nö."

„Was soll dann die Frage? Und jetzt geh und fang an."

Als Westhoven ins Büro des Filialleiters zurückkehrte, hörte er noch dessen genervte Antwort: „Nein, Herr Kommissar. Es gab nichts weiter. Kein Schreiben, keinen Anruf, gar nichts. Wie oft wollen Sie mich das noch fragen?"

„Herr Ohrem, bei einem so formulierten Schreiben wundert mich so einiges. Erstens, wieso Sie das nicht ernst genommen haben und zweitens, dass Sie mir erzählen, dass nach Verstreichen der Frist nichts mehr gewesen sein soll. Überlegen Sie bitte noch einmal, ob Sie mir doch etwas zu sagen haben." Aus Häusers Mund klang das so, als ob er schon Gewissheit darüber hätte.

Ohrem druckste wieder herum. „Was würde denn mit mir passieren, wenn mir doch noch was einfallen täte?"

Häuser sollte noch Recht behalten mit seiner Vermutung. „Herr Ohrem, was soll das heißen? Da war also doch noch eine Kontaktaufnahme, stimmt's?"

Herbert Ohrem versuchte den direkten Blickkontakt zu Häuser zu vermeiden und starrte auf eine Reihe von Aktenordnern im Regal.

„Wie?!"

„Ein Anruf." Ohrems Antwort war kleinlaut.

„Wann war das?"

„Am 11.12."

„Und um wie viel Uhr?"

„Gegen 12.30 Uhr."

„Wie bitte?" Häuser hätte vorwurfsvoller nicht sein können. „Und dann haben Sie das immer noch nicht gemeldet?! Das darf doch wohl nicht wahr sein!"

Der Ermittler musterte Ohrem zornig. Ohrem sackte noch weiter in sich zusammen.

„Jetzt reden Sie schon! Was wollte der Erpresser?"

„Nicht er, sie! Das war eine Frau, die mich angerufen hat. Die hat nur gesagt, die Frist sei abgelaufen und ich wisse ja, was nun passieren würde. Dann hat sie aufgelegt."

„Konnten Sie die anrufende Nummer sehen?"

„Das war es ja, was mich kirre gemacht hat. Es war meine eigene Durchwahl hier." Ohrem zeigte auf sein Telefon.

Häuser ahnte sofort, womit er es höchstwahrscheinlich hier zu tun hatte. Doch seine Vermutung wollte er zunächst mal für sich behalten. Wer zu solch einem Anruf in der Lage war, der war zwar kriminell, aber mit Sicherheit nicht blöd. Der technische Standard machte heutzutage so viel möglich. Potentiellen Erpressern wurde es immer leichter gemacht und gleichzeitig den Ermittlungsbehörden immer schwerer.

***

„Ach, mit Beate, das lief schon lange nicht mehr so gut. Nach außen hin die glückliche Familie, aber ansonsten..." Peter Kuckelke war gerade dabei, Toni und Heinz die Gründe der Trennung zu erklären.
„Ansonsten was?" Toni wollte auch noch den Rest der Geschichte hören.

„Muss das jetzt wirklich sein? Über Tote soll man nicht schlecht reden. Und außerdem will ich eigentlich gar nichts mehr sagen. Wissen Sie, Beate hat sich zwar räumlich von mir getrennt, aber für mich war unsere Ehe nur auf Eis gelegt. Das wäre schon wieder geworden. Und nun ist sie tot." Peter Kuckelke sackte in sich zusammen. Tränen liefen ihm über die Wangen. „Ach, Beate!", murmelte er. „Was machst du nur für Sachen? Was soll ich nur Jan sagen? Er ist doch noch so klein."

Dember fragte, ob er einen Arzt benötige. Kuckelke schüttelte den Kopf. „Danke! Es muss gehen, ich muss jetzt stark sein für Jan." Mit dem Ärmel seines Pullovers rieb er sich die Augen trocken.

„Wo ist denn der Junge?"

„Wenn Beate hier gearbeitet hat, hat sie ihn immer zu ihrer Mutter gebracht oder die hat ihn abgeholt. Da wird er jetzt auch sein. Ich weiß einfach nicht, was ich jetzt machen soll. Ich habe solch eine Angst davor, meinem Sohn zu sagen, dass seine Mutter tot ist. Und meine Schwiegermutter wird sicher auch zusammenbrechen. Die ist sowieso nicht gut dran. Ihr Mann ist erst im letzten Jahr elendig an Krebs gestorben."

Dember ließ nicht locker: „Was sagen Ihnen die Namen Silke Müller und Andrea Kasupke?"

Kuckelke wirkte sichtlich ertappt. Verlegen antwortete er: „Die arbeiten beide hier. Die Silke oben in der Verwaltung und die Andrea in der Fakturierung. Wieso fragen Sie?"

„Das wissen Sie doch. Mit Frau Müller haben oder hatten Sie ein außereheliches Verhältnis und mit Frau Kasupke..."

„Sie glauben doch nicht, dass die Silke irgendwas mit dem Tod von Beate zu tun hat? Das ist doch absurd. Meine Frau ist an der Kasse zusammengebrochen. Außer einer Kundin war da niemand."

„Das heißt erstmal gar nichts, Herr Kuckelke. Wie war denn das Verhältnis zwischen Silke Müller und Ihrer Frau?"

„Also wenn, dann hätte Beate eher Grund gehabt, der Silke was anzutun und nicht umgekehrt. Immerhin war sie der Grund dafür, dass Beate ausgezogen ist. Beate hat uns erwischt und da gab es nichts mehr zu beschönigen."

Toni mischte sich ein: „Wo Sie gerade dabei sind, was ist mit Andrea Kasupke?"

Kuckelke war diese Frage sichtlich unangenehm. „Die Silke weiß nix davon. Bitte sagen Sie ihr auch nichts. Das hat doch auch nichts mit all dem hier zu tun. Das ist meine Privatsache."

Toni wurde deutlicher: „Da irren Sie sich! Eine junge Frau von gerade mal 29 Jahren stirbt plötzlich und unerwartet. Da hätten wir gern ein paar Antworten, damit wir und die Staatsanwaltschaft das auch nachvollziehen können."

„Staatsanwaltschaft? Bin ich jetzt verdächtigt?" Die Reaktion war trotzig und erschrocken zugleich.

„Müssen wir Sie denn verdächtigen?" Toni musterte Kuckelke durchdringend.

„Soll ich mir lieber einen Anwalt nehmen?"

„Das müssen Sie selbst wissen, Herr Kuckelke. Aber vorher können Sie mir vielleicht noch was über eventuelle Vorerkrankungen Ihrer Frau sagen. Gab es da was?"

Kuckelke schüttelte den Kopf. „Nicht, dass ich wüsste. Beate war immer sportlich und so gut wie nie beim Arzt. Sie sehen ja, selbst heute hat sie sich hergeschleppt. Herr Ohrem hat mir vorhin erzählt, dass sie überhaupt nicht gut aussah heute Morgen. Deshalb hat er sie auch wohl heute für die Kasse eingeteilt, damit sie sich ein wenig schonen kann."

„Danke. Das reicht erstmal. Halten Sie sich bitte zu unserer Verfügung. Vielleicht haben wir noch ein paar Fragen und dann wäre es gut, wenn wir Sie erreichen könnten."

„Sie haben ja meine Handynummer. Da kriegen Sie mich in der Regel immer. Kann ich dann jetzt gehen?"

Toni und Dember nickten. Kuckelke seufzte und verließ den Raum.

„Was meinst du, Heinz, hat er die Wahrheit gesagt?"

„Ganz ehrlich: Ich weiß es nicht. Und eigentlich haben wir ja auch nichts Objektives, was für Fremdverschulden sprechen würde."

„Und was ist mit dem Erpresserschreiben?"

„Ich glaube nicht, dass da ein Zusammenhang besteht. So viele Zufälle auf einmal? Nee, meiner Meinung nach haben wir es hier mit dem tragischen Tod einer jungen Frau zu tun, deren Herz wohl zu schwach war. Aber nach der Obduktion werden wir wahrscheinlich mehr wissen. Komm, wir suchen mal die beiden Liebschaften, Müller und Kasupke. Wen willst du befragen?"

„Ist mir egal."

„Dann befrage ich die Kasupke und du die Müller."

***

„Danach habe ich nichts mehr gehört. Kein Anruf, kein weiteres Schreiben, nichts. Wahrscheinlich habe ich das innerlich abgehakt und das ist anscheinend auch der Grund, warum mir das einfach durchgegangen ist im Weihnachtsgeschäft. Da dreht sich einem nur noch der Kopf und alle wollen was von einem."

Häuser musterte Ohrem mit durchdringendem Blick und ließ einige Sekunden verstreichen, bevor er etwas sagte. „Herr Ohrem, bei allem Verständnis: Während meiner ganzen Dienstzeit ist mir so etwas noch nicht untergekommen. Sie haben strikte Anweisung von der Konzernsicherheit – und das weiß ich sehr genau – sich sofort bei den Sicherheitsbeauftragten am Konzernsitz zu melden, sobald ein Erpresserschreiben eingeht. Das wissen Sie doch ganz genau! Da werden Sie ganz sicher noch erklären müssen, warum Sie das unterlassen haben. Das ist rein Ihre Angelegenheit. Hoffen Sie lieber, dass das Ableben Ihrer Mitarbeiterin nicht mit der Erpressung in Verbindung steht."

Ohrem schaute den Ermittler entsetzt an. „Soll ich jetzt etwa daran schuld sein oder was? Nee, nee Herr Kommissar, das lass ich mir nicht einreden. ICH habe schließlich nichts vergiftet. Wenn irgend so ein dahergelaufener Spinner meint, hier irgendwelche Lebensmittel vergiften zu müssen, dann kann ich nichts dafür." Ohrem stand der Schweiß auf der Stirn. Immer wieder strich er verstohlen durch seinen Bart. „Außerdem habe ich in meinem gesamten Berufsleben als Einzelhandelskaufmann nicht einmal erlebt, dass tatsächlich Leute zu Schaden gekommen sind. Und Sie kommen mir jetzt so."

Von dieser heftigen Verteidigungshaltung abgesehen sah Häuser an

Ohrems Mimik und Gestik, dass da noch mehr sein musste, worüber der Filialleiter am liebsten schweigen würde. Was das war, genau das wollte er wissen. Der erfahrene Ermittler bohrte nach: „Ich frage Sie noch einmal, und überlegen Sie gut, was Sie mir antworten: War das wirklich der letzte Kontakt am 11.12.?“

Häuser lehnte sich zurück, verschränkte trotzig die Arme und streckte die Beine aus. Ihm war anzusehen, dass er mit sich rang. Es dauerte zwar einen Moment, aber schließlich begann Ohrem kleinlaut: „Also, am letzten Samstag habe ich noch so einen mysteriösen Anruf bekommen. Aber diesmal offenbar von einer älteren Frau mit slawischem Akzent.“ Ohrem schwieg wieder.

„Was hat sie gesagt?“ Wieder gingen Häuser die gleichen Gedanken durch den Kopf wie vorhin bei der Rufnummer, aber auch diesmal gab er seine Vermutung gegenüber dem Filialleiter nicht preis.

„‚*Sie hatten Ihre Chance, jetzt sterben Leute!*‘ Als ich noch was sagen wollte, wurde aufgelegt. Unsere Inventurkraft Julian Becker kann das bestätigen. Er stand direkt neben mir, als der Anruf kam. Wissen Sie, ich leite die Anrufe immer aufs Mobilteil um, wenn ich im Laden bin. Und nein, ich habe keine Rufnummer gesehen. Die alten Dinger zeigen das nicht an.“

„‚*Sie hatten Ihre Chance, jetzt sterben Leute!*‘, hat die Stimme gesagt und Sie gehen einfach zur Tagesordnung über?“

„Nicht irgendeine Stimme, Herr Kommissar, sondern so ’ne Sing-Sang-Stimme einer älteren Frau mit Akzent! Habe ich doch gesagt. Sie erwarten doch wohl nicht, dass ich so was wirklich ernst nehmen sollte! Da kann ich ja gleich den Laden schließen und Insolvenz anmelden, wenn ich immer alles bierernst nehmen würde.“

Westhoven hatte nach eigenem Empfinden nun lange genug nichts gesagt und mischte sich ein: „Können Sie den heutigen Tagesablauf seit dem Eintreffen von Frau Kuckelke rekonstruieren? Was hat sie gemacht, bevor sie zur Kasse 3 ging?“

Ohrem überlegte mit starrem Blick und offenstehendem Mund. Ganz leise murmelte er vor sich hin: „Komm schon, Berti, erinnere dich. Wat hat die Beate gemacht?“ Wenige Atemzüge später hob er den Kopf. „Ich habe die ja nur kurz gesehen, aber sie hat mir noch zugerufen, dass sie einen Macchiato in der Teeküche getrunken hat. Sonst fällt mir nichts ein. Tut mir leid.“

„Wissen Sie, ob und wer noch in der Teeküche war?"

„Ich meine, die Andrea, also die Andrea Kasupke und der Julian Becker waren auch in der Teeküche. Die kamen nämlich kurz nach ihr in den Laden. Zumindest habe ich das so wahrgenommen und mich noch drüber geärgert, weil die mal wieder bis zur letzten Sekunde vor Ladenöffnung nicht im Verkaufsraum waren. Vielleicht fragen Sie die mal, die müssten ja wissen, ob und wer da noch gewesen ist. Eigentlich kann das nicht sein, aber ..." Ohrem zuckte demonstrativ mit den Schultern.

„Danke. Wir müssen das später noch mal in einer schriftlichen Vernehmung festhalten."

„Natürlich, kein Problem. Aber was ist denn jetzt mit der Leiche, bleibt die noch lange im Gang liegen?"

Westhoven blieb ruhig, zumindest ließ er sich nach außen nichts anmerken. Das konnte doch wohl nicht wahr sein, dass der dickliche Filialleiter jetzt nur daran dachte, wann er den Laden wieder aufmachen konnte. „Der Leichnam ist beschlagnahmt und wird nach der Tatortaufnahme zur Rechtsmedizin verbracht. Vorher warten wir sowieso erstmal noch auf die zuständige Staatsanwältin."

Bei dem Wort Staatsanwältin lief es Ohrem kalt den Rücken herunter. Eine Staatsanwältin war es gewesen, die ihn vor Jahren vor Gericht gebracht hatte. In der Anklage hatte es damals geheißen, er habe seine Frau seit Jahren angeblich sexuell genötigt, sie misshandelt und ihren Kontakt zu ihren Freunden aktiv blockiert. Beim Gerichtstermin war das Verfahren dann aus Mangel an Beweisen eingestellt worden. Es hatte keinerlei ärztliche Atteste gegeben, richtige Zeugen waren auch nicht vorhanden gewesen. Seine mittlerweile Ex-Frau hatte sich in zu viele Widersprüche verwickelt, so dass dem Gericht bei dieser dünnen Beweislage keine andere Wahl geblieben war, als so zu urteilen. Wäre ihr dies nicht passiert, so hätte ihn eine empfindliche Strafe erwartet. Sie war seitdem in psychiatrischer Behandlung und litt noch heute unter extremen Angstzuständen.

„Und wie heißt die Dame?"

„Steinmann. Wieso fragen Sie?"

„Hätte ja sein können, dass ich sie kenne. Ich habe einen großen Bekanntenkreis." Ohrem war heilfroh, dass er diesen Namen noch nie gehört hatte. Jetzt hoffte er, dass die Staatsanwältin von damals nicht geheiratet hatte und unter anderem Namen auftauchen würde.

***

Toni Krogmann stand Silke Müller in Höhe der Molkereiprodukte gegenüber und machte sich Notizen. Die 21-Jährige mit den gelockten schulterlangen schwarzen Haaren wirkte auf Krogmann leicht naiv. Gefühlte 100 Mal erzählte sie, was für ein toller Liebhaber der Peter sei und wie blöd doch seine Frau wäre. Die würde das alles nicht verstehen. Mehrmals habe sie versucht, der Beate zu erklären, dass er nur sie lieben und deshalb seine Familie verlassen würde. Dass ihm das mit dem Kind alles zu viel sei. Bei ihr würde er die Wärme und Liebe finden, die er brauchte.

Toni behielt zunächst mal für sich, dass Peter Kuckelke sich nicht nur für sie, sondern auch für alle anderen Frauen interessierte, die mit ihm in die Kiste springen würden.

„Wie lange lief das denn schon so zwischen Ihnen beiden?"

„Offiziell sind wir seit Ende November zusammen", strahlte die junge Frau. „Inoffiziell ist das natürlich schon viel länger."

„Darf ich fragen, ob Sie der Grund sind, warum Frau Kuckelke ausgezogen ist?"

„Natürlich ist sie wegen mir gegangen. Und das ist auch gut so. Diese Hexe hätte mir fast alles verdorben mit Peter. Die wollte, dass er auszieht und bei mir wohnt. Die spinnt wohl, in meiner Wohnung wäre das doch gar nicht gegangen. Ich habe nur ein kleines Appartement unterm Dach."

„Und wie hat der *Peter* sie letztlich umgestimmt?" Toni nutzte bewusst den Vornamen, denn sie war nicht sicher, ob Silke Müller sonst wüsste, wen sie mit *Herrn Kuckelke* meinte.

Das Grinsen in Silke Müllers Gesicht wurde noch strahlender. „Wir waren für den besonderen Kick mal wieder in ihrem Ehebett, als sie unerwartet nach Hause kam und nur mit Mühe den kleinen Bengel davon abhalten konnte, seinen Papa nackt mit mir im Schlafzimmer zu sehen. Das hat ihr wohl dann doch gereicht. Sie musste einsehen, dass ich nun an seiner Seite war und sie abgemeldet. Kurz danach ist sie ja dann auch ausgezogen."

Toni hätte ihr am liebsten die Leviten gelesen, aber das stand ihr nicht zu. Sie dachte für einen Moment an die verhasste Heidi mit der viel zu großen Oberweite, die seinerzeit ihre Ex-Frau Anja verführt hatte. Aber wäre das nicht passiert, dann hätte sie Laura nicht kennen gelernt.

„Waren Sie heute Morgen auch in der Teeküche, als *Beate* dort war?"

„Nee, ich wollte, aber ich bin rückwärts wieder raus, als ich diese Plantschkuh gesehen habe." Silke Müller spielte damit auf ihre rund 20 kg weniger an und ihre nicht zu verleugnende sportliche Figur. „Ich hatte keinen Bock darauf, auch nur ein Wort mit *der* zu reden. Mir hat das sowieso gestunken, dass Peter ihr hier den Job verschafft hat." Das war wohl ein wunder Punkt bei ihr.

„Ach so. Dann sind Sie ja jetzt gewiss froh, dass sie nicht mehr kommt?" Süffisanter hätte Toni diesen Satz nicht aussprechen können. Silke Müller wirkte ein wenig erschrocken. „Nee, so eine bin ich auch wieder nicht. Ich freue mich doch nicht, wenn jemand stirbt. Es hätte auch gereicht, wenn die hier nicht mehr gearbeitet hätte."

Eigentlich wollte Toni es nicht ansprechen, aber aufgrund des Gesprächsverlaufs und Frau Müllers stumpfer Persönlichkeit entschied sie sich dafür, die sprichwörtliche Ente aufs Wasser zu setzen. „Was läuft eigentlich zwischen der Andrea Kasupke und dem Peter?"

Silke Müller reagierte herablassend und ungewöhnlich kühl: „Pah, dass ich nicht lache. Was soll denn zwischen dieser aufgeblasenen roten Zora und meinem Peter laufen? Das soll wohl ein schlechter Witz sein! Ich meine, schauen Sie mich an und dann werfen Sie mal einen Blick auf die." Die 21-Jährige warf sich vor Toni in Positur, streckte ihre Brüste vor und strich sich mit den Fingern durch die Locken. „Nee, Frau Kommissarin, da läuft gar nichts. Außerdem liebt mich der Peter und will mit mir eine Familie gründen."

Toni war in diesem Moment heilfroh, dass sie ihre Laura hatte. Mit einer so einfach strukturierten Frau wie Silke Müller hätte sie nämlich rein gar nichts anfangen können. Sie beendete die Befragung und suchte Dember und Westhoven.

***

Zur gleichen Zeit befragte Heinz Dember Andrea Kasupke im Warenlager. Die 25-jährige Rothaarige saß auf einer eingeschweißten Palette mit Kaffee und stützte sich mit den Händen auf. Noch ein wenig mehr Spannung auf den Blusenknöpfen und ihre üppigen Brüste wären Dember entgegengepurzelt. Die junge Frau erzählte mit weicher Stimme: „Ich arbeite schon immer hier im *Brutto*, nach meiner Ausbildung wurde ich dann fest übernommen. Was glauben Sie, wie froh ich war, dass ich damals mit meinem schlechten Hauptschulzeugnis hier die Lehrstelle bekommen habe! Ich habe mich total ins Zeug gelegt, damit ich nach der Ausbildung bleiben konnte. Es hat ja dann auch geklappt. Meine Mutter fand das zwar damals total blöd, dass ich deswegen von Essen nach Köln umziehen musste, aber für mich war das seinerzeit eine richtige Erleichterung und ein großer Schritt in Richtung finanzieller Unabhängigkeit. Ich wollte auf keinen Fall so werden wie meine Mutter und immer von der Stütze leben. Auch dieser ständige Zank mit dem JobCenter! Da schaudert's mir heute noch. Man kann sich ja auch gar nichts leisten und jeden Cent muss man dreimal umdrehen. Das war mir immer so peinlich gegenüber meinen Freundinnen. Nee, das war nichts für mich. Außerdem finde ich Köln mittlerweile super. Ich habe viele Freunde hier und sogar so 'ne Art Halbtante. Die fährt ihr eigenes Taxi. So ein- bis zweimal im Jahr treffen wir uns. Das reicht mir dann auch. Sie redet immer schlecht über Mama, weil die von der Stütze lebt und nicht arbeiten will."

Dember durchzuckte bei dieser Information ein Gedanke, den er aber sofort resolut verdrängte. Er wollte gar nicht daran denken, dass die Halbtante seine Busenfreundin Katrin Oehmchen sein könnte. Aber nein, das konnte nicht sein. Andrea Kasupke kam aus Essen und sprach kein Kölsch, noch nicht mal richtigen Ruhrpottdialekt. Das hätte er ja als Westfale gut verstanden. Er hob die Hand und unterbrach den Redeschwall der jungen Frau. „Bitte, Frau Kasupke. Könnten wir zunächst über Ihre verstorbene Kollegin sprechen?"

Die junge Frau verzog beleidigt ihren Schmollmund. „Wollt ich doch gerade, aber viel ist es sowieso nicht. Die Beate, also Frau Kuckelke, kannte ich nur flüchtig. Manchmal habe ich gesehen, dass die ab und zu den Herrn Kuckelke hier abgeholt hat. Das war's. Mehr kann ich Ihnen nicht sagen." Die Angestellte schien mehr als überrascht, als der Ermittler konterte: „Doch, das können Sie, Frau Kasupke. Meines Wissens nach könnten Sie sogar eine Menge erzählen, zumindest, was den guten Herrn Kuckelke betrifft." Dember entging nicht, dass die roten Haare nun auch gut mit der Gesichtsfarbe der jungen Frau korrespondierten. „Beschreiben Sie bitte den heutigen Morgen in der Teeküche. Soweit wir wissen, waren Sie, Herr Becker und Frau Kuckelke dort. Was haben Sie da gemacht?"

Andrea Kasupke wirkte nun ein wenig verunsichert. „Na, was man halt so macht in der Teeküche. Der Raum ist ja nicht so klein, wie er sich anhört. Wir haben unsere eigenen Schränke da drin und einen großen Tisch. Ich hänge meine Jacke in den Schrank, ziehe den Verkaufskittel über meine Bluse und sitze dort wie jeden Morgen bis zur Ladenöffnung und lese den neuesten Klatsch in der Zeitung. Dazu trinke ich immer einen Kaffee und esse ein belegtes Brötchen oder auch mal nur einen Joghurt. Das gönne ich mir einfach, ich brauche die Ruhe vor dem Sturm."

„Haben Sie mitbekommen, was Julian Becker und Beate Kuckelke gemacht haben?"

„Ja, habe ich. Es war ja auch nicht zu überhören. Das laute Zischen des Wasserkochers hat mich nämlich ziemlich genervt, als ich gerade dabei war, den neuesten Klatsch des Tages zu lesen. Die haben sich was aufgegossen und sind dann in den Laden."

„Und was haben die sich aufgegossen? Haben Sie das auch gesehen?"

Kopfschüttelnd antwortete sie: „Nee, kann ich nicht sagen. Da stehen immer mehrere Packungen von diesen Instantgesöffs. Gucken Sie doch im Mülleimer nach. Da müssten die aufgerissenen Portionsbeutel doch noch drin sein."

„Okay. Danke! Aber jetzt noch mal zurück zu Herrn Kuckelke. Was können Sie über ihn sagen? Und ich erwarte jetzt nicht nur die Beschreibung eines Kollegen." Dember fixierte die attraktive junge Frau, die unruhig auf der Palette hin- und herrutschte, mit einem durchdringenden Blick.

„Tut das irgendwas zur Sache, Herr Kommissar? Sie tun ja so, als ob die Beate ermordet worden ist und ich verdächtig bin."

Dember schwieg nun ganz bewusst und es war nicht zu übersehen, wie sich Beklommenheit bei Andrea Kasupke einstellte.

„*Ich* habe nichts dergleichen gesagt und auch nicht angedeutet. Aber ich finde es sehr interessant, dass *Ihnen* solche Gedanken durch den Kopf gehen." Abermals schwieg Dember und fixierte die Rothaarige. Ihre Reaktion auf Dembers unterschwellige Verdächtigung fiel sehr heftig aus: „Jetzt machen Sie aber mal 'nen Punkt! Ich glaub's wohl! Nur, weil ich mich mal mit Peter getroffen habe, bringe ich noch lange nicht seine Ex um! So ein Quatsch, das ist doch Schwachsinn hoch 12, ich wollte den doch nicht heiraten!"

Dember blieb ganz ruhig, musterte die junge Frau weiter, bevor er darauf erwiderte: „Jetzt kommen wir der Wahrheit endlich mal ein Stück näher. Sehe ich vielleicht so aus, als ob es mir Spaß macht, Ihnen jeden Satz einzeln aus der Nase zu ziehen? Also noch mal, wo Sie gerade dabei sind: Was läuft zwischen Ihnen und Herrn Kuckelke? Und wer hätte denn aus Ihrer Sicht einen Grund, Frau Kuckelke den Tod zu wünschen?"

Andrea Kasupke zuckte mit den Schultern. „Ich habe mich ein paar Mal mit ihm getroffen und wir hatten Spaß, das war's. Zufrieden jetzt?! Wir sind kein Paar oder irgendwas in der Art. Auf Beziehungskram habe ich nämlich keinen Bock. Ich will nicht so enden wie meine Mutter. Die hat sich jahrelang verarschen lassen, genau wie meine Oma. Nur deshalb hab ich ja auch eine *Halb*tante, aber das interessiert Sie ja nicht!"

Dember gab keinen Kommentar dazu, sondern fragte weiter: „Sie wissen aber schon, dass er eigentlich mit der Silke Müller liiert ist?"

„Ja, sicher, die redet von nichts anderem mehr. Wie sehr er sie liebt und so – Schwachsinn! Der sucht doch auch nur sein Vergnügen – wie alle Männer. 'Tschuldigung." Demonstrativ reckte sie ihm ihren Oberkörper ein wenig mehr entgegen und schlug dann ihre Beine übereinander.

„Und welche Rolle spielen Sie, Frau Kasupke?"

„Gar keine, hab ich doch eben erzählt. Ich wollte nur mein Vergnügen. Ohne Verpflichtung und ohne Stress. Das ist doch nicht verboten, oder?" In ihrem Gesicht zeichnete sich nun ein keckes Grinsen ab.

Noch vor weniger als einem Jahr wäre diese Einstellung genau die richtige für Heinz Dember gewesen. Anstatt sie dann vernünftig weiter zu befragen, hätte er am Ende nur die Rufnummern mit ihr ausgetauscht und ebenfalls versucht, mit dieser rothaarigen Versuchung einfach nur Spaß zu haben. Aber diese Zeiten waren vorbei.

„Noch ein letztes Mal, Frau Kasupke. Gibt's jemanden, der einen Grund haben könnte, Beate Kuckelke zu töten?" Doch wieder erntete er nur ein Schulterzucken.

Nachdem die informatorische Befragung vorbei war, ging Dember schnurstracks zur Teeküche und sah in den Mülleimer. Darin lagen zwei aufgerissene Portionsbeutel Latte Macchiato und ein Kaffeefilter mit feuchtem Kaffeepulver. Er nahm den Eimer mit zur Kasse 3 und suchte dort vergeblich nach einer Tasse.

***

Sarah Steinmann trug ihren cremefarbenen Mantel über dem Arm und sah in ihrer weißen Rüschenbluse, dem dunkelgrünen Rock und den schwarzen kniehohen Stiefeln eher so aus, als ob sie eine vielversprechende Verabredung hätte. Ein Angestellter des Supermarktes begleitete sie zum Büro des Filialleiters.

„Sarah, grüß dich." Westhoven reichte ihr die Hand. Danach begrüßte sie auch noch Häuser und Herrn Ohrem. Letzterem fiel ein Stein vom Herzen, als er in ihr nicht das Feindbild „Staatsanwältin" erkannte, das sich vor Jahren bei ihm entwickelt hatte.

Sarah verlor keine Zeit. „Wo ist das Schreiben? Ich möchte es mal lesen."

Häuser übergab ihr eine Klarsichthülle, in die er das Schreiben zum Schutz vor weiteren unnötigen Spuren gesteckt hatte. Mit prüfendem Blick las sie es. Ihre Miene verfinsterte sich dabei zusehends. Schließlich wandte sie sich an den schwitzenden Filialleiter: „Herr Ohrem, ich halte es für mehr als bedenklich, dass Sie das nicht umgehend Ihrer Konzernsicherheit gemeldet haben! Und nun ist eine Ihrer Angestellten plötzlich verstorben. Hoffen Sie lieber, dass hier kein Zusammenhang besteht."

Ohrem krümmte sich. Er startete den gleichen Erklärungsversuch wie schon zuvor bei Häuser, nur diesmal in einem freundlicheren Ton: „Ich habe es schon dem Kommissar versucht zu erklären, dass ICH schließlich nichts vergiftet habe." Zur Unterstreichung seiner Aussage legte er seine speckige Hand auf seine Brust. „Und außerdem, wer sagt denn, dass die arme Beate tatsächlich vergiftet wurde? Das scheint mir doch alles ziemlich konstruiert, mit Verlaub."

„Der Leichnam wird selbstverständlich noch auf toxikologische Wirkstoffe und Rückstände untersucht. Und falls die Analyse positiv ausfallen sollte, dann sprechen wir uns wieder – mit Verlaub", entgegnete Sarah Steinmann süffisant. Westhoven grinste. Diese Art von Gespräch hatte auch er schon öfters mit ihr geführt. Für Ohrem war dies jedoch augenscheinlich nicht so leicht zu erdulden; zum wiederholten Male wischte er sich den Schweiß aus Gesicht und Nacken.

Plötzlich wurde die Situation durch Lärm und lautes Gebrüll aus dem Verkaufsraum unterbrochen. Westhoven öffnete die Tür und sah Dember bei einem jungen Mann knien, der am Boden lag und augenscheinlich unter extremen Bauchkrämpfen litt.

„Wer ist das, Heinz? Was ist hier los?"

Zwischenzeitlich war auch Toni herbeigeeilt. „Das muss Julian Becker sein. Der soll sich auch was aufgegossen haben in der Teeküche. Genau wie die Tote."

Keine zehn Minuten später war die Notärztin ein weiteres Mal im Supermarkt und kümmerte sich diesmal um Julian Becker. Sie injizierte ihm ein krampflösendes Medikament und ordnete an, ihn ins Heilig-Geist-Krankenhaus nach Köln-Longerich zu bringen. Sarah Steinmann wandte sich an die Ärztin und stellte sich vor. „Könnten Sie mir sagen, was dem jungen Mann fehlt?"

„Das würde ich ja gerne, aber haben Sie eine Entbindung von der ärztlichen Schweigepflicht, die von ihm unterschrieben ist? Ansonsten kann ich Ihnen leider keine Auskunft zum Patienten geben. Das müssten Sie doch wissen."

„Frau Doktor…?"

„Hoffmann."

„Gut. Frau Dr. Hoffmann. Sie können sich sicher vorstellen, dass wir ob der Situation keine solche Erklärung vorliegen haben. Könnten Sie mir denn zumindest sagen, ob Sie den Verdacht einer Vergiftung bejahen können?"

„Das wäre eine reine Mutmaßung, aber ausschließen kann ich natürlich gar nichts. Jedenfalls finde ich es persönlich sehr merkwürdig, gleich zwei Patienten hintereinander im selben Laden zu haben. So was habe ich in 15 Jahren nicht erlebt. Ich werde meinen Kollegen einen entsprechenden Hinweis geben, dass die das zumindest mal mit in Erwägung ziehen und testen sollen."

„Vielen Dank. Falls erforderlich, lasse ich Sie dann vorladen. Selbstverständlich werde ich dann eine Entbindung der ärztlichen Schweigepflicht vorlegen können. Ob der Termin dann in Ihre persönliche

Zeitplanung passt…" Sarah Steinmann zuckte mit den Schultern und erreichte durch ihre leichte Provokation das gewünschte Ergebnis.

„Ist ja schon gut. Immer dieses Theater! Der junge Mann hatte extreme Bauchkrämpfe und ich habe ihm ein krampflösendes Medikament injiziert. Danach wurde es auch direkt viel besser. War es das jetzt? Kann ich dann wieder oder wollen Sie noch was wissen, was ich Ihnen eigentlich nicht sagen darf?"

„Danke! Das war es fürs Erste!"

***

Zwischenzeitlich war auch die Spurensicherung mit einem Team und dem Tatortfotografen eingetroffen und wartete auf die Einweisung in die Lage. Augenscheinlich sah es eben nur wie ein normaler Sterbefall einer jungen Frau aus, die noch immer vor schaulustigen Blicken abgeschirmt neben Kasse 3 auf dem kalten Fliesenboden lag. Westhoven erklärte den Spezialisten in wenigen Sätzen, dass hier im Grunde gar nichts klar sei und man alles und nichts spurentechnisch sichern könne. Es sei nicht auszuschließen, dass hier tatsächlich eine Vergiftung vorliegen könnte.

Michael Drees schlug vor, sämtliche Tassen einzupacken, die Portionsbeutel und sämtliche Aufgusspackungen von Heißgetränken aus der Teeküche zu sichern und selbstverständlich alles fotografisch festzuhalten. Westhoven hatte keine andere Idee und war damit einverstanden. Er hielt es auch nicht für besonders effektiv, das gesamte Sortiment des Ladens sicherzustellen. Trotz der wenigen Ansätze, wonach man eigentlich suchen könnte, war die Palette der Möglichkeiten dennoch einfach zu groß. Diese Ungewissheit machte ihn aber trotzdem ziemlich kirre. Er bat daher den Fotografen, zunächst im Rahmen der Übersichtsaufnahmen unauffällig das Personal mit aufzunehmen.

***

Professor Dr. Dotzinger hatte es sich mal wieder nicht nehmen lassen, selbst den Bereitschaftsdienst zu übernehmen. Diese Entscheidung war auch relativ einfach; die Kollegen mit schulpflichtigen Kindern hatten Urlaub und Dr. Doris Dember durfte noch nicht. Westhoven hatte ihm einen von den weißen Spurensicherungsanzügen in die Hand gedrückt, die Gummihandschuhe hatte er selbst mitgebracht. Nach wenigen Minuten einer äußeren Betrachtung und oberflächlichen Untersuchung der Toten schlug der Rechtsmediziner eine gerichtliche Obduktion mit anschließenden toxikologischen Untersuchungen vor.

Westhoven fragte nach: „Und, Herr Professor, konnten Sie schon etwas feststellen, was zum Tod bei ihr geführt haben könnte?"

„Ich habe keinerlei Anzeichen für Fremdeinwirkung feststellen können. Keine Verätzung im Mund- und Gaumenbereich, keine Petechien in den Glaskörpern, rein gar nichts. Ich habe auch das sprichwörtliche Messer im Rücken nicht gefunden. Aber Sie wissen ja, dass ich mich prinzipiell nicht allzu schnell zu Hypothesen hinreißen lasse. Sollten wir es hier tatsächlich mit einer Vergiftung zu tun haben, dann möchte ich auf eines besonders aufmerksam machen: Gifte wirken auf verschiedenste Weise auf unseren Organismus ein. Man kann nicht eins und eins zusammen zählen, das wäre zu einfach. Toxische Einflüsse können zersetzend wirken oder auch das Nervensystem, manchmal auch das Bewusstsein lähmen. Schlimmer wird es dann, wenn die Zellatmung gänzlich blockiert oder gestört wird, was Organstörungen oder -zerstörungen verursachen kann. Dies soll nur ein kurzer Abriss sein, um zu verdeutlichen, dass eine rasche Entdeckung von Giften schwierig ist. Herr Westhoven, all diese unbekannten Faktoren können allein oder zusammen auftreten und die unterschiedlichsten, zum Teil zunächst harmlosen Symptome bedingen. Ich bin schon sehr gespannt."

Westhoven dachte an das letzte Tötungsdelikt, bei dem der Professor zum ersten Mal selbst gearbeitet hatte – die einbetonierte Wasserleiche im Vingster Badesee[1]. Da war Dr. Dotzinger auch anfänglich sehr zurückhaltend und relativ steif im persönlichen Umgang gewesen. Sarah Steinmann wandte sich an den Rechtsmediziner: „Herr Professor, um wie viel Uhr kann der Leichnam heute obduziert werden? Mir ist sehr an einem schnellen Ergebnis gelegen, wie Sie sich sicher vorstellen können."

„Von mir aus, sobald die Leiche bei uns am Melatengürtel eingetrof-

---

1 Band 4 der KRIMINAListenROMANE „Vingstblüten im Herbst", erschienen 2013 in der Edition Lempertz

fen ist. Ich sage auch meinem Privatdozenten von der Toxikologie Bescheid, dass ich unbedingt seine Unterstützung brauche. Nach einem *General announced screening* wissen wir vielleicht, und ich betone vielleicht, schon mehr."

Sarah Steinmann und auch Westhoven wussten, dass der Professor damit einen generellen Test über handelsübliche Gifte meinte, die in einer Datenbank hinterlegt waren. Westhoven war das zu unsicher. Er fragte deshalb: „Würde es nicht Sinn machen, den ganzen Laden hier zu versiegeln, bis wir Gewissheit haben, ob und welches Gift tatsächlich eine Rolle spielt?"

Prof. Dr. Dotzinger wiegte nachdenklich den Kopf, sagte aber nichts. Dafür aber entschied die Juristin, dass dies ihrer Einschätzung nach doch unverhältnismäßig sein könnte. Der Rechtsmediziner fügte hinzu, dass es schier utopisch sei, ohne weitere Informationen das vergiftete Nahrungsmittel zu finden – wenn es denn überhaupt eins gäbe. Und selbst wenn bekannt wäre, welches Produkt es sei, wäre nicht zwingend gewährleistet, dass man das Gift sicher bestimmen könnte.

***

Nachdem der Leichnam von Beate Kuckelke von den in Schwarz gekleideten, pietätvoll dreinschauenden Bestattern abgeholt worden war, machten sich Westhoven und Sarah Steinmann auf den Weg zur Rechtsmedizin. Dember und Toni sollten den Rest der Angestellten anhören, während Häuser sich noch mit dem Filialleiter auseinandersetzte.

Auf dem Weg zum Wagen wunderte sich Westhoven: „Komisch, irgendwie vermisse ich unseren Pressefuzzi Holm. Die Meldung einer normalen Leiche war ihm wohl nicht spannend genug. Bin gespannt, wann er dahinterkommt oder es ihm jemand steckt, dass hier eine große Story zu holen sein könnte."

„Könnte, hätte und vielleicht, mein Lieber!" Sarah Steinmann lächelte verschmitzt.

Kapitel 2

„So, Herr Ohrem. Ich darf mich dann auch gleich verabschieden.“ Häuser übergab ihm seine Visitenkarte.

Der stämmige Filialleiter verstand nicht. „Äh, war es das jetzt? Was mache ich denn, wenn wieder jemand anruft?“

„Ans Telefon gehen. Alles schön aufschreiben und mich anrufen.“

Herbert Ohrem war noch immer perplex. „Bleiben Sie denn nicht hier und hören mit einem zweiten Hörer mit oder nehmen mit einem Tonband alles auf? Das ist doch in den Fernsehkrimis auch immer so.“

KHK Häuser lächelte. „Sehe ich so aus, als wenn ich mich den ganzen Tag neben Ihren Apparat setzen würde, geschweige denn dies wollte? Nein, Herr Ohrem, es läuft so: SIE melden sich bei UNS, sofern sich noch mal jemand wegen Geld meldet, das ihm nicht zusteht. Dann sehen wir weiter. Und wenn Sie wollen, können Sie ja die Gespräche mit einem Tonband aufzeichnen und mir dann vorspielen. Möglicherweise stirbt aber noch jemand, dann kommen wir noch mal.“ Häuser verabschiedete sich und war sich absolut sicher, dass er den Filialleiter endlich wachgerüttelt hatte.

***

Kaum, dass er den Laden verlassen hatte, rief Häuser Edgar Stengelmann an. In einem Fall von Erpressung war dieser in erster Linie als oberster Vorgesetzter der Kriminalinspektion 1 zuständig.

Stengelmann begrüßte ihn herzlich. Schon seit der Ausbildung zum mittleren Polizeidienst kannten sich die beiden. Sie hatten sich damals eine Stube im schönen Schloss Schellenberg in Essen geteilt. Zu jener Zeit hatten sie als 16-jährige Grünschnäbel bei der Polizei angefangen. Nach der dreijährigen Polizeiausbildung hatten sich zwar ihre dienstlichen Wege getrennt – Häuser wurde schon damals nach Köln versetzt, Stengelmann blieb vorerst in Essen – aber ihre Pfade hatten sich immer wieder gekreuzt und letztlich versahen beide nun Dienst im Polizeipräsidium Köln. Stengelmann hatte keine große Wahl gehabt, als sich den Aufgaben in Köln zu stellen. Er war seit Jahren in der

Besoldungsgruppe A15 und sah in der Leitung der Kriminalinspektion 1 in der Mega-Behörde Köln sein Sprungbrett zum Leitenden Kriminaldirektor.

Häuser berichtete von dem Erpresserschreiben und den beiden mysteriösen Anrufen.

Stengelmann seufzte. „Was meinst du, Klemens? Haben wir hier etwa einen Fall von diesem Spoofing-Mist, diesem Scheißinternetkram, wo man die Rufnummer vortäuschen und die Stimme verändern kann?"

„Das war auch mein erster Gedanke, Eddi. Ansonsten hätte ich ad hoc keine andere Erklärung. Seitdem diese Technologie 2004 das erste Mal im amerikanischen Raum aufgetaucht ist, hat sie uns die Arbeit immer weiter erschwert!"

Tatsächlich war diese Erfindung mittlerweile der reinste Albtraum. Ihr eigentlicher Zweck, nämlich die Erleichterung der Arbeit für Privatdetektive oder Vollzugsbehörden, wurde immer mehr ad absurdum geführt. Klemens Häuser redete sich förmlich in Rage, während Stengelmann zustimmend nickte. „Allein der Schaden, der sich mit diesen Anwendungen anrichten lässt! Das reicht von einfachen Telefonstreichen – einem vorgetäuschten Anruf mit der Nummer des Chefs oder der Freundin – bis hin zu Betrugsversuchen, wenn die Täter sich zum Beispiel als Bankinstitut ausgeben und nach persönlichen Daten fragen. Von unseren Erpressungstaten hier mal ganz zu schweigen!"

Die Täuschungstechnologie eröffnete in der Tat ungeahnte Möglichkeiten: Untreuen Ehemännern diente sie dazu, sich bei ihren Frauen ein Alibi zu verschaffen. Es war kein Problem, vom Hotelzimmer, in dem man sich mit der Geliebten traf, anzurufen und es für die Ehefrau so aussehen zu lassen, als sei man noch im Büro. Oder so zu tun, als sei man am Flughafen und habe den Flug verpasst. Die Hintergrundgeräusche ließen sich beliebig produzieren. Ein startendes Flugzeug oder eine Bahnhofsdurchsage waren gar kein Problem. Häuser schüttelte erbost den Kopf. „Kannst du dich noch an den Fall mit dieser Paris Hilton erinnern? Die hat sich damals, ich meine das war 2006, mit Hilfe einer sogenannten Spoofcard Zugang zur Mailbox ihrer Konkurrentin Lindsay Lohan verschafft. Zickenkrieg?!"

„Ja, Klemens, es ist wirklich das Letzte, was alles mit dieser Teufelstechnik möglich ist. Wir können froh sein, dass unsere potentiellen

Täter genau das nicht wissen oder schlichtweg zu blöd sind, sie voll auszunutzen." Stengelmann lachte auf, wurde dann aber wieder ernst. „Komm bitte direkt zurück zum Präsidium und beantrage die Beschlüsse für die Telefonüberwachung des Filialleitertelefons. Wir dürfen nichts dem Zufall überlassen. Wie schätzt du den Mann ein? Ist er vertrauenswürdig?"

„Ich bin schon auf dem Weg und steige gerade in den Wagen. Ganz ehrlich, dieser Ohrem ist mir absolut suspekt. So ein richtiger Schmierlappen, wie er im Buche steht. Ich wäre nicht sonderlich überrascht, wenn der Fettsack den jungen Frauen in seinem Laden nachstellt. Warten wir es ab. Bislang tendiert seine Kooperation ja gen Null. Ein richtiger Großtuer, weiß alles – kann alles!"

***

Der Präparator Pahl hatte die Bahre mit dem Leichnam von Beate Kuckelke gleich nach dem obligatorischen Wiegevorgang im Leichenannahmeraum an den Kühlräumen vorbei in den Sektionssaal geschoben.

Nach der gerichtlichen Obduktion würde auch ihr Körper im niedrig temperierten Raum aufbewahrt, um die Zersetzungsprozesse auf natürliche Weise zu verlangsamen.

Den Zettel mit dem Wiegeergebnis von 69,3 kg Körpergewicht und der gemessenen Körperlänge von 171 cm hatte er am rechten dicken Zeh der Toten angebunden. Im Sektionssaal warteten bei einer Raumtemperatur von knapp über 10 Grad Celsius Paul Westhoven, Sarah Steinmann, Prof. Dr. Dotzinger und der zweite Rechtsmediziner und Toxikologe, Privatdozent Friedel Röser.

Auf dem Weg dorthin hatte Pahl leise eine Schlagermelodie vor sich hin gesungen. Der einst so verschrobene Mann hatte sich sehr verändert. Ihm war anzumerken und anzusehen, dass ihm seine neue Partnerin, mit der er nun seit knapp zwei Monaten liiert war, guttat. Seine Frisur war tip top, er duftete stets nach frischem Aftershave und glücklicherweise hatte er keine morgendliche Alkoholfahne mehr. Die Wodkaflasche im Fach 4 der Leichenkühlkammer war ebenfalls Geschichte. Aber eine Sache hatte Pahl nicht abgelegt: seine grotesken Kommentare!

„Kennt ihr schon den neuesten Renner bei Pino?"

Alle blickten ratlos in die Runde.

Pahl prustete los: „MELATEN MACCHIATO, der ist so lecker, dafür würde man einfach sterben!"

„Sehr witzig und geistreich, Herr Pahl. Können wir dann beginnen? Die Runde ist ja dann wohl komplett; die Leiche ist da, der Erste und Zweite Obduzent sind auch anwesend. Dann viel Erfolg! Ich bin schon sehr gespannt." Sarah Steinmanns Augen funkelten vor Freude. Allseits war mittlerweile bekannt, dass sie gern persönlich an den Sektionen ihrer Fälle teilnahm. Auch wollte sie ihre Informationen unmittelbar beziehen.

Den Leitlinien der Deutschen Gesellschaft für Rechtsmedizin entsprechend begann der Toxikologe mit der äußeren Leichenbesichtigung und diktierte seine Befunde ins über dem Tisch baumelnde Diktiergerät, während der Präparator Pahl einige der Messdaten auf die Tafel schrieb. Im Verlauf der Sektion würde er sich wie sonst auch nach den Empfehlungen für die „rechtsmedizinische Leichenöffnung" richten und die erforderlichen Minimalanforderungen zur Asservierung biologischen Materials für seine toxikologisch-chemischen Untersuchungen beachten – eine alltägliche Prozedur bei unklarer Todesursache und möglichen speziellen Fragestellungen.

Die inzwischen vom Körper heruntergeschnittenen Bekleidungsstücke wurden gesondert voneinander in Papiersäcken asserviert und gekennzeichnet.

Mit gekonnten Handgriffen wendete Pahl die Methode des Knochenreibens an und tastete Zentimeter um Zentimeter die Arme und Beine ab. Er sprach ins Diktiergerät, dass er keine knisternden Geräusche feststellen konnte, die auf mögliche Knochenbrüche schließen lassen könnten, und schloss damit auch die äußere Leichenschau.

Danach bat Friedel Röser freundlich um eine Spritze, damit er noch vor der Leichenöffnung für quantitative Analysen Blut aus dem Oberschenkel sichern konnte. Routiniert öffnete er mit dem Skalpell den Oberschenkel, um dann mit dem ersten Einstich 20ml des dunkelroten Lebenssaftes zu extrahieren, und überreichte die Spritze Pahl zur Asservierung. Mit seinem charakteristisch verdrießlichen Gesichtsausdruck nahm er diese entgegen.

Da die Todesursache von Beate Kuckelke weiterhin unklar war, sicherte Röser überdies noch ein bleistiftdickes Bündel Kopfhaare aus dem Bereich der Hutkrempe am Hinterhaupt und machte mit Wattestäbchen Abstriche auf der Haut und an den Schleimhäuten. Als Röser eins der Wattestäbchen durch Mundhöhle und Rachen der Toten rieb, diktierte er, dass dies notwendig sei, um einen eventuellen Giftaufnahmeweg zu klären. Als weiteres Untersuchungsmaterial sicherte er mit einer sehr feinen Spritze die Gesamtmenge an Glaskörperflüssigkeit der vorderen Augenkammern und diktierte, dass mit dieser unter anderem auch Herzglykoside nachgewiesen werden könnten.

Röser bemerkte Sarah Steinmanns fragenden Gesichtsausdruck und schaltete das Aufnahmegerät aus. „Ich habe den Eindruck, dass Sie eine Frage haben."

„Stimmt! Wie muss ich das mit der Flüssigkeit aus den Augen verstehen und dem Nachweis von Herzglykosiden?"

„Wir gehen doch noch immer davon aus, dass die Todesursache unklar ist und möglicherweise eine Vergiftung vorliegen könnte. Richtig?"

Sarah Steinmann nickte.

„Nun ja, herzwirksame Glykoside sind Wirkstoffe, die in der Lage sind, die Schlagkraft des Herzens zu senken oder zu steigern. Und am leichtesten kommt man als ‚Otto-Normalverbraucher' an Fingerhut. In der Medizin bekannt als Digoxin und Digitoxin, vereinfacht stets Digitalis genannt. Eine unkontrollierte Einnahme oder Verabreichung dieses Gifts könnte beispielsweise die Leistung des Herzens beeinflussen und zum Tod führen. Sie müssen unbedingt in Erfahrung bringen, ob die Tote Digitalis als Medikament verschrieben bekommen hat." Röser hielt kurz inne. „Wäre doch wie ein Sechser im Lotto, wenn später Digitalis festgestellt würde. Ich möchte nichts unberücksichtigt lassen und alle Eventualitäten im Fokus behalten."

„Klingt nachvollziehbar. Danke. Paul, du hast das notiert?"

Westhoven nickte, während er sich diesen Hinweis aufschrieb.

Nach Absprache mit Prof. Dr. Dotzinger verzichtete der Toxikologe jedoch auf die Sicherung von Finger- und Zehennägelabschnitten und sprach ins wieder eingeschaltete Aufnahmegerät, dass in der Regel hiermit nur ein Nachweis einer längerfristigen Einnahme von Giftstoffen zu einem verwertbaren Ergebnis führen würde.

Sarah Steinmann hakte nach: „Das verstehe ich nun aber nicht, meine

Herren. Gerade eben haben Sie doch noch gesagt, dass Sie nichts unversucht lassen wollen."

Prof. Dr. Dotzinger ergriff das Wort: „Ja, aber sofern die Tote erst unmittelbar vor ihrem Ableben etwas mutmaßlich Vergiftetes zu sich genommen hat, werden wir hier keinerlei toxikologische Rückstände finden. Aber wir werden gleich nach der Leichenöffnung noch genügend Untersuchungsmaterial sichern können."

„SIE sind der Fachmann", gab Sarah Steinmann klein bei.

Prof. Dr. Dotzinger griff zum Skalpell und setzte für die Eröffnung des Leichnams zum sogenannten Y-Schnitt an. Sekunden später hatte er Kuckelkes Körper mit gekonnten Schnitten von den Schultern bis zum oberen Ende des Brustbeins und einem senkrechten Schnitt von dort bis hinunter in Höhe des Beckens geöffnet. Aus der Vogelperspektive glich dies einem blutigen „Y".

***

Der Filialleiter Ohrem hatte alle Mitarbeiter des Lebensmittelmarktes zusammengerufen. Mit aufgesetzt bedrückter Miene schaute er in größtenteils traurige Gesichter. Mit gewählten Worten hielt er quasi eine Vorab-Grabrede über Beate Kuckelke. In den höchsten Tönen lobte er sie als zuverlässige und hilfsbereite Kraft, die eine große Lücke hinterlassen werde.

Am Ende der Ansprache wurde seine Stimme wieder kräftiger und er entschied, dass an diesem Tag das Geschäft geschlossen bleiben und ein Schild ins Fenster gehängt werden solle:

„Liebe Kunden, wegen eines Todesfalls bleibt unser Geschäft heute geschlossen! Wir sind ab morgen wieder für Sie da!"

***

Am Walter-Pauli-Ring angekommen, ging Häuser geradewegs zum Büro von Edgar Stengelmann.

„Setz dich doch, Klemens." Stengelmann wies auf einen Stuhl an seinem Besprechungstisch, blieb aber selbst hinterm Schreibtisch sitzen und trank einen Schluck Kaffee. „Und, hast du auf dem Weg hierher noch über den Fall spekuliert?“

Häuser schüttelte den Kopf. „Ich halte es nun für das Wichtigste, schnellstmöglich die Beschlüsse für die Telefonüberwachung zu bekommen, um den nächsten Anruf, sofern überhaupt einer kommt, mit anzuhören. Nicht, dass uns ein Anruf verloren geht und wir das nicht mitbekommen.“

„Logo! Mach du das bitte gleich und ich rufe umgehend bei der LZPD an und spreche mit den Spezialisten dort. Vielleicht wissen die was über ähnlich gelagerte Fälle.“

Häuser stand auf und rückte den Stuhl wieder an den Tisch heran. „Mach ich. Und ich bräuchte jetzt auch erstmal einen starken Kaffee.“

„Ich informiere parallel mal unseren gemeinsamen Chef. Ich denke, es ist keine gute Idee, wenn ich bis zur Frühbesprechung morgen warte, um ihm dann von der neuesten Erpressung gegen einen Lebensmittelgroßhandel zu berichten.“

„Davon gehe ich auch mal aus. So wie ich unseren Kripochef kenne, ist er gern im Bilde. Es wäre sicher ungünstig, wenn er das über andere erfahren würde. Soll ich dann gleich die Einrichtung einer Ermittlungsgruppe bei der Führungsstelle anmelden?“

„Noch nicht, warte erstmal damit. Der Formalkram kann warten. Kümmere dich bitte erst um die Beschlüsse, die sind vorrangig. Außerdem möchte ich Stellmachers Entscheidung nicht vorgreifen. Ich frage ihn, ob er damit einverstanden ist, dass wir eine Ermittlungsgruppe installieren. Vielleicht möchte er ja lieber eine Großlage ausrufen und selbst Polizeiführer sein.“

„Eddi! Du musst ihn davon überzeugen, dass wir eine Ermittlungsgruppe einrichten! Jetzt schon mit einem Polizeiführer zu arbeiten, ergibt doch noch überhaupt keinen Sinn. Wir haben bis jetzt weder eine fundierte Gefahrenanalyse, noch steht eine Geldübergabe bevor. Das wäre eine echte Vergeudung von Einsatzkräften, die sinnvoller ihre zahlreichen Vorgänge bearbeiten können, als alibimäßig bei uns rumzusitzen.“

Häuser ging in sein Büro und schrieb einen Vermerk zur aktuellen Erpressung, in dem er auch die Anregung eines Beschlusses für die Telefonüberwachung vorschlug. Vor der Einführung des sogenannten Turnussystems bei der Staatsanwaltschaft Köln hätte Häuser sich die Finger wund gewählt, um einen zuständigen Dezernenten oder eine Dezernentin zu erreichen, denn für das KK 13 gab es keine festen Ansprechpartner dort.

Durch die letzte Änderung des Geschäftsverteilungsplans gab es nun allerdings die *Zentrale Erfassungsstelle*, die sich auch um eilbedürftige Sachverhalte und Anträge der Polizei kümmerte. So brauchte Häuser nur noch den Vermerk mit dem Hinweis ***„Eilt – Beschlusssache“*** zu versehen und per Fax dorthin zu übersenden. Die Zentrale Erfassungsstelle würde dann computerunterstützt den neuen Vorgang einem Dezernat zuteilen und diesen schnellstmöglich dort vorlegen.

Häuser hatte in seinen letzten Fällen bereits gute Erfahrungen mit dem neuen Erfassungssystem gemacht. Er rechnete auch diesmal mit einem Anruf innerhalb der nächsten 90 Minuten. Danach würde es in der Hand eines Ermittlungsrichters liegen, wie schnell er seine Beschlüsse bekäme. Doch auch hier konnte Häuser nicht auf negative Erfahrungen zurückgreifen.

***

Edgar Stengelmann hatte sich auf den Weg zum Leiter der Kriminalpolizei gemacht. Bert Stellmacher hatte ihn gebeten, in sein Büro zu kommen, um das weitere Vorgehen persönlich zu besprechen. Freundlich wurde er von der Sekretärin daran gehindert, das Büro des Kripochefs zu betreten. Sie erklärte ihm, dass dieser noch mit dem Leitenden Oberstaatsanwalt telefonieren würde. Nachdem das rote Lämpchen an der Telefonanlage erloschen war, gab sie Stengelmann grünes Licht.

Bert Stellmacher saß hinter seinem Schreibtisch und begleitete seine Begrüßung mit einer einladenden Geste. „Kommen Sie rein, nehmen Sie doch schon mal Platz. Ich bin sofort bei Ihnen, ich muss nur eben ein paar Notizen aufschreiben.“

Stengelmann setzte sich mit Blick in Richtung S-Bahn-Haltestelle Trimbornstraße und sah, dass unten vor dem Haupteingang gerade ein Kamerateam vom WDR einen Mitarbeiter der hiesigen Pressestelle interviewte. Der weiße Übertragungsbus mit der riesigen Parabolantenne und der fetten Aufschrift stand etwas abseits.

Stellmacher stand von seinem Schreibtischstuhl auf und setzte sich zu Stengelmann an den Besprechungstisch. Er griff nach der Thermoskanne und bot seinem Inspektionsleiter auch einen Kaffee an, was dieser aber dankend ablehnte.

„Dann schießen Sie mal los, Herr Stengelmann. Haben wir es hier tatsächlich mit einem ernstzunehmenden Fall von Erpressung zu tun und einer an Vergiftung verstorbenen Mitarbeiterin des Supermarktes?"

Mit bedachten Worten informierte Stengelmann den Kripochef darüber, was sich heute Morgen zugetragen und was ihm Häuser erzählt hatte. Zur Veranschaulichung reichte er ihm eine Kopie des Erpressungsschreibens. Sekunden später bildeten sich Falten auf Stellmachers Stirn. „Und Sie glauben immer noch, dass die Erpressung nichts mit dem Tod der jungen Frau zu tun haben könnte? Zumal ja wohl noch ein Angestellter mit dem Rettungswagen ins Krankenhaus gebracht wurde! Was gibt es da für neue Erkenntnisse?" Stellmacher blickte ihn fragend an.

Entgegen seiner sonstigen Art stammelte Stengelmann ein wenig herum und versuchte zu kaschieren, wie wenig er zum jetzigen Zeitpunkt wirklich wusste. „Ob die junge Frau tatsächlich das Opfer einer Vergiftung geworden ist, wissen wir nicht mit Gewissheit. Nein, eigentlich wissen wir das gar nicht. Die Sektion ist im Gange und wir wissen doch beide, dass die toxikologisch-chemischen Untersuchungsergebnisse nicht sofort vorliegen. Und was den jungen Mann betrifft, so glaube ich persönlich nicht, dass hier ein Zusammenhang besteht. Immerhin ist der nicht tot, sondern hatte wohl nur eine Art von Krämpfen. Mehr wollte die Notärztin aufgrund fehlender Schweigepflichtentbindung nicht sagen."

„Wer bearbeitet denn das Todesermittlungsverfahren beim KK 11?"

„Die MK 6 war komplett da, also Herr Westhoven, Herr Dember und Frau Krogmann. Herr Westhoven ist aber jetzt mit der Staatsanwältin bei der Obduktion."

„Und wer ist zum Krankenhaus gefahren, um den jungen Mann zu befragen?"

Stengelmanns Mund wurde trocken. Er schluckte. „Das entzieht sich zurzeit meiner Kenntnis, aber ich kümmere mich gleich darum."

„Was haben Sie denn in Sachen Erpressung bislang veranlasst?"

„Herr Häuser ist gerade dabei, die Beschlüsse für die Telefonüberwachung zu beantragen. Was Aktuelleres gibt's im Moment nicht."

„Und was ist mit der LZPD, haben Sie sich mit den Spezialisten in Verbindung gesetzt?"

„Das wollte ich erst machen, wenn ich Sie informiert habe."

„Gut. Wir machen jetzt Folgendes. Ich persönlich sehe zurzeit noch nicht die Notwendigkeit, eine besondere Aufbauorganisation einzurichten. Das können wir später immer noch, sofern sich die Erkenntnisse verdichten. Sie richten aber in jedem Fall eine Ermittlungsgruppe ein, in der Sie die Leitung übernehmen und mir unmittelbar berichten. Das heißt, Sie entscheiden auch, wen Sie in der Kommission aus Ihrer Inspektion einsetzen." Stellmacher verabschiedete sich, und während er sich wieder auf seinen Schreibtischstuhl sinken ließ und den Telefonhörer zur Hand nahm, verließ Stengelmann das Büro und machte sich auf den Weg zu Häuser.

***

Derweil hatten Dember und Krogmann alle Angestellten informatorisch angehört. Die Aussagen waren größtenteils sehr dürftig, da sich die meisten von ihnen bereits an ihren vorgegebenen Positionen im Laden befunden hatten: im Lager, hinter Fleisch- und Käsetheke oder in der Verwaltung. Niemand außer Julian Becker und Andrea Kasupke waren vor Ladenöffnung noch in der Teeküche gewesen. Zum Privatleben der Verstorbenen kamen außer „Trennungsgerüchten" auch keine neuen Erkenntnisse.

„Toni, wir sollten jetzt zum Heilig-Geist-Krankenhaus fahren und versuchen, mit Julian Becker zu sprechen. Oder hast du eine bessere Idee?"

„Nö! Dann komm, fahren wir zu ihm oder willst du noch eben schnell einen Laden mit Babysachen im City-Center suchen?"

Dember winkte ab und drückte mittels Fernbedienung die Entriegelung am Wagen. Toni blickte ihn an und flachste: „Aber nicht, dass du gleich wieder durchdrehst, nur weil es hier voll ist auf dem Parkplatz."

„Steig einfach ein – Zicke." Dember sprach zwar leise, aber er wollte sehr wohl, dass seine Kollegin ihn hörte.

„Das habe ich gehört – Miesmuffel.“
„Bist aber ’ne liebe Zicke.“ Er zwinkerte ihr zu.
„Jetzt fahr endlich los und hör auf zu quatschen!“
Auf dem Weg nach Köln-Longerich rief Toni Krogmann Westhoven an und erzählte ihm, dass sie nun auf dem Weg zum Krankenhaus seien, um Julian Becker zu befragen. Er war einverstanden.
„Und wie läuft es bei euch mit der Obduktion, gibt es schon Erkenntnisse, warum, bzw. woran die Kuckelke gestorben ist?“
„Nee, das dauert noch. Wir sind noch bei der äußeren Leichenbesichtigung, aber der Professor hat das Skalpell schon in der Hand und macht gleich den ersten Schnitt, um mit Teil 2 zu beginnen. Okay Toni, meldet euch, wenn ihr was wisst.“

***

Westhoven wendete seinen Blick wieder in Richtung des stählernen Obduktionstisches und sah das kleine Rinnsaal Blut, das aus den Schnitten floss und sich den Weg zum Abfluss suchte. Aufgrund des fehlenden Blutdrucks spritzte das Blut nie, sondern suchte sich gemächlich seinen Weg. Westhoven schauderte vor dem, was Prof. Dr. Dotzinger nun als Nächstes tun würde. Schon bei den letzten Obduktionen hatte er mit dem Geräusch auf Kriegsfuß gestanden, das durch die Rippenschere entstand, mit der routinemäßig das komplette Brustbein herausgetrennt wurde. Der Ermittler zuckte automatisch zusammen, denn aus irgendeinem Anlass waren die Berstungsgeräusche der Rippen heute besonders „knackig“. Sein Versuch, das widerliche Geräusch zu ignorieren, klappte überhaupt nicht.
Als der Blick auf die inneren Organe frei war und Pahl unter Anleitung des Toxikologen Röser mit einer Art Minischöpfkelle versuchte, freie Flüssigkeit aus der Bauchhöhle zu schöpfen, bemerkte Sarah Steinmann Westhovens bleiche Gesichtsfarbe und raunte ihm zu: „Alles gut bei dir, Paul? Du wirkst ein wenig blass.“
Der Ermittler fühlte sich ertappt. Gereizt antwortete er: „Was ist das denn für eine Frage? Mir geht’s gut. Guck lieber zu, was der Professor da macht, anstatt *mich* zu beobachten.“
„Ich wollte nur nett sein.“ Sarah Steinmann bedachte ihn mit einem irritierten Blick.

„Ja, sehr nett. Danke auch!" Westhoven war es peinlich, dass ihr seine fahle Gesichtsfarbe aufgefallen war. Manchmal war eben auch einem so hartgesottenen Todesermittler wie ihm alles zu viel. Seine Gedanken kreisten momentan immer wieder um den Stress mit seiner ersten Frau Maria und seine Tochter Fiona. Erst kürzlich hatte seine Ex-Frau versucht, ihn mal wieder über den Tisch zu ziehen. Nur mit Hilfe seiner Fachanwältin für Familienrecht hatte er die Geldforderung für Kosten, die über den üblichen Kindesunterhalt gemäß der Düsseldorfer Tabelle hinausgingen, abwenden können. Aber Westhoven hatte schon damals gewusst, dass das nur ein kleiner „Sieg" war und sich seine Verflossene etwas anderes einfallen lassen würde. Diese Sache hatte ihn aber, genau wie ihre anderen Aktionen zuvor, Nerven und Gesundheit gekostet. Die Schlafstörungen waren zum Glück größtenteils zurückgegangen. Die wenigen ergrauten Haare an seinen Schläfen waren ihm und auch seiner lieben Frau Anne egal. Im Gegenteil, sie hatte sogar gewitzelt, dass er damit noch reifer und ein bisschen wie George Clooney aussehen würde – vom leichten „Schokoriegel-Bauchansatz" mal abgesehen.

Vergangenen Samstag war jedoch die geplante Wochenend-Erholung noch vor dem späten Frühstück mit Anne vorbei gewesen. Im Briefkasten hatte schon wieder ein Schreiben des Jugendamtes Mülheim gelegen. Darin hieß es, dass Westhoven sich im Sinne einer vernünftigen Regelung des Umgangs mit seiner Tochter Fiona in zwei Wochen um 09.00 Uhr zu einem Gespräch bei der Sachbearbeiterin einfinden sollte. Die Mutter hätte mitgeteilt, dass es bisher bei der Übergabe stets zu Problemen gekommen sei und dies im Interesse des Kindes geklärt werden müsse.

Allein schon bei dem Gedanken an diese burschikose Kopie einer kratzbürstigen Frauenrechtlerin wuchs der Groll in ihm. Einen Termin mit ihr würde er in hundert Jahren nicht wahrnehmen – es brächte auch definitiv nichts. Diese Sachbearbeiterin hielt offenbar nichts von Vätern. Westhoven hoffte, dass er künftig – wenn überhaupt – nur mit den Leuten vom Gefährdungsmeldungssofortdienst zu tun haben würde. Diese verstanden ihr Handwerk und glaubten nicht ungefiltert den Angaben einer launischen und berechnenden Kindsmutter.

Schon lange war Westhoven dieser ganzen Zankerei um den Kindesunterhalt und die Umgangsregelung überdrüssig. Ohne Anerkennung einer Rechtspflicht zahlte er sowieso schon die nächste Stufe der Düsseldorfer Tabelle. Anfänglich hatte er sich an die Vorstellung geklammert, dass dieses Geld seiner Tochter zugutekäme. Bis er erfuhr, dass seine Ex-Frau offenbar den größten Teil des Geldes für Kurzreisen und Besuche im Nagelstudio ausgab. Fiona hingegen wurde weiter mit abgewetzten Schuhen und Billigklamotten zur Schule geschickt.

Westhoven schüttelte sich und konzentrierte sich nun wieder auf den Verlauf der Obduktion. Gerade zog der Professor den Urin aus der freiliegenden Blase der Toten.

Von der anderen Seite des stählernen Tisches eröffnete Privatdozent Röser mit der kleinen Knopfschere die Herzhöhlen, ließ sich von Pahl abermals eine weitlumige Spritze reichen und zog routiniert das gesamte Herzblut in die Kanüle, welche sodann vom Präparator beschriftet und asserviert wurde. Dieses Herzblut würde für etwaige Suchanalysen benötigt.

Im weiteren Verlauf der inneren Leichenbesichtigung stellten Privatdozent Röser und Prof. Dr. Dotzinger abwechselnd weiteres Untersuchungsmaterial zusammen, das jeweils sorgfältig in separate Gefäße gefüllt wurde. Da eine mögliche Vergiftung nicht auszuschließen war, sicherte der Toxikologe die Lungenproben und das Blut in gasdichten und vorgekühlten Behältnissen. Damit nichts vergessen wurde, notierte Pahl alle Entnahmen auf der Übersichtstafel:

Leber	*50g*
Lungen	*50g*
Nieren	*50g*
Muskulatur	*50g*
Fettgewebe	*50g*
Herzblut	*87mL*
Urin	*50mL*
Mageninhalt	*50mL*

ca. 2,5 x 2,5x1,5cm³ der Haut- und Unterhautgewebe

Als Röser nach Abklemmen des Magens und Entleeren des Inhalts in einen großen Messbecher die Gesamtmenge diktiert hatte, sicherte er einen Teil davon. Der sämige Mageninhalt war übersichtlich. Offenbar hatte die Tote vor ihrem Ableben noch nichts gefrühstückt. Allerdings fand sich ein kleiner Tablettenrest im Magenschleimhautrelief. Der Toxikologe sicherte diesen gesondert vom Rest des Mageninhalts – er würde später getrocknet werden.

Sarah Steinmann fragte, ob einer der beiden Rechtsmediziner schon etwas zu diesem Tablettenrest sagen könne. Die beiden Rechtsmediziner antworteten unisono, dass das zurzeit nicht möglich sei. Pahl, sarkastisch wie eh und je, murmelte hörbar, dass man dann auch gleich ein Orakel befragen könnte. Er schlug einen Minikraken vor. Die Staatsanwältin verkniff sich einen Konter. Immerhin wäre sonst das Gespräch auch auf dem Tonband zu hören.

Da gemäß § 89 der Strafprozessordnung bei gerichtlich angeordneten Obduktionen immer alle drei Körperhöhlen begutachtet werden mussten, gab der Professor dem Präparator das Startsignal. Sogleich schaltete Pahl die Oszillationssäge ein und durchtrennte mit der scharfen Klinge und einem kreischenden Geräusch den Schädelknochen der Toten. Danach zog er fachgemäß die Kopfhaut und das Gesicht ab. Bei diesem Anblick gruselte es Westhoven, ganz im Gegensatz zu Sarah Steinmann, die alles interessiert und mit leuchtenden Augen verfolgte.

Der leitende Rechtsmediziner entnahm vorsichtig das Gehirn und schnitt es auf dem „Organ-Tisch", auf dem auch die anderen inneren Organe untersucht und zerschnitten wurden, in 15 gleichgroße Scheiben. Er diktierte sogleich seinen Befund: „Auch hier sind keine Tumore oder sonstigen Geschwülste erkennbar. Zu weiteren chemisch-toxikologischen Untersuchungen werden 50g der Hirnmasse ebenfalls in einem gasdichten und vorgekühlten Gefäß asserviert."

„Und?" Sarah Steinmann sah den Professor fragend an.

„Bis jetzt haben wir keinerlei Anzeichen für eine Fremdeinwirkung von außen feststellen können. Mit den Organen hätte diese junge Frau hier noch locker 60 Jahre leben können. Ich bin gespannt, ob uns die chemisch-toxikologische Untersuchung ein brauchbares Ergebnis liefern wird."

Die Staatsanwältin nickte. „Ich auch. Möglicherweise haben wir am Ende tatsächlich ‚*nur*' den tragischen Tod einer jungen Frau, der aber nun mal so vorkommen kann. Das wäre ja auch nicht das erste Mal, dass jemand mit 29 Jahren stirbt."

„Da hast du verdammt recht, Sarah“, meinte Westhoven. „Als du noch nicht in der Abteilung IX warst, hatte ich mal einen 18-jährigen Pakistani, der nach einer Familienfeier einfach tot umgekippt ist. Der hatte weder Alkohol getrunken noch Drogen genommen, nichts. Aber der hatte Arterien wie ein 80-Jähriger. Und das war's dann – Lungenembolie und patsch – Ende.“

„Das ist krass!“ Sarah schien beeindruckt.

Professor Dr. Dotzinger wandte sich an Pahl: „Herr Pahl, wenn Sie so freundlich wären, das Laminar-Flow-System wieder auszuschalten und dann die Organe wieder zurück in den Körper zu legen und den Rest mit Papier auszustopfen und wieder zuzunähen?“

Pahl hob zustimmend die rechte Hand und stellte zunächst den Schalter der Reinraumanlage auf „off“. Sogleich wurde es ruhiger im Raum, die Windgeräusche waren verschwunden.

Westhoven fragte, wofür diese Anlage gut sei. Röser erklärte: „Mit dem Laminar-Flow-System versuchen wir, uns davor zu schützen, gefährliche Erreger einzuatmen. Gerade bei der Eröffnung der Lunge könnten gefährliche Keime entweichen. Zumindest reduzieren wir damit ein unkalkulierbares Risiko, und bis jetzt ist mir persönlich kein Fall einer Infektion bekannt. Das Ding arbeitet im Grunde wie eine Dunstabzugshaube in der Küche und saugt alles weg.“

Während Pahl dabei war, den Leichnam wieder zu verschließen, informierten sich Westhoven und Steinmann über den weiteren Fortgang der Untersuchungen und vor allem darüber, wie lange diese dauern würden. Der Privatdozent wiegte abwägend den Kopf hin und her. „Die Vergiftungslehre ist wesentlich komplexer, als sie scheint. Es gibt unzählige und zum Teil noch unbekannte toxische Substanzen. Mit einer differentialdiagnostischen Untersuchung können wir nicht immer den Nachweis von Vergiftungen durch körperfremde Substanzen nachweisen, aber wir können es zumindest versuchen. Und bei potentiellen Vergiftungsfällen mit letalem Ausgang, noch dazu bei einer jungen Mutter, werden wir – werde ich – alles daran setzen, dies festzustellen und Ihnen ein brauchbares Ergebnis zu liefern. Sollten wir in den qualitativen und quantitativen Analysen eine Fremdsubstanz identifizieren und die Wirkstoffkonzentration bestimmen können, so erfahren Sie es unmittelbar. Zu untersuchendes Material haben wir genug; Sie haben ja selbst gesehen, wie viele Proben wir entnommen haben. Hoffen wir das Beste. Beim Blut erhoffe ich mir die größten Chancen, einen Wirkstoff nachzuweisen, und beim Urin haben wir den Vorteil, dass das Nachweisfenster erweitert ist. Will sagen, im Urin können in der Regel selbst dann Substanzen nachgewiesen werden, wenn keine akute Wirkung mehr vorliegt."

Westhoven hakte nach: „Was ist mit den Haaren? Kann man denn hier wirklich Gift nachweisen? Beim Drogenkonsum funktioniert das doch erst dann, wenn die Einnahme schon über einen längeren Zeitraum erfolgt ist."

Auch Sarah Steinmann war ganz Ohr, als Röser erklärte: „Jein! So zementiert würde ich das jetzt nicht sagen wollen. Sie haben aber natürlich recht damit, dass sich Haare grundsätzlich für retrospektive Analysen eignen, insbesondere bei Drogenkonsum oder eben zur Überprüfung von Abstinenzzeiträumen. Je nachdem, wie der Untersuchungsauftrag lautet."

„Und was heißt das jetzt in unserem Fall?", fragte die Staatsanwältin.

„Das ist aber nicht zitierfähig – ich denke, wir werden in Bezug auf eine akute Gifteinnahme nichts finden. Trotzdem werden die Haare untersucht. Stimmen Sie zu?"

Sarah Steinmann nickte. „Natürlich. Was schätzen Sie, wie lange es dauert, bis Sie uns ein erstes mündliches Gutachten geben können?"

„Ohne Gewähr, aber ich denke, dass ich Ihnen nach 48 Stunden zumindest ein mündliches Gutachten präsentieren kann."

„Danke, Herr Röser. Lassen Sie uns also am Mittwoch telefonieren."

***

Toni und Heinz standen am Krankenbett von Julian Becker, der mittlerweile wieder lächeln konnte. Sie stellten sich vor und wollten von dem 21-Jährigen wissen, ob er denn in der Lage sei, ein paar Fragen zu beantworten. Kaum hörbar antwortete der junge Mann mit einem „Ja". Nach der obligatorischen Zeugenbelehrung stellte Dember die erste Frage: „Herr Becker, könnten Sie uns bitte noch mal den Ablauf des heutigen Vormittags aus Ihrer Sicht schildern?"

Mit etwas schwacher Stimme fragte Becker: „Wo soll ich 'n anfangen?

Als mein Wecker geklingelt hat, oder …?“

Toni unterbrach ihn: „Es reicht erstmal, wenn Sie ab dem Moment erzählen, wo Sie im Supermarkt angekommen sind.“ Dember nickte zustimmend.

Julian Becker berichtete, dass er sich heute Morgen gegen 08.35 Uhr als anwesend eingebucht habe. Die genaue Uhrzeit könne sicherlich Herr Ohrem feststellen. Er sei dann in die Teeküche gegangen, um sich einen Instant-Kaffee aufzugießen. Die Andrea Kasupke habe schon am Tisch gesessen, die Zeitung gelesen und dabei einen Joghurt gelöffelt. Als er seinen Kaffee ausgetrunken hatte, sei die Beate Kuckelke hereingekommen und habe sich auch einen aufgegossen.

Toni Krogmann hakte nach: „Was genau haben Sie beide sich aufgegossen?“

„Macchiato. Is voll lecker!“

Dember, der heute Morgen den Mülleimer der Teeküche in Augenschein genommen hatte, fragte weiter: „Im Mülleimer lag aber auch noch ein benutzter Kaffeefilter. Hat Frau Kuckelke auch von dem Kaffee getrunken?“

„Nee, nur den Macchiato. Der Kaffee aus der Maschine ist immer nur so lauwarm und die Beate hat gesagt, sie würd jetzt mal was richtig Heißes brauchen. Da sind mir ganz andere Gedanken gekommen, ey.“ Mit glucksendem Gelächter lief der scheinbar Spätpubertierende leicht rot an.

Toni verdrehte innerlich die Augen und hakte sofort ein: „Hatten Sie was mit Frau Kuckelke?“

Julian Becker grinste schwach. „Die war eigentlich nicht so wirklich mein Typ, aber dieser Spruch hat mich irgendwie angemacht.“ Er schluckte und fuhr dann zögernd fort: „Ich weiß nicht, ob das wichtig ist, aber die Beate, also Frau Kuckelke – sie klang ziemlich krank und sah auch nicht gesund aus. So voll zombiemäßig irgendwie.“

„Wissen wir“, sagte Dember und ergänzte: „Erzählen Sie uns, aus welcher Tasse Beate Kuckelke getrunken hat. Wie sah die aus?“

Becker schien die Frage nicht richtig zu verstehen. „Hä? Das war einfach ’ne Tasse.“

„Welche Farbe?“

„Keine Ahnung. Echt, darauf habe ich überhaupt nicht geachtet. Woher hätt ich denn wissen sollen, dass das mal wichtig ist, ey? Aber die

Tasse muss doch noch da sein." Becker wirkte bedrückt.

„Wir haben jedenfalls keine Tasse an Kasse 3 gefunden."

„Die Beate hat die Tasse ja auch gar nicht mitgenommen."

Toni und Dember schauten sich überrascht an.

„Die hat den Macchiato voll schnell geext, die Tasse gespült und wieder in den Schrank gestellt. Ich habe noch rumgeflachst, wie man so was Heißes so schnell trinken kann. Sie meinte dann einfach: ‚Wer kann, der kann'."

„Na super! Da hätte ich den Kassenbereich ja noch tausend Mal absuchen können." Dember schüttelte genervt den Kopf und fragte dann: „War die Silke Müller auch in der Teeküche, als Sie, Frau Kuckelke und Frau Kasupke dort waren?"

„Nö! Nicht, als ich da war."

Toni übernahm wieder. „Mal was anderes, Herr Becker. Haben Sie letzten Samstag auch dort gearbeitet?"

„Ja. Wieso?"

„Es geht um ein Telefonat, das Herr Ohrem in Ihrer Anwesenheit angenommen haben soll. Können Sie sich an so was erinnern?"

„Woah! Sie stellen Fragen! Ist ja wie bei Navy CIS."

Toni verdrehte jetzt nicht mehr nur innerlich die Augen und sagte leicht genervt: „Könnten Sie bitte meine Frage beantworten, Herr Becker?"

„Klaro. Herr Ohrem war gerade bei mir im Gang und hat auf meine Inventurliste geguckt, als er einen Anruf bekam. Ich habe aber nicht weiter darauf geachtet."

„Hat Herr Ohrem denn nach dem Telefonat zufälligerweise was gesagt, was Ihnen komisch vorkam?" Toni lächelte Julian Becker an. Offenbar war er gewillt, ihre Fragen lieber zu beantworten.

„Ich mein, der hat sich voll aufgeregt und rumgemault. So was wie: ‚Diese blöde Schlampe kann mich mal!', oder so ähnlich. Ich hab halt gedacht, der hat grad einen Anruf von seiner Ollen gekriegt. Soll ja schon mal vorkommen. Meine Alten zicken sich auch immer an. Das ist nicht mehr normal!"

„Konnten Sie irgendwas verstehen, was die weibliche Stimme gesagt hat?"

Julian Becker schüttelte den Kopf. „Nee, echt nicht. Ich habe nur den Ohrem hören können."

„Was hat der denn gesagt?“

„Eigentlich hat der sich nur gemeldet und dann erst wieder gelabert – also rumgemault –, nachdem er aufgelegt hatte. Da bin ich mir sicher.“

„Okay. Vielen Dank! Wie geht's Ihnen denn jetzt? Haben die Ärzte herausgefunden, warum Sie solche Krämpfe hatten?“

„Bis jetzt nicht. Ich glaub, die haben noch gar keinen Peil. Nachdem die mich in die Röhre gesteckt haben, haben die mir Blut abgenommen. Da war aber nix.“

„Wo jetzt? Im Blut oder bei der Computertomographie?“

„In dieser Röhre. Die haben direkt gesagt, da sei nix festzustellen. Was die genau gesagt haben, hab ich nicht verstanden. Ich bin doch kein Medizinmann oder so was. Hab nix davon gecheckt. Echt nich – absolut keinen Peil, ey! Die Blutanalyse dauert wohl noch.“

„Wie geht's Ihnen denn jetzt, wie fühlen Sie sich?“

„Meinem Body geht's so ganz gut. Gucken Sie mal!“ – Julian Becker spannte demonstrativ seinen Bizeps an. Dann verdüsterte sich seine Miene. „Aber ganz ehrlich, ich mach mir trotzdem voll die Vorwürfe, dass ich vielleicht Schuld bin, dass Beate tot ist.“ Seine Unterlippe begann zu zittern, dicke Tränen suchten sich ihren Weg über seine Wangen und tropften vom Kinn aus aufs Bett.

Toni war überrascht. „Vorwürfe? Wieso denn?“

Kapitel 3

In Häusers Büro erklang die orientalisch klingende Melodie seines Telefons. Wäre eine Kobra im Papierkorb gewesen, so hätte sich diese bei diesen Klängen schwungvoll aus dem Eimer gewunden. Im Display erkannte er sofort eine Rufnummer der Staatsanwaltschaft Köln. Er nahm ab. „KK 13, Häuser, Guten Tag".

„Guten Tag, Herr Häuser, mein Name ist Mangold von der Staatsanwaltschaft. Ich habe hier Ihr Fax mit der Beschlussanregung in Sachen *Brutto* und Erpressung. Können Sie mir noch was zu den Hintergründen erzählen? Mir ist nämlich nicht klar, warum dieses Verfahren nicht besser bei der Kapitalabteilung angesiedelt wäre. Immerhin ist doch jemand zu Tode gekommen."

Häuser erklärte dem Staatsanwalt, dass es im Moment keinerlei Hinweise darauf gäbe, dass Beate Kuckelke tatsächlich vergiftet worden sei, die Obduktion allerdings zurzeit unter Beteiligung von Staatsanwältin Steinmann durchgeführt werde. Bislang gebe es das Erpresserschreiben und die beiden ominösen Anrufe auf Ohrems Telefon im Büro. Und genau dieses solle nun überwacht werden, eventuell kämen aber noch Folgeanträge für weitere Anschlüsse. Er verschwieg die Information, dass auch Julian Becker ärztlich behandelt und ins Krankenhaus verbracht worden war. Häuser erschien das zu spekulativ, denn immerhin war der ja nicht tot und ob die Krämpfe im Zusammenhang mit Kuckelkes Tod stünden, blieb zunächst unklar. Staatsanwalt Mangold sicherte ihm zu, dass er umgehend die Beschlussanregung in einen Antrag ans Amtsgericht umsetzen würde. „Soll das Gericht Sie direkt anrufen oder holen Sie sofort den Beschluss dort ab?"

„Mir wäre es lieber, wenn mich das Gericht sofort anruft. Ich sorge dann dafür, dass der Beschluss abgeholt wird, wahrscheinlich fahre ich sogar eben selbst schnell dorthin."

Zum Ende des Gesprächs bat Mangold um Übersendung eines Aktendoppels und um einen täglichen Lagebericht.

Häuser behielt den Hörer in der Hand und wählte die Durchwahl von Edgar Stengelmann. Er informierte ihn darüber, dass es nun einen zuständigen Staatsanwalt gäbe und der Beschluss beantragt würde.

***

Julian Becker hielt sich die Hände vors Gesicht. Seine Tränen schienen ihm peinlich zu sein. „Wenn ich schneller gerannt wäre, dann würde sie vielleicht noch leben, klar?!"

Dember war verdutzt. „Schneller? Wobei?"

„Ich bin doch nur die Inventurhilfe und kenn mich im City-Center nich so dolle aus. Ich musste diese Scheißsparkasse erst suchen. Ich hätt einfach schneller sein müssen."

Toni legte ihren Arm um Julian Becker und redete sanft auf ihn ein, dass ihn keine Schuld träfe. Er habe sein Bestes gegeben, er solle sich um Himmels willen keine Vorwürfe machen. Einen möglichen Vergiftungshintergrund behielt sie selbstverständlich für sich.

„Das ist voll nett von Ihnen, Frau Kommissar. Aber damit muss ICH fertig werden. Shit ..." Seine Tränen wurden zu kleinen Bächen in seinem Gesicht.

Dember holte ein Formular hervor, füllte es aus und hielt es Julian Becker zur Unterschrift hin. „Das ist eine Erklärung zur Entbindung von der ärztlichen Schweigepflicht. Die brauchen wir."

Julian Becker rieb sich die Augen und las das Formular. „Wofür brauchen Sie das?"

„Reine Routine. So können wir auch direkt mit den behandelnden Ärzten sprechen, sofern das erforderlich wäre."

Mit der unterschriebenen Erklärung und besten Genesungswünschen verabschiedeten sich die Ermittler und verließen das Krankenhaus. Beim Einsteigen ins Auto sagte Dember grinsend übers Autodach hinweg in Richtung seiner Kollegin: „Armer Kerl. Ich glaub, der steht auf dich."

„Du mich auch, Dember."

Dienstag, 31.12.

Westhoven war trotz des eigentlich freien Silvestertages schon um 07.00 Uhr in seinem Büro. Dieses Hin und Her um Fiona und das Theater mit dem Jugendamt Mülheim ließen ihn nicht richtig zur Ruhe kommen.

Die ganze Nacht hatte er sich von einer Seite zur anderen gedreht und nicht die richtige Lage gefunden. Wie gerädert war er aufgestanden und hatte Probleme, den Fremden im Spiegel zu erkennen, geschweige denn, sich zu rasieren. Erst nach einer starken Tasse Kaffee fühlte er sich besser. Nachdem er sich noch ein paar Mal gereckt hatte, verabschiedete er sich mit einem Kuss von Anne und fuhr schlecht gelaunt zum Präsidium.

Seine zweite Tasse Kaffee lief gerade durch, als er genüsslich in sein Körnerbrötchen biss. Plötzlich hielt er erschrocken inne und kaute dann ganz vorsichtig zu Ende. Mit der Zunge tastete er im Mund herum, bevor er alles herunterschluckte. Als ob die Nacht nicht schon schlimm genug gewesen war! Fluchend eilte er zur Toilette. „Das darf doch wohl nicht wahr sein… Scheißdreck verdammter!"

Im Vorraum lehnte er sich über das Waschbecken, schaute mit geöffnetem Mund in den Spiegel und betrachtete seine Zähne. Er verzog das Gesicht zu einer Grimasse, als er die fehlende Ecke im rechten Vorderzahn entdeckte. Die krumme Zahnlücke zwischen den beiden Schneidezähnen erinnerte ihn an einen Schulfreund, der deswegen immer von den anderen Mitschülern gehänselt worden war. Als ob er etwas Verbotenes getan hätte und fürchtete, dass man ihm das ansehen könnte, schlich Westhoven förmlich in sein Büro zurück, warf die Tür hinter sich zu und rief seine Frau an. Eigentlich hätte Anne an Silvester auch frei gehabt, aber sie wollte unbedingt noch einige Fälle, die ihr besonders am Herzen lagen, für das kommende Jahr vorbereiten. Während er darauf wartete, dass sie den Hörer abhob, tastete er unentwegt mit seiner Zunge über den abgebrochenen Zahn.

Anne meldete sich: „Guten Morgen, Sie sprechen mit Frau Westhoven. Was kann ich für Sie tun?" Die Geschäftsleitung ihrer Versicherung bestand auf dieser freundlichen Begrüßung bei allen externen Anrufen. Sie hielt sich daran, auch wenn es eigentlich nur Paul sein konnte, der sie an diesem Tag anrief.

„Hi, Schatz! Ich bin's. Du ahnst nicht, was mir eben passiert ist. Als ob die letzte Nacht nicht schon beschissen genug war!" In seiner Stimme schwangen Frust, Wut und Resignation mit.

Anne bekam vor Schreck eine Gänsehaut. „Schatz, was ist denn passiert? Hattest du einen Unfall? Bist du verletzt?"

„Nee, ein Unfall hätte mir gerade noch gefehlt bei meinem Glück.

Aber mir ist eben so 'ne verflixte Zahnecke abgebrochen. Ich sehe aus wie der letzte Penner! Genau am Schneidezahn fehlt eine richtige Ecke. Als ob ich ein paar in die Schnauze gekriegt hätte!"

„Wie ist das denn passiert?"

„Ich habe von meinem Körnerbrötchen wohl zu fest abgebissen. Irgendwie bröselte das so komisch am Zahn. Was meinst du, was das für ein komisches Gefühl war! Was mach ich denn jetzt? Ich sehe aus wie eine Witzfigur, das passt mir gar nicht. Noch dazu ist heute Abend Silvester. Das geht gar nicht."

„Du rufst gleich deinen Zahnarzt an und sagst, dass es ein Notfall wäre. Dann kommst du bestimmt sofort dran. Was meinst du?"

„Gute Idee, mein Schatz. Punkt Neun rufe ich an. Zum Glück hat der heute Notdienst. Der Manouchehr Kami ist total super, der beste Zahnarzt, den ich kenne. Nicht so, wie der Metzgermeister aus meiner Kindheit. Hab ich dir eigentlich jemals erzählt, wie der hieß?"

„Nö."

„Dr. Toth."

Anne lachte. „Der wäre wohl besser Pathologe geworden."

„Da sagst du was. Bis ich beim Arzt war, schließe ich mich hier ein."

„Jetzt sei nicht so ein eitler Pfau. Das sieht doch sowieso niemand. Wer guckt dir schon auf die Zähne? Machst halt den Mund nicht so weit auf. Oder du machst erst einen Termin zur Mittagszeit. Dann kannst du vorher noch schön beim Asia Imbiss essen gehen. Viel Erfolg!"

„Okay, mein Schatz! Ich melde mich, wenn ich in der Praxis war!"

***

Um kurz nach halb acht stand Dember unrasiert und mit verquollenen Augen im Türrahmen. Einerseits war Westhoven froh, dass Dember so bestimmt nicht die Zahnlücke sehen würde, andererseits gefiel er ihm so überhaupt nicht.

„Wie siehst du denn aus, Heinz? Hast du etwa gesoffen?" Westhoven erinnerte sich an die Situation, als Dember gebeichtet hatte, dass er seinen Führerschein abgeben musste und wie ein geprügelter Hund zum Dienst gekommen war.

„Quatsch. Der Kleine hat Blähungen und die ganze Nacht geschrien.

Doris und ich haben Leon abwechselnd durch die Wohnung geschleppt. Selbst das Stillen hat nicht geholfen, das beruhigt ihn sonst immer. Heute Morgen ist er dann endlich eingeschlafen und ich habe mir nur frische Sachen angezogen."

„Hast du eigentlich mal was von deinem Verfahren gehört?"

„Nö!" Dember zuckte gleichgültig mit den Schultern.

„Frag doch mal den Happerschoß, ob es was Neues gibt. Das ist doch schon sechs Wochen her, dass der deine Oehmchen vernommen und die Akte zur Staatsanwaltschaft geschickt hat. Vielleicht weiß der Kollege was."

„Meinst du? Burkhard hat mir gesagt, er meldet sich, wenn der zuständige Dezernent eine Entscheidung getroffen hat. Aber meinetwegen, ich rufe ihn gleich mal an." Dember hatte die Anspielung auf sein gutes Verhältnis zu der schnatternden Taxifahrerin, die stets in Leopardenhose, Pumps und pinkfarbener Samtjacke auftrat, schlichtweg ignoriert.

Auf dem Weg zu seinem Büro holte er sich einen mittelmäßigen Kaffee aus der Teeküche. Toni war auch schon da. Sie saß auf ihrem Stuhl, hatte die Füße auf den Aktenbock gelegt und sprach in gedämpfter Lautstärke mit jemandem, wahrscheinlich mit ihrer Partnerin Laura. Dember stellte die Tasse auf seinem Schreibtisch ab, blieb selbst stehen und spielte übertrieben „Luftgeige". Als Toni das bemerkte, schmiss sie grinsend ihren Textmarker in seine Richtung, der aber leider sein Ziel verfehlte.

Dember setzte sich und wählte Happerschoß' Durchwahl.

„Heinz, dir wollte ich heute sowieso ein nettes Schreiben schicken." Happerschoß konnte sich schon denken, warum Dember ihn anrief.

„Was für ein Zufall! Und, was sagt der Staatsanwalt, werde ich jetzt verhaftet, weil ich ja ach so viele Vorteile angenommen haben soll?" Dember hatte schon im ersten Telefonat mit Happerschoß das Ermittlungsverfahren gegen ihn ins Närrische gezogen und seine Einstellung keinen Deut geändert.

„Mann, Dember, du solltest die Sache trotzdem ernst nehmen! Das hätte auch genauso gut anders entschieden werden können."

„Wieso, bis auf den guten Pauschalpreis hatte ich keinerlei Vorteile! Ich weiß immer noch nicht, was ich falsch gemacht haben soll. Außerdem hast du doch eben gesagt, dass das Verfahren eingestellt wurde. Die Sache ist doch dann erledigt oder was kommt jetzt noch?"

Happerschoß fragte süffisant: „Du weißt schon, dass du Beamter bist und Neutralität wahren musst?" Der Interne machte bewusst eine kleine Redepause, bevor er weitersprach. „Und dass nun neben dem Strafverfahren noch ein disziplinarer Überhang geprüft wird?"

„Warum das denn? Was soll denn die Scheiße jetzt? Willst du mir unbedingt was anhängen?!" Dembers Puls beschleunigte auf 180.

„Jetzt fahr mal wieder runter, Dember! Das ist ein ganz normales Prozedere. Alle Ermittlungsakten, in denen die Staatsanwaltschaft in Beamtensachen entschieden hat, werden über die Personalstelle zurückgesandt und aus disziplinarrechtlicher Sicht geprüft. Du bist da kein Einzelfall, also stell dich nicht so an. Ich habe getan, was ich konnte und du blaffst mich so mir nichts, dir nichts auch noch dafür an. Geht's noch?"

„Schon gut, Burkhard. Entschuldige bitte, aber dieses Thema, dieser Vorwurf machen mich irre", versuchte Dember zu beschwichtigen.

„Heinz, dass wir bei einem solchen Tatvorwurf genauer hingucken, ist doch wohl verständlich. Es wäre nicht das erste Mal, dass seitens des Vorteilnehmers mal eine kleine Gegenleistung erbracht wird. Zum Beispiel mal eine Anschrift prüfen, einen Halter ermitteln. Das sind Dinge, die gehen einfach nicht. Aber in deinem Fall muss ich sagen, dass du mit dieser schnatternden Alten genug gestraft bist. Diese aufgetakelte Taxitusse steht total auf dich." Happerschoß lachte herzhaft.

„Komm, hör auf. Die ist wirklich herzensgut. Eine ehrliche Haut, wie die Kölner sagen. Sie hat mir völlig uneigennützig geholfen. Was meinst du denn, wie wird die Personalstelle entscheiden?"

„Meine Prognose ist – aber ohne Gewähr! –, dass du vom Präsidenten eine Missbilligung oder einen Verweis dafür bekommst. Eine Geldbuße halte ich für unwahrscheinlich, aber der Verweis….na ja, ich denke ein Verweis wird es werden oder eben eine Missbilligung."

„Was ist denn der Unterschied? Und muss ich mir einen Anwalt nehmen?"

„Eine Missbilligung wäre noch das Beste. Das ist sozusagen noch eine Vorstufe zum Disziplinarverfahren. Und ein Verweis wäre die mildeste Maßnahme, wenn doch ein Disziplinarverfahren eingeleitet würde. Ich tippe mal auf Missbilligung, bei einer solchen Entscheidung der Staatsanwaltschaft kann ich mir das gut vorstellen. Du wirst es sehen."

„Und was ist jetzt mit einem Anwalt?"

„Heinz, ich darf genauso wenig wie du Rechtsberatung betreiben. Aber wenn du mich als Kollegen fragst, dann nimmst du es einfach hin und Ende."

„Meinst du?"

„Ja, meine ich."

Dember war zwar nicht glücklich mit dieser Auskunft, aber er vertraute Happerschoß. Er verabschiedete sich und drehte sich zu Toni um, die gerade ebenfalls ihr Gespräch beendet hatte.

„Guten Morgen, mein Zicklein, Süßholzraspeln beendet?"

Toni schmiss noch einen Textmarker nach Dember. „Idiot. Wie siehst du eigentlich aus? Hast du schon wieder gesoffen?"

„Nee, das hat Paul eben auch schon gedacht. Könnt ihr euch vielleicht vorstellen, dass kleine Babys einen auf Trab halten? Die heißen nicht umsonst Schlafräuber."

„Oh, du Armer. Jammer nicht, du hast es so gewollt."

„Die Sprüche kenne ich. Aber jetzt mal wieder ernst. Was liegt heute an?"

„Papierkram. Alles von gestern aufschreiben und in eine Akte heften."

„Müssen wir denn keinen mehr vernehmen in der Sache Kuckelke?"

„Erstmal nicht."

„Okay. Bin gespannt, was Paul gleich zum Obduktionsergebnis sagen kann."

***

Häuser hatte an diesem Morgen früh die Nachricht erhalten, dass der Beschluss für die Telefonüberwachung vom Amtsgericht Köln für den Zeitraum von zunächst vier Wochen ab Beschlussdatum erlassen worden sei und abgeholt werden könne. Auf dem Rückweg fuhr der Ermittler über die Severinsbrücke. In Gegenrichtung staute sich der Berufsverkehr mittlerweile bis auf den Deutzer Ring zurück. Zum Ärger aller anderen Autofahrer rasten die Taxen auf ihrem Sonderfahrtstreifen an der wartenden Menge vorbei.

Häuser stellte den Zivilwagen zurück ins Parkhaus, überquerte die Straße und gab die Fahrzeugpapiere an der Fahrwache wieder ab. Von dort ging er über das Treppenhaus in die 3. Etage zum Kriminalkommissariat 35 und legte den sogenannten „100a-Beschluss" vor. Diese Fachdienststelle würde nun die weitere Betreuung übernehmen und dafür Sorge tragen, dass unter anderem die Verbindungsdaten mit Audiodateien auf seinen Computer ins Büro geleitet würden. Mit einem speziellen und recherchefähigen Softwareprogramm würde Häuser die Gespräche protokollieren.

Bei einem Typen wie Herbert Ohrem erwartete er gewiss nicht nur rein geschäftliche Gespräche und E-Mails.

***

Paul Westhoven saß mit seinem Team und Arndt Siebert im Besprechungsraum. Toni Krogmann und Heinz Dember berichteten ausführlich über die Gespräche mit den Angestellten des *Brutto*-Supermarktes. Bis auf Liebeleien zwischen Peter Kuckelke, Silke Müller und Andrea Kasupke sei dabei nichts Wesentliches bekannt geworden, dass die Annahme rechtfertigen würde, Beate Kuckelkes Tod sei von fremder Hand verschuldet.

Dember berichtete: „Also, weder der getrennt lebende Ehemann noch die beiden Weiber hatten einen Grund, die Kuckelke aus dem Weg zu räumen. Wenn, dann würde höchstens ein Schuh draus, wenn die Kuckelke einem von den dreien den Hals umgedreht hätte. Aber so – nee!"

Toni pflichtete ihrem Kollegen bei und ergänzte: „Zumindest die Silke Müller ist so abgebrüht und gleichzeitig naiv blöd, dass ich der das absolut nicht zutraue, dass die irgendwas damit zu tun hat. Ich stimme meinem Kollegen – und das tue ich sonst nicht – diesmal uneingeschränkt zu. Wir haben nichts!"

Westhoven ergriff das Wort: „Das deckt sich zumindest mit dem vorläufigen Obduktionsergebnis. Die beiden „Aufschneider" haben keine objektiven Anzeichen für Fremdverschulden festgestellt. Umso mehr bin ich auf das Ergebnis der chemisch-toxikologischen Untersuchung gespannt. Der ‚Giftmischer'", Westhoven meinte natürlich Röser, „wollte uns das morgen mitteilen." Nach einem großen Schluck Kaffee fuhr er fort: „Habt ihr denn irgendwelche Hinweise auf die Erpressungsgeschichte bekommen? Hat das außer dem Ohrem irgendwer mitbekommen oder hat er das jemandem erzählt?“

Toni entgegnete: „Nein. Wir haben auch nicht explizit danach gefragt, und erzählt hat auch keiner was. Oder dir, Dember?“ Dember schüttelte den Kopf. „Außerdem wollten wir das auch nicht groß breittreten und am Ende noch Häusers Ermittlungen aufs Spiel setzen.“

Westhoven fragte nach dem Besuch im Krankenhaus. Dember berichtete: „Die haben den Jungen ins CT geschoben und nichts festgestellt. Das Ergebnis der Blutanalyse stand wie bei der Toten noch aus. Wir haben uns aber eine Entbindung von der ärztlichen Schweigepflicht unterschreiben lassen. Ich rufe gleich mal im ‚Heilig Geist' an und frage nach.“

Arndt Siebert ergriff das Wort: „Ich bin dann mal weg und berichte gleich Edgar von dem Ergebnis. So wie ich den kenne, ist der schon nervös. Wundert mich, dass der nicht schon gestern nachgefragt hat. Je nachdem, wie sich die Fälle entwickeln, würde es auch Sinn ergeben, über gemeinsame Ermittlungen mit dem KK 13 nachzudenken. Nein, ich bin sogar ziemlich sicher, dass es so kommen wird, denn wenn wir es tatsächlich mit einer Erpressung zu tun haben, wird ganz sicher eine Kommission gebildet. Und die Leitung würde dann hundertpro Edgar übernehmen.“

Westhoven, Dember und Toni verdrehten die Augen. Dember meinte: „Also, ich kann im Moment keine langwierige Kommission gebrauchen, ich bin grad Papa geworden.“

Tonis Antwort war deutlich: „Ach so. Und du meinst jetzt, dass dich das von allem befreit? Weißt du was? Mit dieser Einstellung bist du im KK 11 falsch, such dir lieber ne Stelle, wo es ruhiger ist und du keine oder nicht so viele Überstunden machen musst. Unser Präsidium hat so viele Möglichkeiten!“ Sie stand auf und verließ den Raum. Westhoven und Dember hörten sie noch vor sich hinschimpfen: „So ein Vollhonk! Will sich wohl nur die Rosinen rauspicken!“

Westhoven breitete die Arme aus und warf Dember einen vielsagenden Blick zu. „Da hast du's. Dem kann ich nichts mehr hinzufügen.“ Der Leiter der MK 6 verließ ebenfalls den Besprechungsraum, ging in sein Büro und wählte die Rufnummer seiner Zahnarztpraxis in Dellbrück.

Dember blieb noch einen Moment sitzen, nahm sein Smartphone

und schrieb Doris eine Nachricht über WhatsApp: *„Ich liebe dich, mein Engel. Kuss.“*. Er fühlte sich absolut im Recht und empfand die Reaktionen seiner beiden Kollegen als übertrieben.

***

Ulrike Kasupke hatte am Abend zuvor von ihrer Tochter Andrea erfahren, was bei ihr auf der Arbeit passiert war. Da sie wusste, dass ihre Halbschwester einen guten Draht zur Kölner Polizei pflegte, wollte sie diese dazu animieren, ihr weitere Informationen zu beschaffen. Außerdem wollte sie sie um eine „kleine Spende“ bitten.

Mit dem mittlerweile einstudierten Werbespruch meldete sich die Angerufene: „Allzeit bereit, wo immer et och hinjonn sull. Et Oehmchens Katrin, dat flöckste Taxi in Kölle: jerofe, jekumme un schon fass do.“

Ulrike Kasupke hatte nie Kölsch sprechen gelernt, aber sie verstand nahezu alles. „Hi Kati, hier is die Uli. Da hasse dir abba 'nen tollen Spruch ausgedacht. Wat machse denn grad so?“ Ulrike Kasupke lebte den Ruhrpott durch und durch. Neben C-Wurst Pommes-Schranke in der Frittenschmiede an der Ecke waren auch Miesmuscheln in der fußläufig entfernten Speisegaststätte ihr Leibgericht. Dazu immer ein lecker kühles Pils. Ihren Ruhrpottdialekt sprach sie, wie ihr der Schnabel gewachsen war. Im Grunde war sie über die Stadtgrenze von Essen auch nie hinausgekommen. Ihre Kindheit hatte sie in Essen-Frohnhausen verbracht, wo sie zusammen mit ihrer Mutter in der zweiten Etage eines Mietshauses auf der Frohnhauser Straße über einem Friseurgeschäft gewohnt hatte. Nach der Grundschule auf der Elisabeth-Schule hatte sie später mit Ach und Krach die Hauptschule an der Bärendelle geschafft.

Ihren Vater, den Trabrenntrainer und Pferdetransporteur Willi Korbach, bekam sie selten zu Gesicht. Er lebte mit seiner „richtigen“ Familie in Gelsenkirchen, unweit der Trabrennbahn, direkt hinter der Stadtgrenze. Ulrike Kasupke und Katrin Oehmchen waren seine beiden unehelichen Kinder – das Ergebnis seiner vielen Liebschaften mit den damaligen Stallmädchen. Ulrike Kasupke war dann selbst relativ früh mit Andrea schwanger geworden und hatte ihre Lehre zur Schuhfachverkäuferin drangegeben. Wie in schlechten Erzählungen war Andreas Vater vom Zigarettenholen nicht mehr nach Hause gekommen.

„Ach, do bes et, Uli. Wat soll ich allt maache? Met mingem ahle Benz de Lück durch de Jäjend kutscheere. Ich muss Moppe verdeene. Die fiese Möpp vum Zoll han mich am Schlawittche. Bloß wäjen der paar Jlimmstengelcher!"

„Stimmt ja! Hasse ja erzählt, wah!"

„Woröm röfs do mich üvverhaup aan, Madamm? Wat es dann jetz allt widder loss?" Oehmchen hatte noch nie in ihrem Leben einen Anruf ihrer Halbschwester bekommen, ohne dass diese gleich etwas für sie Nützliches damit verknüpfte. Sie war sicher, dass es diesmal nicht anders sein würde.

„Bei die Andrea war gestern die Polizei im Laden drinne. Da is wohl ene plötzlich anne Kasse umgekippt oder sowatt. Hasse watt davon mitgekricht?"

„Nee, ich hören de janze Daach Radio Kölle. Do han die nix drüvver jesaat. Wat wor dann do loss?" Oehmchens Neugierde war geweckt. Hatte doch ihr Busenfreund Heinz Dember mit Toten zu tun. Und seit der Sache mit dem „Mörderhasen" fühlte sie sich eh als Kommissarin.

„Habbich doch gesacht. So'ne Kassiererin is anne Kasse umgekippt. Die Andrea hat noch gesacht, dat se versucht haben, die zu reanimisieren. So wie bei die Arztserien inne Glotze. Die vonne Kripo habn dann alle befracht, ob denen wat aufgefalln is. Meine Andrea hamse natürlich auch befracht und jezz mach ich mir nen Kopp. Die Tote war nämlich die Ische von ihrem neuen Macker."

„Aha! Und jetz wells do bestemp, dat ich ens met dr Kripo schwad."

„Jau. Datt wär klasse, wenne dat machen täts."

„Do weeß ävver nit, wä vun denne met dem Andrea jesproche hätt?"

„Doch! Moment, die hatt mir den Namen gesacht. Dat Andrea meinte, dat war so'n Schnösel, so'n junger Typ. Ach, wie hieß der denn jezz?" Ulrike Kasupke schwieg und überlegte.

„Villeich Dember?"

„Jau! Dat war ett – Dember. Woher weisse dat, hasse doch wat da drübba gehöat?"

„Nä, ävver wie do dä beschrevve häss, kunnt dat hinkumme. Ich kenn doch ming Pappenheimer vun dr Schmeer – un vür allem dat leckere Kälche!" Oehmchen war total begeistert. Sie hatte wieder einen Grund, ihren Heinz anzurufen!

„Is dat der, von deme mir erzählt has? Der sich inne Pathologin verkuckt hat?“

„Ja, jenau dä!“ Oehmchen gingen augenblicklich Bilder von Heinz Dember durch den Kopf. Die Motive ihrer Fantasie behielt sie aber geflissentlich für sich. „Ich rofen dä ens aan un froch, ob der mer üvverhaup jet verzälle darf. Dä hätt allt jenoch Ärjer jekräje! Ich moot letz zo de Ennere. Die han mich vernomme. Han ich jo verzallt, wie dä Happerschoß, dat fiese Kälche, mich en de Mangel nemme wullt. Dem han ich et ävver jejovve, dat kann ich deer sage!“

„Darf ich dich nowatt fragen, meine liebste Kati?“

Katrin Oehmchen konnte sich denken, was nun folgen würde und antwortete daher wortkarg: „Froch!“

„Ich happ dir doch von meine kaputten Zähne erzählt, wah. Der Zahnarzt hat mir gesacht, dattet am besten wär, wenn in die obere Kauleiste Implantate reinkommen. Meine Kasse will abba nich alles latzen. Und da hatte ich mir überlecht, dat ja vielleicht dat Amt den Rest übernehmen tut. Ich bin also dahin. Der Lelek da hat mich aba ausgelacht und gemeint, ich wolle wohl nur aussehen wie sonne Hollywoodschauspielerin und wenn ich nen Zahnpastalächeln haben wollte, dann hätt ich mir früher ma die Zähne putzen sollen. Jedenfalls wollt der dat nich zahlen, der Arsch.“

„Do darsf deer och esu jet nit jefalle loße, Uli. Bes doch söns och nit op de Schnüss jefalle! Uußerdem es dat doch nüdich – oder hätt dat dinge Montör de la Fress nit jesaat?“

„Wat meinze, watt ich dem schnöseligen Essigpisser einen erzählt hab? Ich hab dem gesacht, dat ich auch nen Recht auf Schönheit hab und dat die Zähne auch gut wären, wenn ich mich mal wieder irgendwo vorstellen tue und hassenichgesehn. Da hadder doch tatsächlich gesacht, dattat nach 10 Jahren auchma fällig wär. Außerdem will mich kein Kerl mit diese gelben Zähne habn, dat is wohl klar wie Kloßbrühe, aba dat sach ich nur dir jezz, hömma.“

„Aha, jetz verston ich dat! Do häss jet am Laufe und schamms dich wäje dinge fuul Zäng! Un ich han allt jedaach, do wulls ens verhaftich dinge Pädsaasch huhkrijje un Arbeit söke! Jot, dat dat Andrea nit esu fuul es wie do!“ Katrin Oehmchen konnte diese Sozialschmarotzerei ihrer Halbschwester nicht ausstehen. Immer hatte Uli einen Grund, warum es mit der Arbeit nicht klappte! Sie hingegen schuftete, um über die Runden zu kommen.

„Wat is dat denn jezz? Bisse jezz auf deren Seite oda watt, sachma?“, fragte Ulrike Kasupke entrüstet.

Damit hatte sie es endgültig geschafft, Katrin Oehmchen auf Krawall zu bürsten. „Ich ungerstütz doch nit ding Fuulheit!“

„Dann haddet wohl auch keinen Sinn, dat ich dich aufn kleinen Beitrach zu ’nem neuen Plasmafernseher anspreche, oda liebe Kati?“

Die Taxifahrerin tippte sich erbost an die Schläfe. „Ich jläuv et bahl! En Plasma-Flimmerkess well die finge Madamm! Esu jet han ich jo noch nit ens! Un ich jonn mer ming Brütche jede Daach ihrlich verdeene! Do häss doch en Bomb jeköpp!“

„Ja, nur so’n Kleinen mittem Meter Durchmessa. Den wolltense am Amt aunich übernehm. Angeblich häddich da kein Anspruch drauf. Ich hab den Schnösel dann inne Augen gekuckt und gefracht, wat ich denn den ganzen Tach sonst machen soll und ich ohne die Glotze vor Langeweile umkäme. Dat könne er sich ja wohl vorstelln.“

Katrin Oehmchen redete sich in Rage: „Für dinge Dress han ich kei Jeld! Uußerdem moss ich wäje dem bestusste Zoll fass 50.000 € Stür berappe. Wäje dä Jlimmstengel. Die klevve mer övverall der Kuckuck drop, wenn ich nit bleche!“

„Habbich jezz verstann. Rufse denn wenigstens den Lui vonn Kripo da an?“

„Dat es kene Lui, klor? Dat es minge leeve Heinz Dember. Ävver jot. Ich versöken et!“

Nach dem Gespräch setzte sich Ulrike Kasupke in ihren Fernsehsessel, legte sich eine Tüte Chips auf den Bauch und guckte sich eine Gerichtsshow an, während Katrin Oehmchen die Handynummer von Dember wählte.

***

Dember war gerade auf der Internetseite *www.kriminalistenroman.de*, als sein Telefon klingelte und er im Display die Rufnummer von Katrin Oehmchen erkannte. „Guten Morgen, Frau Oehmchen. Das ist ja eine Überraschung. Wie geht’s Ihnen?“

„Hallöche, leeven Kummessär Dember. Danke dä Nohfroch, hück Morje jing et noch. Wat määt de Familich, alles em Lut?"

„Na, wie man's nimmt. Der Kleine hat uns die Nacht auf Trapp gehalten – dementsprechend müde bin ich."

„Ija, esu sin se, de Bäljelcher. Trotzdäm, Ströpp sin esuuu joldich. Wann es eijentlich de Dauf? Ich krijjen jo en Enladung, oder?"

„Aber natürlich, oder glauben Sie, ich würde mich trauen, Sie nicht einzuladen? Aber wir haben noch keinen Termin. Doris und ich haben uns schon mal ein paar Tage ausgeguckt, aber noch nichts Spruchreifes. Sie wissen ja, wie das ist, alle Verwandten unter einen Hut zu bekommen, ist nicht leicht."

„Hatt Ehr dann schon Pattühme?" Irgendwie hatte ihre Frage etwas Lauerndes.

„Oh ja, das ist im Grunde eins der größten Probleme. Man will ja keinen vor den Kopf stoßen."

„Leeven Här Dember. Nemmp se doch all! Ich jläuv, dat jeht!"

„Mal gucken."

„Wat es eijentlich met der Saach, weswäje ich letz vun Ehrem Kullech vun dr Ennere vernomme wood? Es dä Stuss endlich vum Desch?"

Dember musste lachen. „Frau Oehmchen, ich glaube, Sie sind immer am Puls der Zeit, oder? Gerade heute Morgen habe ich von dem Happerschoß erfahren, dass die Staatsanwaltschaft das Verfahren eingestellt hat."

„Dat wood ävver och Zick. Dat mer üvverhaup för esu ne Dress zor Kripo moss. Han die nix Besseres ze dun? Üvvrijens! Wat wor dann do en dem Supermaat en Chorweiler loss?"

Dember stutzte und wich der Beantwortung aus. „Was soll denn da gewesen sein?"

„Här Kummessär, meint Ehr, ich wööd froge, wann ich nit schon wöss, dat do jet passeet es? Ts ts ts! Zofällich es dat Kasupkes Andrea ming Schwesterschdochter. Na, klingelt jetz jet?"

„Ich darf Ihnen nichts über laufende Ermittlungen erzählen, sonst hat der Staatsanwalt doch noch einen Grund, mir wieder den Kollegen Happerschoß auf den Hals zu hetzen."

„Dat erfährt doch keiner. Ehr wesst doch, ich kann zohöre un ming Schnüss halde. Also wat es jetz, moss ich mer öm dat Andrea Sorje maache?"

„Nein, müssen Sie nicht. Aber mehr sage ich nicht."

„Dat es doch allt jenoch, do kann ich ming Schwester jo beräuhije."

„Sie haben eine Schwester – auch in der Taxibranche?"

„Kein richtije Schwester, en Halfschwester. Dat Uli wonnt ävver en Essen, dat schwad noch nit ens Kölsch. Un dressfuul es dat. Ich moss ophöre, sons weed ich rösich! Wann ich ens widder en Kalk bin, kumm ich ens op ene Kaffee vörbei, en Odenung?"

„Na klar, Sie sind immer herzlich willkommen." Dember hoffte dennoch, dass er dann nicht im Hause wäre.

„Ich moss dann ens widder. Bes demnöchs! Un wenn Ehr hück Ovend en Taxi brucht, hatt Ehr jo ming Nummer!"

„Ja, danke. Ihnen auch einen guten Rutsch!"

Dember rief noch übers Smartphone seinen aktuellen Kontostand ab und ging dann rüber in sein Büro, in dem Toni schon fleißig dabei war, die Akte zusammenzustellen.

***

Klemens Häuser hatte vom KK 35 die Nachricht bekommen, dass nun die Überwachungsmaßnahme eingerichtet sei. Er rief auf seinem Computer das Programm auf und hörte zufällig das Ende eines aktuell laufenden Gesprächs zwischen Herbert Ohrem und einer Frau mit. Während er nebenbei administrative Dinge erledigte, behielt er die Kopfhörer auf und hörte in den nächsten Stunden noch einige Geschäftsgespräche mit.

***

Es war kurz vor 16.00 Uhr an diesem Silvester-Dienstagnachmittag. Staatsanwalt Asmus war an diesem letzten Tag des Jahres vormittags durch den Leitenden Oberstaatsanwalt zum Oberstaatsanwalt ernannt worden und hatte zu einem kleinen Umtrunk eingeladen, um auf dieses mittlerweile seltene Ereignis anzustoßen. Nachdem er aus der Chefetage zurückgekehrt war, war er in sämtliche Büros gegangen und hatte stolz jedem seine Ernennungsurkunde gezeigt. Sarah Steinmann wollte gerade zur Beförderungsfeier ihres Kollegen gehen, als ihr Telefon klingelte. „Guten Tag, Frau Steinmann. Hier ist Röser aus der Toxikologie. Ich habe eine gute und eine schlechte Nachricht für Sie. Welche möchten Sie zuerst hören? Oder sollen wir lieber nächstes Jahr telefonieren?" In ihren Ohren klang seine Stimme viel freundlicher als noch vor zwei Tagen im kühlen Sektionsraum.

„Wenn Sie mich so fragen, direkt beide hintereinander weg." Für solche Spielchen hatte sie noch nie Geduld aufgebracht.

„Die gute Nachricht ist, mir liegt schon heute ein Ergebnis der chemisch-toxikologischen Untersuchung vor, die schlechte Nachricht ist, dass wir keinen Giftstoff feststellen konnten."

„Na prima! Und was können Sie zu dem Tablettenrest im Magen sagen?"

„Das war ein nichtopioides Analgetikum, in dem Fall Acetylsalicylsäure! Ein Wirkstoff, der in jedem frei verkäuflichen Schmerzmittel ist, genau wie Paracetamol. Das ist nichts Außergewöhnliches."

„Aber in hoher Dosierung kann so was doch auch lebensbedrohlich sein oder nicht?"

„Da haben Sie recht; wenn wir bei der Toten deutlich mehr als 10g des Wirkstoffs festgestellt hätten, dann hätte mich das schon stutzig gemacht. Bei einer solch hohen Dosis zum Beispiel könnte dann eine lebensbedrohliche metabolische Azidose, also eine Übersäuerung mit Atemlähmung und Bewusstlosigkeit, eintreten. Aber eben nicht bei einer einzigen Tablette, und in der Blutanalyse haben wir keine weiteren Rückstände festgestellt.

„Das heißt also, wir haben nichts, was darauf schließen lässt, dass Beate Kuckelke eine letale Dosis bekommen haben könnte?"

„So kann man es sagen, in meinem schriftlichen Gutachten werde ich es allerdings anders formulieren", antwortete Röser etwas zögerlich. Er ließ sich nicht gern zu hundertprozentigen Aussagen drängen. Sarah Steinmann schwieg einen Moment. Irgendwie wollte sie dieses Ergebnis nicht akzeptieren. „Sind Sie da absolut sicher, Herr Röser?"

„Wie eben gesagt, würde ich mich als Wissenschaftler nicht so eindeutig festlegen wollen. Hier bei uns in der Rechtsmedizin nutzen wir die Hochdruckflüssigchromatographie, die HPLC. Das ist eine analytische Methode in der Chemie, also ein Flüssigchromatographie-Verfahren, mit dem man nicht nur Substanzen trennt, sondern diese auch über Standards identifizieren und quantifizieren, also die genaue Konzentration bestimmen kann. Und diese Methode war eben im Ergebnis negativ. Das heißt aber tatsächlich nicht, dass es gänzlich unmöglich ist, dass eine Giftaufnahme erfolgt sein könnte. Eine chemische Verbindung kann man mittels HPLC nur bedingt identifizieren. Zudem kennen wir noch längst nicht alle Giftarten, und in der Datenbank sind nur ein paar Hundert hinterlegt."

„Ich kann Ihnen grad nicht folgen, Herr Röser."

„Ich hole mal grad ein bisschen weiter aus. Sie haben es so gewollt." Seine Stimme klang etwas süffisant. „Wir Toxikologen teilen die forensischen und klinischen Gifte, die relevant sein können, in fünf Kategorien ein. Das sind zum einen leichtflüchtige Stoffe, wie beispielsweise das bekannte Kohlenmonoxid, die hier definitiv ausscheiden. Sonst hätten Sie in dem Laden noch mehr Verletzte oder Tote gehabt.

Anzeichen für die weiteren Kategorien der Metallgifte und Rauschdrogen können wir auch ausschließen. Das hätten die Geräte ebenso festgestellt, eine der leichtesten Übungen. Arsen, Blei, LSD oder Opiate sind Standard. Und zur Kategorie Medikamente hatte ich Ihnen eingangs schon etwas gesagt."

Sarah Steinmann musste den trockenen Vortrag einen Moment verdauen. Dann fragte sie: „Gibt's denn eine andere Möglichkeit der Untersuchung, die Sie noch empfehlen würden, wenn Sie die Geräte dazu hätten?"

„Es gibt natürlich noch andere Analyseverfahren, aber ganz ehrlich: Die Chance, dass bei photometrischen Verfahren oder anderen Massenspektrometern ein anderes Ergebnis erzielt wird, halte ich für unwahrscheinlich. Das zeigt einfach die Erfahrung. Aber um ihre eigentliche Frage abschließend zu beantworten: Rein theoretisch wäre eine Giftbeibringung immer noch möglich. Aber nur theoretisch."

„Okay! Dann werde ich wohl die Leiche zur Beerdigung freigeben. Aber wenn sich irgendwann später noch ein brauchbarer Hinweis ergeben würde, könnten Sie Ihren *HP-Dings-Da* noch mal gezielter suchen lassen, oder?"

„Das würde die Sache auf jeden Fall vereinfachen, aber versprechen kann ich auch dann nichts. Manche Gifte verflüchtigen sich auch wieder nach einer gewissen Zeit."

„Vielen Dank, Herr Röser. Ich wünsche einen guten Rutsch. Bis zum nächsten Jahr dann!“

„Das wünsche ich Ihnen auch, Frau Steinmann. Bis bald.“

***

Sarah Steinmann behielt den Hörer in der Hand und wählte Westhovens Mobilfunknummer.

„Hallo Sarah.“ Westhoven hatte in seinem Display die Rufnummer gesehen und fragte verwundert: „Du bist noch im Büro? Hast du kein Zuhause?“

„Das könnte ich dich auch fragen. Kurzum: Ich gebe den Leichnam von Frau Kuckelke zur Bestattung frei. Bevor du fragst: Röser hat eben angerufen und mitgeteilt, dass es keine Anzeichen für eine Vergiftung gibt.“ Sie klang nicht so, als ob sie über diese Entwicklung glücklich wäre.

Westhoven war erfreut, dass sich sein Verdacht zu bestätigen schien. „Irgendwie habe ich mir das schon gedacht. Mein Bauchgefühl hat mich also wieder nicht im Stich gelassen. Ich konnte mir einfach nicht vorstellen, dass ein Erpresser tatsächlich die Leute vergiftet.“

„Ja, ja.“

„Ach komm, Sarah, in Köln und Umgebung passieren jedes Jahr rund 60 Tötungsdelikte. Du kommst schon noch in den Genuss eines richtigen Delikts. Außerdem, die Sache mit der versenkten Leiche im Badesee ist doch noch gar nicht lange her. Ich persönlich habe nichts dagegen, dass wir mal durchatmen können. Und ich denke, ich kann da auch für mein Team sprechen. Heute ist Jahreswechsel und morgen machen wir dann auch frei bei diesem Sachstand. Außerdem haben Anne und ich bald Geburtstag und die Dembers planen die Taufe. Der Tod kann also ruhig noch eine Zeitlang die Sense in den Schrank stellen.“

„Wann hast du Geburtstag?“

„An Heilige Drei Könige.“

„Ah, am 06., und wann hat Anne?“

„Am 05.!“

„Das notiere ich mir gleich in meinem Kalender. Gut, dass es Erinnerungsfunktionen gibt. Mit Geburtstage merken habe ich es nicht so. Jetzt aber wünsche ich euch einen guten Rutsch. Geht ihr feiern?“

„Das wünsche ich dir auch Sarah. Nee, wir machen uns einen schönen Raclette-Abend mit den Schwiegereltern. Und du, bist du wo eingeladen?"

„Mal sehen, vielleicht treffe ich mich mit einer Freundin. Ciao. Bis zum nächsten Jahr."

Nach dem Telefonat wünschte Westhoven seinem Team ebenfalls einen guten Rutsch ins neue Jahr. Man würde sich am 02. Januar ja dann sowieso schon wiedersehen.

Bevor er ging, rief er noch Peter Kuckelke an und teilte ihm mit, dass dieser nun ein Bestattungsunternehmen beauftragen könne. Die Staatsanwaltschaft habe seine Frau zur Beerdigung freigegeben; der Bestatter müsste eigentlich Bescheid wissen und sich die Freigabebescheinigung ab dem 02.01. auf dem Geschäftszimmer des KK 11 abholen. Kuckelke fragte nicht nach Einzelheiten, sondern bedankte sich nur für den Anruf.

Kapitel 4

Donnerstag, 02. 01.

Klemens Häuser saß bei einer Tasse Kaffee und einem leckeren Mehrkornbrötchen mit Schinken vor seinem Computer. Die Kopfhörer hatte er aufgesetzt. Von Silvester bis heute war nur ein einziges Gespräch registriert worden. Und zwar gerade erst vor ein paar Minuten, Dauer: 29 Sekunden!

Das Gespräch hatte der stämmige Filialleiter angenommen. Nachdem dieser sich gemeldet hatte, war eine computergenerierte Nachricht zu hören, in der jedes Wort von einer Art weiblichen Roboterstimme einzeln betont wurde:

„Sollen noch mehr sterben? Sie haben gesehen, was passiert, wenn Sie meinen Forderungen nicht nachkommen. Folgen Sie genau den Instruktionen in der E-Mail!“

Häuser suchte die Anruferkennung aus der Liste und staunte, als er die Rufnummer des Ladens sah. Er war sich nun sicher, dass sich hier jemand sehr gut mit der Verschleierungstechnik „Spoofing“ auskannte. Und die Computerstimme war einfach zu erklären: Es gab genügend freie Programme im Internet, mit denen man die Stimme und Lesegeschwindigkeit einstellen konnte und einfach auf abspielen klickte, wenn der Angerufene den Hörer abnahm. Selbst Antworten auf Nachfragen konnte man schnell eintippen und abspielen lassen.

***

Westhoven hatte sich gerade einen Schokoriegel in den Mund geschoben, als es an seiner Tür klopfte. Mit gedämpfter Stimme rief er: „Herein!“ Häuser trat ein. Die beiden Dienststellen des KK 11 und KK 13 grenzten auf der gleichen Etage aneinander, sodass er sich direkt nach dem Abhören auf den Weg zu Westhoven gemacht hatte. „Hallo, Paul. Grüß dich. Frohes neues Jahr! Habt ihr schon ein Ergebnis bezüglich der Toten?“

Westhoven nickte, während er noch kaute und schließlich den Riegel herunterschluckte. „Frohes Neues! Ja, haben wir. Für uns ist der Fall erledigt. Es wurde keinerlei Anzeichen für ein Fremdverschulden festgestellt. Der Leichnam ist sogar schon zur Bestattung freigegeben."

Häuser erzählte Westhoven von dem Gespräch, das er eben auf der Telefonüberwachung gehört hatte.

„Trotzdem, Klemens. Weder der Professor noch der Toxikologe haben was gefunden. Der Fall ist damit für uns erledigt."

Dem Fachmann für Erpressungen war deutlich anzusehen, dass ihm die Antwort nicht gefiel. Westhoven versuchte, zu vermitteln: „Es gibt ja nichts, was es nicht gibt und vielleicht irren sich die beiden Herren von der Rechtsmedizin. Solltest du also auch nur einen vagen Hinweis auf eine Vergiftung bekommen, lass es uns wissen. Ich gebe es dann weiter."

Häuser gab sich damit zufrieden, verließ Westhovens Büro und ging weiter zu Edgar Stengelmann, da der Dienststellenleiter des KK 13 noch bis zum Ende der Woche in Urlaub war. Stengelmanns Tür stand sperrangelweit offen. Nach dem Höflichkeitsaustausch der Neujahrsgrüße kam er zum Thema und erzählte dem Inspektionsleiter über das Ergebnis der Obduktion und vom heutigen Erpresseranruf im *Brutto*.

Edgar Stengelmann nickte. „Wir werden nicht umhinkommen, eine Kommission einzurichten. Ich werde diese nach außen hin leiten, während du im Grunde die ganze Arbeit machst. Aber das ist ja nichts Neues."

„War ja klar, Eddi, dass du die Lorbeeren ernten willst", kommentierte Häuser mit einem schiefen Lächeln. Er kannte die Prozedur und die Behördenstrukturen sehr genau.

„Wenn es welche zu ernten gibt. Was meinst du, wie viele Leute du brauchst?"

„Solange es so bleibt, also wir nur einen Anschluss überwachen müssen, reicht mir zunächst einer oder eine."

„Hast du einen Vorschlag oder einen Wunschkandidaten?"

„Dann meine Bürokollegin, das ist am wenigsten Aufwand für alle."

„Okay, Klemens. Fertige bitte die Anmeldung für die Kommission und gib sie mir zur Unterschrift. Ich leite sie dann weiter. Wie nennen wir sie denn?"

„Was hältst du von ‚EG Chorweiler' oder ‚EG *Brutto*'?"

„Lieber ‚EG Chorweiler'. Nicht dass uns noch die Firmenleitung aus irgendwelchen datenschutzrechtlichen Gründen Probleme macht. Dieser Ohrem scheint eh mit der Justiz auf Kriegsfuß zu stehen. Haben wir schon die E-Mail mit den angeblichen Instruktionen?"

Häuser schüttelte den Kopf. „Nö, da ist noch keine angekommen. Sonst wüssten wir das."

„Okay, und was ist mit der Rückverfolgung des Spoofing-Anrufs? Ist das möglich?"

Häuser wiegte bedenklich den Kopf. „Soweit ich weiß, ist das sehr kompliziert, könnte aber machbar sein."

„Dann weißt du, was zu tun ist."

„Klaro!"

***

Gegen 10.00 Uhr erschien Peter Kuckelke in Begleitung des Bestatters beim KK 11. Er bat um ein Gespräch mit Paul Westhoven, während der Bestatter bereits die routinemäßigen Formalitäten erledigte.

Westhoven ging zum Geschäftszimmer und holte den Witwer ab.

„Guten Morgen, Herr Kuckelke. Mein Name ist Westhoven."

Kuckelke reichte ihm zur Begrüßung die Hand. „Danke, dass Sie Zeit haben. Ich habe so viele Fragen, ich verstehe das alles nicht. Ich weiß nicht, was ich meinem Sohn sagen soll. Das ist alles so verdammt schwer." Seine rot geränderten Augen waren tränennass.

Ein richtiges Mitleidsgefühl wollte sich bei Westhoven aber nicht einstellen. Zum einen, weil er solche Momente zum Eigenschutz nie an sich heranließ, zum anderen, weil Kuckelke doch ein notorischer Fremdgänger war, dem das Wohl seiner Frau offenbar egal gewesen war. Der Ermittler ließ sich aber nichts anmerken. „Sollen wir in mein Büro gehen? Da sind wir ungestört."

***

Während Westhoven mit Kuckelke sprach, fuhren Toni Krogmann und Heinz Dember zu einem Todesfall mit ungeklärter Todesursache. In der 3. Etage eines Mietshauses neben dem Millowitsch-Theater auf der Aachener Straße sollte sich eine junge Frau mit Tabletten umgebracht haben.

Ihren Dienstwagen parkten die beiden Ermittler unmittelbar vor dem

Haus, wo auch der Streifenwagen stand. Nachdem Dember das fest installierte Blaulicht auf den Fahrersitz gezerrt hatte, schmiss er die Tür zu und vergewisserte sich, dass die Straßenbahn noch problemlos am Auto vorbeikäme.

„Meinst du, das Blaulicht rettet dich vor einem Knöllchen?", fragte Toni skeptisch.

„Hast du eine bessere Idee? Wo sollen wir denn sonst den Wagen abstellen? Hier ist doch überall nur Anwohner-Parken."

Toni zuckte mit den Schultern. „Stimmt auch wieder, außerdem sind wir hier nicht zum Vergnügen." Sie nahm den Leichenkoffer vom Rücksitz, und gemeinsam guckten sie auf die Klingelschilder. Da die Haustür offen stand, gingen die beiden ins Haus und über die Treppe in die 3. Etage, wo im Eingangsbereich zur Wohnung eine junge Beamtin ohne Sternchen auf den Schulterklappen stand, deren Gesicht aschfahl wirkte.

„Moin moin!", begrüßte Toni sie. „Wir sind vom KK 11."

In der Wohnung trafen sie auf zwei weitere Streifenbeamte, die ihnen kurz erklärten, dass der Notarzt eine ungeklärte Todesursache bescheinigt habe. Außerdem lägen auf dem Wohnzimmertisch Entlassungspapiere aus der Justizvollzugsanstalt Köln.

Dember fragte nach: „Wie heißt denn die Tote?"

Der füllige Streifenbeamte mit dem auffälligen Zwirbelschnäuzer holte seine Notizen hervor und las davon ab: „Uta Palanke, als rauschgiftsüchtig bekannt, Prostituierte."

„Okay, wir übernehmen dann jetzt. Schreibt bitte einen Bericht für uns."

Dember und Krogmann zogen sich Gummihandschuhe an und gingen ins Schlafzimmer. Die Tote lag, nur mit einem weißen Slip bekleidet, rücklings auf dem französischen, roten Bett. Auf dem gläsernen Nachttisch stand eine geöffnete Packung Einmaltaschentücher und eine Glasschale mit ungeöffneten Kondomen. Neben dem leeren Tablettenblister Beruhigungstabletten stand ein Glas, dessen ehemaliger Inhalt nach hochprozentigem Alkohol roch.

Toni und Heinz gingen arbeitsteilig vor. Er beschrieb die Wohnung und die Auffindesituation, während Toni mit der äußeren Leichenschau begann.

„Irgendwie kommt mir der Name bekannt vor. Palanke, Palanke, was sagt mir das?", grübelte Dember. Toni nahm diesen Steilpass auf: „Vielleicht warst du ja schon mal hier. Ich meine, also, ähm, bevor du solide wurdest." Sie lachte laut auf.

„Du hast wohl nicht alle Latten am Zaun. Das wüsste ich aber! *ICH* habe noch nie dafür bezahlt. Aber was zum Henker sagt mir der Name Palanke? Ich komm gleich drauf."

„Ich bin schon sehr gespannt." Toni lachte noch immer, während sie mit den Fingern das knöcherne Schädeldach der Toten nach Beschädigungen abtastete und anschließend die Augen und die Mundhöhle prüfte.

Dember war gerade in das kleine, hell geflieste Badezimmer getreten, als er auch schon mit einem Ausruf herausgeschossen kam: „Jetzt weiß ich's wieder..."

***

Zur gleichen Zeit öffnete Klemens Häuser die E-Mail, die an den Firmenaccount der *Brutto*-Filiale im Kölner City-Center ging. Intern hatte nur der Filialleiter Herbert Ohrem Zugriff auf dieses Postfach.

Die Absenderadresse lautete 100.000€@secure-mail.cc. Als Häuser den Text sah, war er sicher, dass es sich hier um eine handfeste Erpressung handeln musste. Das Schreiben war bis auf Kleinigkeiten identisch mit dem Erpresserbrief, den Ohrem ihm übergeben hatte.

dies ist ein erpresserbrief!
wir verlangen jetzt 150.000 € bis zum 10.01.!

sollten sie unseren forderungen nicht in allen punkten bedingungslos und fristgerecht nachkommen, vergiften wir wahllos produkte aus ihrem supermarkt und platzieren sie anonym für den abverkauf.
das wiederholen wir bis zur erfüllung unserer bescheidenen forderung!
bei der kleinsten abweichung oder einschaltung der polizei verdoppeln wir die summe auf 300.000 € und werden unsererseits die örtliche presse informieren, um den druck zu erhöhen! spielen sie nicht noch weiter unnötig mit den leben ihrer kunden und mitarbeiter! eine tote ist doch wohl genug!

wir erwarten ihre entscheidung. schreiben sie uns daher nur am 03.01. um 12.00 uhr eine e-mail von ihrem firmenaccount auf 100000@trashmail.de.
sie erhalten dann weitere instruktionen.

und wie gesagt: keine polizei!

Häuser druckte die Mail aus und brachte sie Edgar Stengelmann ins Büro. Als dieser den Text las, blieb ihm der Mund offen stehen. Dann polterte er los: „Das kann doch nicht wahr sein. Welcher Erpresser ist so bescheuert und teilt mit, dass er für den Tod eines Menschen verantwortlich ist?! So doof kann doch keiner sein zu glauben, dass wir nicht alles daransetzen werden, den zu erwischen und festzunehmen."

Häuser machte aus seiner Meinung keinen Hehl. „Da stimme ich dir zu. Solch ein Vorgehen ist schon sehr ungewöhnlich. Wenn ich nicht den Eindruck hätte, dass hier jemand absolut firm in technischen Dingen ist, würde ich sagen, da ist ein Vollidiot am Werk."

„Ein Vollidiot? Wohl kaum, die Obduktion und Giftanalyse sind doch negativ gewesen. Da weiß doch einer genau, was er tut."

„Ich wäre mir da nicht so sicher. Vielleicht nutzt der Erpresser die Situation einfach aus, um seinen Forderungen Nachdruck zu verleihen. Es hat definitiv keine Anzeichen für ein Fremdverschulden gegeben. Westhoven hat mir vorhin gesagt, dass die Staatsanwältin den Leichnam sogar schon zur Bestattung freigegeben hat."

Stengelmann schlug mit der flachen Hand auf den Tisch. „Wie kann man nur so voreilig sein! Hoffentlich hat sie die Freigabe nur auf eine normale Erdbestattung begrenzt."

Häuser zuckte mit den Schultern. „Davon habe ich keine Ahnung, da müssen wir wohl Westhoven fragen."

Stengelmann schüttelte erbost den Kopf. „Es kann ja wohl nicht angehen, dass die verbrannt werden darf. Dann sind alle Beweise definitiv futsch." Er griff zum Hörer und rief Westhoven an. Dieser jedoch wimmelte ihn mit dem Hinweis ab, dass er gerade im Gespräch sei, und sicherte einen Rückruf zu. Stengelmann legte wütend auf. „Ich kläre das gleich mit Arndt Siebert. Die beiden Fälle müssen zusammen bearbeitet werden. Und das heißt, dass ich gleich anordnen werde, dass die MK 6 Bestandteil der EG Chorweiler wird."

„Oh! Da wird aber keiner begeistert sein von denen. Die 11er haben selbst jede Menge zu tun. Das gibt mit Sicherheit Widerstand."

„Bin ich hier der Chef oder wer?"

***

Toni Krogmann blickte neugierig auf, als Dember aus dem Badezimmer trat.

„Das war eine der Beschuldigten, die Anfang letzten Jahres wegen Menschenhandels und Kindesmissbrauchs verurteilt worden ist. Aber wieso ist die draußen? Die hat doch auch mehrere Jahre kassiert!"

„Meinst du die Sache mit dem ‚Mörderhasen', so wie der EXPRESS getitelt hat?"[2]

„Ganz genau, das war ein richtig spannender Fall. Der Haupttäter wurde kurz nach der Urteilsverkündung erhängt im Knast gefunden, hatte etliche Blessuren. Keiner weiß so richtig, was da eigentlich passiert ist."

Toni mutmaßte: „Vielleicht ist die Palanke wegen guter Führung früher entlassen worden. Du weißt doch: gute Sozialprognose, einen Teil der Haftzeit unter den Tisch kehren wegen guter Führung, bla bla bla."

Dember war noch immer fassungslos. „Das kann echt nicht wahr sein. Diese Frau da war Schuld am Unglück unzähliger Kinder. Da könnte ich kotzen, aber du wirst sicher recht haben. Geflohen ist sie wohl kaum, immerhin haben wir das Entlassungsschreiben. Wenigstens hat sie jetzt ihre gerechte Strafe."

„Komm, Dember. Bleib mal auf dem Teppich. So etwas will ich echt nicht hören."

„Ist doch so. Wahrscheinlich hat die blöde Kuh direkt nach ihrer Entlassung erstmal wieder 'nen Trip geschmissen und offenbar die Dosis unterschätzt. Tja, Pech gehabt."

„Jetzt lass es! Mach lieber die Skizze von der Wohnung, damit wir mal fertig werden. Du musst mir gleich helfen, wenn ich mir die Rückseite

---

2 „Mörderischer Fastelovend" von Hatterscheidt/Kroner, 2010 erschienen in der Edition Lempertz

der Toten anschauen will. Ich kann die schließlich nicht allein drehen, festhalten und untersuchen."

„Das muss ich gleich unbedingt Paul erzählen. Tja, man sieht sich im Leben eben immer zweimal..."

***

Peter Kuckelke hatte sich mittlerweile etwas beruhigt. „Können Sie mir denn sagen, woran die Beate so plötzlich verstorben ist? Ich verstehe das nicht, die war doch das sprichwörtliche Leben. Ich kann mich gar nicht daran erinnern, wann sie mal krank gewesen ist."

„Ich kann es Ihnen beim besten Willen nicht beantworten. Wir haben nichts festgestellt, was darauf schließen lässt, dass Fremdverschulden vorliegen könnte."

„Aber Sie sind doch von der Mordkommission. Wieso ermittelt die denn dann?"

Westhoven erklärte ihm, dass es eine ganz normale Prozedur sei, dass bei ungeklärter Todesursache die Kriminalpolizei eingeschaltet wird, um Fremdverschulden nachzuweisen oder auszuschließen. Dies sei natürlich mit einem Messer im Rücken oder einem Schuss in den Kopf eindeutig, aber daneben gäbe es halt rund 1.000 – 1.500 Fälle im Jahr, in denen das KK11 das Sterbegeschehen näher beleuchten musste. Und das dies hier eben auch der Fall gewesen sei.

„Ich glaube, Sie verheimlichen mir trotzdem etwas. Es geht nämlich das Gerücht um, dass meine Frau vergiftet worden sei!" Kuckelke blickte Westhoven mit versteinertem Blick an.

„Wenn dem so wäre, dann würden wir jetzt als Mordkommission ermitteln. Tun wir aber nicht. Und ich würde nicht jedem Gerücht glauben. Sie machen sich sonst nur verrückt." Westhoven klopfte ihm mehrfach freundschaftlich mit der flachen Hand auf die Schulter, nachdem er aufgestanden war. „Glauben Sie mir, es ist besser so."

„Was sage ich denn meinem Sohn? Haben Sie dafür auch einen Rat?"

„Sagen Sie ihm die Wahrheit! Nur ein bisschen kindgerechter vielleicht. Dass seine Mama eingeschlafen sei und ihn jetzt immer vom Himmel aus beobachten würde. Ihnen fällt schon was ein."

„Vielen Dank, dass Sie sich die Zeit genommen haben, Herr Westhoven.“ Kuckelke reichte ihm zur Verabschiedung die Hand. Erneut sah Westhoven Tränen in seinen Augen, als er das Büro verließ.

***

Als die Tür wieder geschlossen war, öffnete Westhoven ein Fenster. Die Luft hatte sich während des Gesprächs verbraucht, und das auf Stufe 5 gedrehte Thermostat am Heizkörper trug sein Übriges zum Büroklima bei. Alsdann wählte er die Durchwahl von Stengelmann.

„Das hat aber lange gedauert.“ Der Inspektionsleiter wirkte auf Westhoven ziemlich gereizt. Er überhörte den Vorwurf geflissentlich. „Oh, ich hatte ja keine Ahnung, dass es so pressiert und der Weltfrieden gefährdet ist!“, konterte er ironisch.

Für einen flüchtigen Augenblick schien Stengelmann zu stutzen, dann aber entgegnete er: „Ich habe gehört, dass die Tote vom Supermarkt zur Bestattung freigegeben wurde. Das kann ich nicht nachvollziehen!“

„Was gibt’s da nicht nachzuvollziehen? Das Ergebnis der Untersuchungen war eindeutig – keine Anzeichen für Fremdverschulden.“

„Zwischenzeitlich gibt es aber einen neuen Erpresseranruf und eine E-Mail, aus der man unschwer herauslesen kann, dass die Kassiererin vergiftet worden sein muss. Ich bin daher gegen eine Freigabe. Könnten Sie das bitte der zuständigen Staatsanwältin so weitergeben? Oder zumindest, dass die Tote nicht eingeäschert werden darf?“

„Herr Stengelmann, wenn Sie mit der Freigabe nicht einverstanden sind, dann gebe ich Ihnen gern die Durchwahl von Frau Steinmann. Das können Sie dann unmittelbar mit ihr klären. Immerhin laufen die Informationen dann nicht über Dritte. Davon halte ich nämlich gar nichts.“ Westhoven hörte am anderen Ende der Leitung ein lautes, erbostes Schnaufen – und das klang nicht nach Luftnot, sondern eher nach einem schnaubenden Stier in der Arena. „Dann geben Sie mir die Rufnummer!“

***

Eine gute Viertelstunde später klingelte bei Westhoven das Telefon. Mit einem verschmitzten Lächeln nahm er den Hörer ab. „Hallo, Sarah, wie war die Begegnung der Dritten Art?“

„Pah, ich lass mir doch nicht vorschreiben, wie ich meine Arbeit zu machen habe. Es bleibt natürlich bei der Freigabe. Was meint denn euer Kollege, wie lange die Angehörigen auf eine Beerdigung warten sollen?! Bis in einem Erpressungsfall mal jemand dingfest gemacht wird, vergehen mitunter Monate, wenn nicht Jahre. Außerdem habe ich fundierte Angaben der Rechtsmedizin und wir haben genügend Untersuchungsmaterial, falls sich später doch noch eine etwaige Giftbeibringung herausstellen sollte."

„Das hätte ich meinem Kollegen so oder so ähnlich auch sagen können, aber du weißt ja: Ober sticht Unter."

„Eure Ränkespielchen interessieren mich als Staatsanwältin aber nicht. Allerdings hat mir Herr Stengelmann erzählt, dass es einen weiteren Anruf und eine Erpressungsmail gegeben habe. Das klingt jedenfalls sehr spannend. Schade, dass es nicht mein Fall ist."

„Kannst ja versuchen, dir den an Land zu ziehen. Begründen kannst du das allemal, oder?"

„Mal sehen. Bis denne."

***

Gegen 14.00 Uhr standen Dember und Krogmann in Westhovens Büro und erzählten von ihrer „prominenten" Leichensache.

„Uta Palanke ist tot, die Uta Palanke?" Westhoven war perplex.

„Ja, genau die. Diese Alte, die für das Unglück unzähliger Kinder mitverantwortlich ist. Wie kann man die nur vorzeitig aus dem Knast entlassen? Besser wäre gewesen, wenn man den Schlüssel weggeworfen hätte. Wenigstens hat sie jetzt ihre gerechte Strafe bekommen und kann jeden Tag die schwarzen Essensmarken in der Hölle einlösen. Wie heißt es so schön – wer früher stirbt, ist länger tot."

Westhoven war wieder perplex. „Äh, alles okay bei dir?"

„Ach, mich regt so was einfach auf. Ich bin halt jetzt selbst Vater und wenn ich sowas sehe, *‚frühzeitige Entlassung'*, dann kriege ich 'nen Affen. Das ist alles."

„Tja, wenn du meinst, dich über Dinge aufregen zu müssen, die du sowieso nicht ändern kannst. Außerdem ist es ja keineswegs das erste Mal, dass uns ein früherer Täter wiederbegegnet. Aber mal was anderes:

In der *Brutto*-Sache gab es einen weiteren Anruf und ein neues Erpresserschreiben."

Westhoven hatte nun die volle Aufmerksamkeit seines Teams. Er erzählte ihnen von den neuesten Entwicklungen und dass er ganz stark damit rechne, dass sie bald Teil der EG Chorweiler sein würden.

Noch während der Besprechung erschien Arndt Siebert und teilte ihnen Stengelmanns Entscheidung mit, dass die MK 6 ab sofort als Unterabschnitt Ermittlungen in der EG Chorweiler mitarbeite und Häuser die *kleine* EG-Leitung hätte. Westhoven meinte nur lax, dass er wohl den Beruf wechseln und auf dem Jahrmarkt aus Händen lesen sollte.

„Ok, ihr zwei. Am besten schreibt ihr die Leichensache soweit fertig, dass jemand anders die übernehmen kann. Ich gehe mal rüber zu Klemens und frage, wie er sich unseren Part vorstellt."

***

Herbert Ohrem schwitzte vor Aufregung. Seine Hände zitterten, nachdem er die E-Mail gelesen hatte. Hektisch schob er die Lieferscheine und Bestellungen auf seinem Schreibtisch hin und her, bis er die Visitenkarte von KHK Häuser gefunden hatte.

Der Ermittler meldete sich nach dem dritten Klingeln. „Häuser."

„Herr Häuser, hier ist Ohrem. Sie wissen doch, der Filialleiter aus dem *Brutto* im City-Center Chorweiler." Seine Stimme klang panisch und ängstlich.

„Herr Ohrem, hallo. Was kann ich für Sie tun? Ist was passiert? Hat sich wieder jemand gemeldet?" Ganz bewusst schoss Häuser mehrere Fragen hintereinander ab.

Ohrem stammelte: „Ja, ähm, ja. Erst war wieder so ein komischer Anruf und eben kam noch eine E-Mail."

„Inwiefern war der Anruf komisch?" Häuser wollte die Glaubwürdigkeit des Filialleiters testen.

„Das war wieder eine Frauenstimme. Die klang aber so komisch, so abgehackt. Kein Sing-Sang wie beim letzten Mal." Langsam wurde er wieder gefasster und ruhiger.

„Und was wurde gesagt?"

Ohrem wiederholte nahezu wörtlich die Sätze, die Häuser sich schon zigfach angehört hatte.

„Und was stand in der E-Mail?"

Ohrem las den Text vor und fragte, ob er die E-Mail an ihn weiterleiten sollte. Häuser bejahte und wies darauf hin, dass seine Mailanschrift auf der Visitenkarte stünde.

„Was mache ich denn jetzt? Ich habe wirklich Angst, dass hier was passiert. Dann können wir den Laden ja gleich schließen."

„Sie machen genau das, was der Erpresser von Ihnen verlangt. Keine Polizei! Ob der Ihnen das glaubt oder nicht, Sie haben jedenfalls keine Polizei eingeschaltet! Wie sieht das aus, haben Sie mittlerweile Ihrer Konzernsicherheit von der Erpressung berichtet?"

„Ähm, ja...das...das leite ich in die Wege." Dieses Thema war Ohrem offensichtlich unangenehm. Er bemühte sich, das Gespräch wieder in andere Bahnen zu lenken. „Erpresser? Sind Sie sicher, dass das ein Mann ist? Die Anrufe waren doch von einer Frau." Ohrem verstand die Welt nicht mehr.

„Das weiß ich genauso wenig wie Sie, aber soll ich jetzt jedes Mal Erpresser oder Erpresserin sagen?" Ohrem entgegnete nichts und Häuser wollte ihm nichts über Verschleierungsprogramme erzählen. Es stand zwar jede Menge darüber im Internet, dennoch war es nicht seine Art, darüber zu plaudern. Die vielen Möglichkeiten im Netz und die vielen abrufbaren Informationen über Ermittlungsarbeit machten ihm sowieso schon das Leben schwer. Ganz zu schweigen von den „Ermittlern", die in diversen Vorabend-Reality-Sendungen aus dem Nähkästchen plauderten. Häuser hasste das, ihm fehlte jegliches Verständnis dafür.

„Signalisieren Sie also *dem Erpresser,* dass Sie kooperieren, Sie aber noch Zeit bräuchten, da so eine Forderung nicht unbemerkt bliebe und daher die Konzernsicherheit mit eingeschaltet werden müsse. Mehr schreiben Sie nicht! Und alles natürlich als Blindkopie an meinen E-Mail-Account."

„Ja, selbstverständlich. Wird die Polizei denn jetzt endlich den Telefonanschluss überwachen? Vielleicht könnte man den Anruf zurückverfolgen."

Häuser griff zu einer Notlüge: „Das machen wir lieber nicht, wir wollen kein Risiko eingehen. Nicht, dass der Erpresser das sonst merkt. Legen Sie sich ein Aufnahmegerät bereit und nehmen Sie die Anrufe auf. Das reicht. Und Zurückverfolgen ist auch nicht so einfach."

Ohrem antwortete leise: „Wie Sie meinen, Sie sind der Experte."

***

Westhoven klopfte an Häusers Bürotür, drückte im gleichen Moment die Klinke herunter und ging hinein. Häuser blickte von seinem Schreibtisch auf. „Hallo Paul, du kommst genau richtig. Ich habe eben noch ein Gespräch mit dem Filialleiter gehabt. Dem geht der Arsch ganz schön auf Grundeis."

„Hab schon gehört. Der Erpresser soll sich wieder gemeldet haben. Erzähl mal."

Häuser setzte Westhoven umfassend ins Bild und berichtete von den vorherigen Anrufen, dem neuesten Anruf sowie vom Inhalt der E-Mail mit der nun höheren Forderung.

„Da scheint aber jemand ziemlich gut informiert zu sein. Das stand ja nicht in der Zeitung, dass wir dort im Laden waren, oder hab ich was übersehen?"

Häuser schüttelte den Kopf. „Nö, ich habe auch nichts darüber gelesen."

Westhoven fing an zu kombinieren: „Engt das nicht den Kreis der Verdächtigen ziemlich ein? Das kann doch dann im Grunde nur jemand dort aus der Gegend sein. Allerdings kann ich mir nicht vorstellen, dass der vergiftete Lebensmittel in den Laden stellt und darauf wartet, dass das jemand kauft. Das klingt doch total hirnrissig."

„Vielleicht haben wir es mit mehreren Personen zu tun, wäre doch auch möglich."

„Ach, ich weiß nicht, Klemens. Es hat sich doch noch nie bewährt, wenn es zu viele Mitwisser gibt. Die zinken sich doch gegenseitig an, wenn es eng wird. Aber eine bessere Idee habe ich im Moment auch nicht." Westhoven blickte aus dem Fenster und drehte sich dann zu Häuser um. „Wie sollen wir denn unterstützen?"

„Ihr drei bildet den Unterabschnitt Ermittlungen."

„Gibt's denn schon was, was wir ermitteln können oder sagst du uns Bescheid? Sollen wir in unseren Büros bleiben oder was schwebt dir vor?"

„Lass uns den morgigen Tag abwarten, genauer gesagt 12.00 Uhr, wenn Ohrem die Mail abgeschickt hat. Bis dahin habt ihr bestimmt auch so keine Langeweile."

„Ruf an, wenn du was für uns hast."

***

An diesem Donnerstagabend liefen Anne und Paul wieder ihre gewohnten Runden um den Höhenhauser Baggersee. Nach mittlerweile vier Runden machten sie sich wieder auf den Heimweg nach Dellbrück.

Westhoven nahm sich einen halben Liter Mineralwasser aus dem Kühlschrank, setzte sich auf die Couch und spritzte Zitronensaft in die Flasche. Keine 30 Sekunden später stellte er die leere Flasche neben die Couch und rülpste lautstark die Kohlensäure aus sich heraus.

„Ey, sag mal, geht's noch? Ist ja eklig!" Anne schüttelte sich angewidert.

„Ah, jetzt geht's mir besser. Stell dich doch nicht so an! Hast du etwa noch nie gerülpst?" Er griff zur Box mit den Schokoriegeln. In Windeseile waren drei Stück in seinem Mund verschwunden.

„Doch, aber nicht wie ein Erdferkel. Und hör auf, die Riegel in dich reinzustopfen! Ich mach uns grad wieder unseren Spezialsalat. Den haben wir uns verdient." Sie grinste ihn an.

„Den mit Hähnchen und Erdbeeren und so?"

Anne nickte. „Genau den. Also hör auf zu mampfen. Kannst ja in der Zeit duschen gehen."

Westhoven sprang auf und rief zackig: „Yes Sir, jawoll, Sir. Duschen!" Er streckte sich. Plötzlich verfinsterte sich seine Miene. Anne musterte ihn besorgt. „Was ist denn los mit dir?"

„Ach, ich bin nur so *begeistert*, dass wir als KK11er so gefragt sind und anscheinend in jedem Deliktsbereich ermitteln können." Er schüttelte erbittert den Kopf. „Das geht mir quer runter wie ein Brett."

„Willst du es mir erzählen?"

„Ach, ich kann da noch nicht drüber reden. Ist geheim."

Anne machte einen Schritt auf Paul zu und umarmte ihn. „Dann ist es doch vielleicht auch spannend, hört sich jedenfalls so an. Also nix mit Tod und Leichen?"

„Nö, nicht direkt.“ Westhoven und Anne küssten sich zärtlich, bevor er ins Bad ging.

Unmittelbar nach dem Abendessen und einem Gläschen 2011er Elsässer Riesling machten sie es sich im Schlafzimmer bei Kerzenschein und romantischer Musik sehr gemütlich.

***

Toni Krogmann und ihre Partnerin Laura genossen den ersten Saunagang in ihrer Heimsauna. Erst gegen Mittag waren die letzten Installationen abgeschlossen worden. Das nasskalte Wetter forderte geradezu zum Saunieren auf.

Laura goss zweimal hintereinander mit der Holzkelle auf – angenehmer Zitrusduft schwängerte die rund 90 Grad heiße Luft.

„Komm Schatz, ist gut jetzt, sonst kollabiere ich gleich und dann hast du nichts mehr von mir.“ Schweißperlen rannen an Tonis nacktem Körper herunter.

„Ui, das will ich natürlich nicht riskieren.“ Laura legte das Handtuch zur Seite und setzte sich neben Toni. Zärtlich betrachtete sie ihre große Liebe. Als sie sanft mit der Hand über Tonis Körper streichelte, summte diese leise die Melodie „I got you Babe“ von Sonny & Cher.

***

Leon Dember hatte es an diesem Abend mal wieder geschafft und Doris und Heinz an den Rand eines Nervenzusammenbruchs gebracht. Kurz nach dem Füttern ging es wieder los. Die Blähungen schienen dem kleinen Racker arge Schmerzen zu bereiten.

Die beiden Eltern teilten sich die Nacht wieder auf. An ein ausgeprägtes Eheleben, so wie sie es vor der Geburt gehabt hatten, war im Augenblick nicht zu denken. Der permanente Schlafentzug hatte ihnen jegliche Kräfte und auch die Lust geraubt.

Mit tief in die Gehörgänge geschobenen Ohropax, das Kopfkissen über den Kopf gezogen, versuchte Dember, die nächsten Stunden zu schlafen.

Kapitel 5

Freitag, 03. 01.

Westhoven saß um 07.15 Uhr völlig erschlagen in seinem Büro und stürzte seine zweite Tasse Kaffee herunter. Als er gerade das zerknüllte Papier des Schokoriegels wie ein Basketballspieler in den Mülleimer warf, kam Arndt Siebert herein. „Morgen, Paul. Siehst ja ziemlich mitgenommen aus. Bist du mit dem Taxi gekommen?“ Siebert lachte.

„Ha ha, der hat so ’nen Bart. Ist was oder wolltest du einfach nur nerven?“

„Oooh, da ist aber einer grantig heute Morgen. Eigentlich hatte ich eine Nachricht für dich, die dich sicher interessiert, so ’ne Art Geburtstagsgeschenk. Aber ich denke, das kann auch noch warten.“

Da Westhoven von Natur aus ein neugieriger Mensch war und Arndt Siebert ihm noch nie was zum Geburtstag geschenkt hatte, hakte er sofort nach: „Ha, dann sag schon. Lass mich raten! Wir müssen doch nicht in die EG – das wäre mal ’ne gute Nachricht, ’ne richtig gute Nachricht sogar.“

„Du bist aber schnell zufrieden, mein Lieber.“

„Mach es doch nicht so spannend – sag schon. Ich krieg einen Monat bezahlten Zusatzurlaub. Das wäre auch mal was.“

„Sieh zu, dass du kommenden Montag nicht so aussiehst wie heute Morgen. Rasier dich, kämm dir die Haare, putz dir die Zähne und bring eine Krawatte mit.“

„Du machst Witze, oder?“ Siebert hatte nun Westhovens ungeteilte Aufmerksamkeit.

„Dein Freund Stengelmann kam gestern noch mit den Stellenzuweisungen zu mir. Er meinte noch, dass er überhaupt nicht verstehen kann, dass ausgerechnet DU zu A12 befördert werden sollst. Ich habe dir den Rücken gestärkt und erwidert, dass du es verdient hättest und er solle lieber mal dafür sorgen, dass weitere Beförderungen in unserem KK folgen.“

„Wow, ich freue mich! Das ist mal ein richtig gutes Geburtstagsgeschenk, quasi eine Punktlandung zum 06.01.! Du hast mir echt den heutigen Tag gerettet, Arndt. Scheiß doch auf die EG! Dann sind wir halt mal eine Zeitlang Ermittler in einem Erpressungsverfahren. Im Grunde ist das ja auch gar nicht schlimm. Ich mag es nur nicht, wenn keiner mit einem vorher spricht."

Siebert hielt sich den Zeigefinger vor die geschlossenen Lippen. „Psst! Freu dich, aber erzähl es nicht herum. Nicht, dass noch jemand vor dem Verwaltungsgericht klagt und die Beförderung eingefroren wird. Die ist übrigens um 10.00 Uhr beim Präsidenten."

„Ich bin doch nicht bescheuert. Das erzähle ich nur Anne, die anderen erfahren es noch früh genug."

Nachdem der Leiter des KK 11 Westhovens Büro wieder verlassen hatte, rief er Anne an. Diese war auch schon in ihrem Büro bei der Versicherung angekommen. Sie war begeistert von der tollen Nachricht. Darauf müsse man anstoßen, auf jeden Fall müssten nun zwei Flaschen Crémant d'Alsace vom Keller in den Kühlschrank.

***

Um kurz vor 08.00 Uhr saßen Westhoven, Toni und Dember zusammen und besprachen den Tagesablauf. Paul berichtete von der geplanten E-Mail, die Herbert Ohrem um Punkt 12.00 Uhr versenden sollte, und dass die Reaktion abgewartet würde. Bis dahin sollten sie an anderen Dingen arbeiten, Langeweile würde wohl niemand haben.

***

Obwohl Julian Becker nur vorübergehend als Inventurhilfe im *Brutto* angestellt war, wurde er bei seiner Rückkehr in den Supermarkt gefeiert wie ein Held. Sämtliche Mitarbeiter klopften ihm auf die Schulter und lobten noch mal ausdrücklich seinen und Max' Einsatz, um das Leben von Beate Kuckelke zu retten. Der junge Mann gab allerdings zu verstehen, dass er sich trotz allem schuldig fühle. Dies habe er auch der Polizei gesagt, schließlich habe er viel zu lange gebraucht, um den Defibrillator herbeizuschaffen.

Andrea Kasupke ergriff das Wort und lobte ihn dafür, dass er wenigstens losgelaufen wäre, während die anderen nur zugeschaut hätten.

Als Herbert Ohrem hinzutrat, scheuchte er seine Mannschaft an die

Arbeitsplätze und bat Julian Becker in sein Büro. Ohrem setzte sich auf seinen Schreibtischstuhl, streckte die Beine lang aus und faltete seine Hände auf seinem Bauch, über dem sich das Hemd spannte. „Julian – ich darf doch Julian sagen?"

Julian Becker nickte. „Ich wollte Ihnen persönlich sagen, dass ich Ihren und Max' Einsatz sehr zu schätzen weiß. Dafür wollte ich Danke sagen. Sie beide haben zumindest versucht, die Beate zu retten. Aber nur Gott weiß, warum sie so jung sterben musste."

Julian Becker traten Tränen in die Augen. Er schniefte und sagte leise: „Danke".

„Julian, das Leben geht weiter. Ich weiß ja nicht, was Sie als Nächstes vorhaben, aber ich würde mich freuen, wenn Sie noch weiter hier arbeiten würden. Einen so tatkräftigen jungen Mann kann ich hier gut gebrauchen. Was sagen Sie?"

„Echt? Voll krass! Äh, ich meine super, ich freue mich. Na klar."

„Du kriegst auch einen richtigen Arbeitsvertrag mit einer Probezeit von drei Monaten – und natürlich auch mehr Geld als jetzt. Rückwirkend zum 01.01.!" Ohrem war unbemerkt zum vertraulichen „Du" übergegangen.

Julian Becker stand auf und gab Ohrem die Hand. „Danke, Herr Ohrem. Vielen Dank."

Als er wieder im Laden war, fragte ihn Andrea Kasupke, was denn der „Fettwanst" von ihm gewollt hätte. So nett wäre der doch sonst nicht. Julian erzählte, dass er nun zum festen Team gehöre. Andrea, die ihn irgendwie attraktiv fand, konnte sich an diesen Gedanken schnell gewöhnen. Laszis zwinkerte sie ihm zu.

***

Westhoven ging um kurz vor 12.00 Uhr zu Häusers Büro. Klemens saß mit seiner Bürokollegin Dagmar Brand gebannt vor dem Computer. Beide grüßten Westhoven kurz. Westhoven beugte sich zu den Bildschirmen vor. „Und, gab es was Interessantes heute?"

Ohne die Augen vom Rechner abzuwenden, antwortete Häuser: „Nichts! Nur Geschäftsgespräche. Ich bin aber mal gespannt, ob der Ohrem es hinbekommt, um Punkt 12.00 Uhr die E-Mail zu versenden. Vor allen Dingen bin ich mal gespannt, was der tatsächlich geschrieben hat."

„Was ist das eigentlich für eine komische Mailadresse? @trashmail.de, habe ich noch nie gehört – was aber nichts heißen muss." Westhoven hob resigniert die Arme. „Das ist eh nicht mein Metier."

Dagmar Brand antwortete: „Das musst du dir im Grunde wie ein Einmalhandtuch vorstellen, das benutzt du in der Regel auch nicht zweimal. Trashmail-Adressen sind sogenannte Wegwerf-E-Mail-Adressen. Guck mal hier." Die Kollegin öffnete den Internetbrowser und gab die Adresse der Webseite ein. „Kannst ja mal lesen, das ist eigentlich selbsterklärend."

Westhoven überflog grob den Text und runzelte dabei die Stirn. „Okay, die Adresse kostet nichts. Habe ich verstanden, aber meine Web.de-Adresse kostet auch nichts. Wo ist denn da der Vorteil?"

Dagmar Brand erläuterte weiter: „Ich vermute mal, dass du auf Web.de täglich zig Spam-Mails bekommst." Westhoven nickte. „Das ist einer der großen Vorteile eines Wegwerf-E-Mail-Services. Trashmail dient dazu, die zunehmende Spam-Flut im eigenen Postfach zu minimieren. Wenn du beispielsweise auf einer Webseite eine gültige Mailadresse angeben musst, gibst du einfach eine Trashmail-Adresse ein, ohne die eigene verwenden zu müssen."

„Na gut, das habe ich verstanden. Aber wie kann ich meine Mail dann abrufen, wenn es die ja eigentlich nicht gibt?"

„Das ist total einfach. Alle Trashmail-Adressen können unter www.trashmail.de ohne Anmeldung abgerufen werden. Von überall."

Bei Westhoven fiel nun endlich der Groschen: „Jetzt hab ich's. Ist ja richtig schlau von dem Erpresser! Und man kann nicht über einen technischen Weg ermitteln, wer hinter der Mailadresse steckt?"

Dagmar Brand schüttelte den Kopf. „Das ist ja genau unser Problem: Es geht nicht. Erschwerend kommt noch hinzu, dass diese verdammten Trashmails automatisch nach 12 Stunden vom Server gelöscht werden. Keine Chance! Und die richtigen Drecksäcke wissen das genauso gut wie wir."

„Gibt es denn überhaupt irgendwelche Einschränkungen? Ich finde das ganz schön kriminell, auch wenn man sich dadurch ein paar ungeliebte Spams vom Hals halten kann. Man sieht, wer so was auch benutzt: Kriminelle!"

„Die Einschränkungen sind nicht der Rede wert. Im Grunde sind es nur zwei. Erstens, du kannst darüber nichts versenden. Zweitens, es sind keine Anhänge möglich. Dir kann also keiner ein Bild oder sonst was senden."

„Und welchen tieferen Sinn hat das?"

„Die Betreiber haben einfach Schiss, dass ihr Dienst als Filesharing-Plattform missbraucht werden könnte. Und das wäre strafbar."

„Haha, das ist ja so was von scheinheilig."

„Stimmt."

„Aber eine Sache erschließt sich mir nicht so ganz. Du hast eben gesagt, dass die Trashmails 12 Stunden lang abrufbar sind. Was ergibt das denn dann für einen Sinn, dass der Ohrem um Punkt 12.00 Uhr seine Antwort schicken soll?"

„Keine Ahnung. Das können wir dann später in der Vernehmung fragen – wenn wir jemanden dingfest gemacht haben."

Häuser hob plötzlich den Kopf. „Hier, da ist die Antwort vom Ohrem."

„Sehr geehrte Dame oder Herr,
ich nehme Ihre Forderung sehr ernst und bin auch gewillt, diese zu erfüllen. Allerdings steht es nicht in meiner Macht, allein über 150.000 € zu verfügen. Ich habe daher unsere Konzernsicherheit informiert und erwarte von dort alsbald eine Rückmeldung.

Die Polizei habe ich NICHT eingeschaltet!
Bitte vergiften Sie hier keine Lebensmittel. Bitte!

Mit freundlichen Grüßen
Herbert Ohrem
Filialleiter

Häuser war zufrieden. „Na, geht doch. Da hat mir der Ohrem tatsächlich zugehört und das beherzigt, was ich ihm geraten habe." Häusers Telefon klingelte.

„Guten Tag, Herr Ohrem. Ich hab's eben gelesen, Sie hatten mir ja freundlicherweise die E-Mail als Blindkopie geschickt."

Ohrem druckste herum: „Mmmh, jaa, also.... Ich habe mich verklickt und Ihnen die E-Mail dummerweise cc anstatt bcc geschickt. So ein Mist, aber ich bin einfach viel zu fahrig gewesen. Ist das jetzt schlimm?"

Häuser zog eine Grimasse. Westhoven und Dagmar Brand schauten ihn ungläubig an. „Ob das schlimm ist, Herr Ohrem? Ich denke, das werden wir noch früh genug erfahren. Sie melden sich bitte sofort bei mir, wenn sich der Erpresser wieder meldet. Okay?"

Häuser knallte mit voller Wucht den Hörer auf den Apparat. „So ein blöder Idiot. Mann, ich glaube, der ist doof geboren und hat davon noch die Hälfte vergessen. Da schreibt der mich als cc an! Das darf echt nicht wahr sein."

Dagmar Brand entgegnete mit einem schiefen Lächeln: „Vielleicht wäre es besser gewesen, dem zu sagen, dass er erst *nach* dem Versenden die E-Mail an dich weiterleitet?"

„Na klar, jetzt bin ich auch noch Schuld oder was, nur weil der so blöd ist und 'nen IQ wie 3qm Feldweg hat. Mann! Scheiße!"

„Dann könnten wir ihm doch jetzt auch sagen, dass es ab jetzt Sinn machen würde, seinen Anschluss überwachen zu lassen", schlug Westhoven vor.

„Wir haben eh keine großen Auswahlmöglichkeiten mehr. Ich bespreche das mit Staatsanwalt Mangold." Häusers Mimik war noch immer sehr finster. „Ich gebe euch Bescheid, wie es danach weitergeht."

„Dann spaziere ich mal rüber in die Arcaden. Ich brauche noch dringend für Anne ein Geburtstagsgeschenk. Der ist nämlich schon übermorgen. Hoffentlich finde ich was."

„Typisch Mann, alles auf den letzten Drücker. Wie alt wird sie denn?", fragte Dagmar Brand neugierig.

„36. Sie ist schlappe 10 Jahre jünger als ich." Westhoven grinste.

„Schmuck! Ja, Schmuck ist immer gut. Darüber freut sich jede Frau. Aber ein schönes Steinchen muss auch dabei sein." Dagmars Augen strahlten.

„Aha. Und hast du dabei was Spezielles im Auge?"

„Am besten lässt du dich im Laden beraten. Ich würde mich immer über eine schöne Kette mit Anhänger oder einen Ring freuen. Da sind wir Frauen im Grunde alle ähnlich gestrickt."

Westhoven sagte noch Toni und Heinz Bescheid, die sich nach kurzer Beratung entschieden, für ihre Mittagspause in die Kantine zu gehen. Dember hatte im Speiseplan gelesen, dass Fischfilet mit Kartoffeln als Tagesgericht angeboten wurde.

***

Als Westhoven den Schmuckladen wieder verließ, war sein Bankkonto um 199 € schlanker geworden. Die Beratung der jungen Verkäuferin hatte ihn letztlich überzeugt. Falls Anne aber wider Erwarten das Schmuckstück nicht gefallen sollte, hatte er die Option, es bis Mittwoch nächster Woche zurückzugeben. Die Verkäuferin hatte ihn an der Kasse süffisant angelächelt und gemeint, dass das ganz sicher nicht passieren würde.

***

Dember verwickelte Toni beim Mittagessen in eine Diskussion. Er hatte seit Tagen online die Geschichte in der Zeitung verfolgt, in der ein Mittfünfziger nach über 25 Jahren seine Wohnung in Ehrenfeld räumen sollte, weil der Vermieter angeblich Eigenbedarf angemeldet hatte.

Toni meinte schroff, dass dies doch durchaus der Fall sein könnte. „Wer weiß schon, warum der Vermieter plötzlich seine Wohnung selbst benötigt? Vielleicht ist er ja auch zuhause rausgeflogen oder sonst was. Haben die sonst eigentlich nichts zu berichten? Wen interessiert bitteschön ein privater Streit zwischen Mieter und Vermieter?“

„Hast du schon mal den Begriff ‚Gentrifizierung‘ gehört?“

Toni verneinte.

„Komisch, in Hamburg ist das doch auch an der Tagesordnung. Bestimmt heißt das bei euch Nordlichtern nur anders. Das kann dir doch nicht entgangen sein, dass es unzählige Aktivisten gibt, die Häuser besetzen, um die Entwicklung zu behindern. Wie schon in Hamburg setzen auch hier geldgierige Vermieter ihre Mieter mit fadenscheinigen Begründungen vor die Tür, sanieren für teuer Geld, um dann noch mehr Geld mit dem Verkauf zu machen. Am Ende wohnen nur noch die gut situierten Neubürger in diesen teuren Wohnungen und der kleine Mann landet auf der Straße und muss sein Veedel verlassen."

„Aber Heinz, es ist doch nicht verboten, dass jemand Gewinne macht. Das ist doch mit allen Dingen so. Und auf der Straße sitzt ganz sicher keiner."

„Du verstehst es nicht, Liebchen. Ich bin zwar kein Kölner, aber ich bin Familienvater. Wenn das so weitergeht, besteht Köln bald nur noch aus kleineren Wohnungen, in denen für Familien kein Platz mehr ist. Außerdem ist der Wohnraum in Köln knapp, so einfach ist es also auch nicht mit einem Umzug. In Nippes, Ehrenfeld und Sülz ist diese Gentrifizierung seit Jahren in vollem Gange. In dem Artikel stand, dass Deutz und Mülheim ebenfalls aufstrebend sind."

„Erstens bin ich nicht dein Liebchen. Und zweitens, was regst du dich so künstlich auf? Zieh mit deiner Familie lieber ins Ländliche oder ins Bergische. Doris wünscht sich doch schon lange, von Köln aufs Land zu ziehen. Die Gegend in und um Odenthal ist doch total schön. Bis auf den blöden Schifflechner[3], der da auf dem Hahnenberg wohnt. Aber wenigstens hast du dann gleich den Apotheker deines Vertrauens." Toni grinste ihn breit an.

Dember trank einen Schluck aus seiner Wasserflasche und antwortete: „Ich hab's dir schon beim letzten Mal gesagt: In dieser Gegend besprühen die Bauern ihre Felder ständig mit Scheiße. Bääh, ich habe noch heute diesen Jauchegestank in der Nase, wenn ich nur daran denke."

„Und ich hab dir auch schon was dazu gesagt, du oll Dwarsbüngel[4]– nämlich, dass du spinnst. Diese *Landluft* riecht ja wohl tausendmal besser als jede fäulnisverweste Leiche. Und diesen penetranten Gestank hast du sogar in den Klamotten und nicht nur in der Nase!

So, und jetzt iss lieber mal deinen toten Fisch, bevor er wieder lebendig wird und vom Teller hüpft, anstatt mich mit kommunalpolitischen Dingen zu belabern, die mich überhaupt nicht betreffen und von denen du anscheinend nichts verstehst."

---

3 Der Apotheker aus dem KRIMINAListenROMAN „Vingstblüten im Herbst", erschienen 10/2013 in der Edition Lempertz

4 Plattdeutsch „Du alter Querkopf"

***

Gegen 15.00 Uhr saß die EG Chorweiler im Besprechungsraum des KK 13 zusammen. Häuser berichtete, dass er Staatsanwalt Mangold erst um 14.30 Uhr habe erreichen können, weil dieser heute für die Staatsanwaltschaft Sitzungsvertretung beim Amtsgericht in Bergisch Gladbach gehabt habe. Mit ihm habe er nach zähem Ringen vereinbart, dass der Filialleiter eingeweiht werden sollte. Bedingung wäre allerdings, dass Ohrem schriftlich zur Verschwiegenheit gegenüber Dritten verpflichtet werden würde.

„Das machen Dagmar und ich gleich noch persönlich. Wir rufen den Ohrem gleich an und bitten ihn hierher."

Dember fragte Häuser: „Wieso fahrt ihr nicht zum Laden? Dann braucht ihr auf den Dicken wenigstens nicht zu warten."

„Ganz einfach! Was ist, wenn der Erpresser den Laden oder Ohrem beobachtet oder sonst was? Wir müssen ja auch niemanden mit der Nase darauf stoßen."

Dember reichte dies als Antwort aber nicht aus. „Was spielt das noch für eine Rolle? Der Doofkopp hat doch durch seine E-Mail-Versenderei die verdeckte Maßnahme kaputt gemacht!"

„Trotzdem. Wir machen es so, wie ich es gesagt habe. Der Erpresser wird ja wohl keine Ahnung davon haben, wie die Polizei in solchen Erpressungen tatsächlich vorgeht."

Westhoven mischte sich ein: „Und was machen *wir*?"

„Macht euch ein schönes Wochenende. Dagmar und ich kümmern uns morgen um die Telefonüberwachung. Es wäre allerdings schön, wenn ihr erreichbar wärt. Nur für den Fall. Man weiß ja, wie sich eine solche Lage entwickeln kann. Immerhin ist morgen Samstag und der Laden geöffnet."

***

Kurz vor Feierabend hatte Westhoven seinem Kollegen Häuser die telefonischen Erreichbarkeiten seines Teams mitgeteilt und diesem einen ruhigen Samstag gewünscht. Nicht zuletzt auch deshalb, weil er Toni und Heinz jeweils mit Partnern zur Überraschungsgeburtstagsparty von Anne eingeladen hatte und gleichzeitig auf seinen Geburtstag um

Mitternacht anstoßen wollte. Die Bedenken von Heinz, dass dies mit „Klein-Dember“ vermutlich nicht möglich sein würde, weil dieser doch schlafen müsse, wurden von Doris schnell zerstreut. Sie war froh, dem Alltag ein wenig entfliehen zu können und hatte kurzerhand die 17-jährige Nachbarstochter zum Babysitten engagiert.

Samstag, 04.01.

Westhoven hatte Anne beim Frühstück vorgeschwindelt, dass er noch mal kurz ins Büro müsse. Häuser hätte sich gemeldet und um Rücksprache gebeten.

Statt allerdings zum Präsidium zu fahren, besorgte Westhoven ausreichend Grillfleisch, ein kleines Fässchen Kölsch und eine Flasche Champagner zum Zuprosten. Die leckeren Rib-Eyes von Simmentaler Rindern aus der Berner Alpenregion und die Charolais Rumpsteaks aus Burgund verstaute er zusammen mit den Nackensteaks von iberischen Duroc-Schweinen im Kühlschrank des Kellers. Aufgrund der ungewöhnlich milden Januar-Temperaturen hatte Westhoven keinen Zweifel daran, dass es eine gute Idee sei, die Grillsaison im Rahmen von Annes Geburtstag zu eröffnen.

Sonntag, 05.01.

Nachdem er schon gegen 07.00 Uhr das erste Mal wach geworden war, schlich Westhoven ins Wohnzimmer und holte aus seiner Aktentasche das hübsch eingepackte Schmuckstück und legte es neben sich auf den Nachttisch.

„Was machst du?“ Anne rekelte sich unter ihrer Bettdecke.

„Bist du schon wach, mein Engel? Alles Liebe zum Geburtstag!“ Westhoven nahm seine Frau in den Arm und küsste sie. „Möchtest du noch ein bisschen schlafen oder darf ich dir jetzt schon dein Geschenk überreichen?“

„Beides.“

Westhoven griff zum Nachttisch und reichte Anne die längliche Schachtel. Sie riss langsam das Geschenkpapier herunter. Ihre Augen leuchteten, als sie die goldene Kette mit dem herzförmigen kleinen Anhänger, besetzt mit kleinen Brillanten, herausnahm.

„Du bist verrückt!"

„Gefällt sie dir?"

„Und ob! Jede Frau freut sich über Schmuck. Noch dazu, wenn er so schön ist. Danke, mein Schatz." Sie umarmte Paul und küsste ihn. „Ich liebe dich, du bist der tollste Mann der Welt."

***

Gegen 17.00 Uhr klingelten Toni und Laura an der Tür, dahinter standen Händchen haltend die gut gelaunten Dembers. Als Anne die Tür öffnete, war ihr anzusehen, dass sie tatsächlich ahnungslos gewesen war. Wie verabredet stimmten die vier Gäste noch vor dem Haus ein Geburtstagsständchen an und sangen lauthals „Happy Birthday." Während Anne sichtlich überrascht im Türrahmen stand, stellte sich Westhoven hinter sie und legte die Arme um sie.

„Jetzt kann ich es dir ja gestehen, mein Schatz", flüsterte er ihr zu. „Ich war gestern nämlich nicht im Präsidium, sondern ich habe alles für DEINE Grillgeburtstags-Überraschungsparty eingekauft. Nur das Leckerste vom Leckersten. Und deine Freundinnen kommen gleich auch noch, die habe ich natürlich auch eingeladen."

Unter freudigem Beifall küssten sich Anne und Paul. Anne strahlte. „Vielen Dank, ihr Lieben. Na, dann kommt herein! Das muss gefeiert werden."

***

Als später alle gemütlich beisammen saßen und Dember gerade das vierte Charolais verdrückte, hatte Westhoven eine Idee. „Was haltet ihr davon, wenn jeder von uns mal seine bizarrste Geschichte aus dem Polizeialltag erzählt?"

Er blickte in fragende Gesichter.

„Also, ich mach mal den Anfang. Wie ihr wisst oder auch nicht wisst, bin ich vor Urzeiten ja auch mal Streife gefahren. Die Leitstelle schickte uns zu einer Telefonzelle, in der schon seit Stunden ein Mann stehen würde. Wir sollten das mal überprüfen und sind also hingefahren. Der sichtlich verwirrte ältere Mann stand da und starrte auf die Wählscheibe. Auf die Frage, ob alles in Ordnung sei, sagte er, er bräuchte 20 Pfennig zum Telefonieren. Er müsste mit der Wählscheibe die Zahlen von 1 bis 100 wählen. Seine Frau wäre nämlich in dem Apparat gefangen, und das wäre die einzige Möglichkeit, sie zu befreien. Der hatte sogar eine Plastiktüte mit Frauenklamotten dabei, denn seine Frau würde sicher nichts anhaben. Wir haben ihn dann freundlich gebeten, mit uns zur Wache zu fahren, da wir ihm nur von dort aus helfen könnten."

Dember hob die Hand. „Da kann ich mithalten. Als ich noch im Streifendienst war, haben wir einen Betrunkenen mit zur Wache genommen, um eine Blutprobe nehmen zu lassen. Der Kerl ist mit 1,3 Atemalkohol noch mit dem Rad gefahren und hat dabei die komplette Fahrbahn genutzt. Im Blutprobenraum ist er dann wie von der Tarantel gestochen vom Stuhl aufgesprungen, hat sich unters Waschbecken geworfen und vor sich hin gebrabbelt, dass er jetzt mal einen Ölwechsel und Getriebe machen müsse. Wir haben uns so beömmelt."

„Das ist ja total verrückt", kommentierte Anne lachend. Toni bekundete, dass sie jetzt dran wäre. „Als ich in Hamburg noch Streife gefahren bin, wurden wir regelmäßig in 4-Wochen-Abständen immer zur gleichen Adresse gerufen. Die 89-jährige Melderin teilte uns dann immer wie selbstverständlich mit, dass eine erneute Entstrahlung notwendig sei, die letzte hätte keine richtige Wirkung mehr. Wir haben dann stets zwei Funkgeräte aneinandergehalten, die Sprechtaste lange gedrückt und so eine irre laute Rückkopplung erreicht. Dann haben wir die Geräte durch alle Zimmer der Wohnung geschwenkt. Als wir dann fertig waren, hat sich die alte Dame bedankt und gesagt, dass es jetzt wieder viel besser sei. Sie würde noch ein bisschen das Fenster offen stehen lassen, dann könne der Rest noch durch den Durchzug entfleuchen." Toni blickte in eine schallend lachende Runde.

„Das kann ich aber noch toppen!" Alle schauten gebannt auf Laura. „Wir hatten doch vor ein paar Jahren diesen erschlagenen Drogendealer, der schon völlig vergammelt auf seinem versifften Bett lag und der Hauptgang unzähliger, schmatzender Maden war, bevor der endlich von einem seiner Kunden gefunden wurde. Zur weiteren Spurensicherung hatten wir als Kaderkräfte den Auftrag, bei sämtlichen Junkies aus seinem Umfeld Speichelproben für einen DNA-Abgleich zu nehmen. Irgendwann war dann auch der Finder dran, der uns völlig ungläubig anguckte, als wir eine Speichelprobe von ihm haben wollten. Wisst ihr, was der uns total angewidert gefragt hat? *‚Bääh, wer hat den denn noch angeleckt?'*"

Doris prustete los. „Angeleckt?"

„Ja, angeleckt!" Laura schüttelte den Kopf. „Der hat doch tatsächlich geglaubt, dass jemand die Madenkolonie angeleckt hatte. Da kann man mal sehen, was Drogen mit einem machen."

„Ich bin zwar nie Streife gefahren, aber mir hat mal ein Kollege von euch eine lustige Story erzählt." Alle blickten auf Doris.

„Der Kollege von euch war Motorradpolizist und wurde zu einem Diebstahl in einen Supermarkt gerufen. In der Warteschlange an der Kasse hatte eine Frau mit einem überdimensionalen Hut auf dem Kopf gestanden. Plötzlich ist die umgekippt und es hat so dermaßen geknallt, dass alle dachten, ihr Kopf wäre geplatzt. Aber weit gefehlt. Ihr Schicksal war die lange Schlange an der Kasse. Unter dem Hut hatte sie ein tiefgefrorenes Hähnchen versteckt und durch die Eiseskälte hatte sie Gefrierbrand bekommen. Und patsch, da lag sie."

Heinz schlug sich vor Lachen auf die Schenkel. „So was Bescheuertes! Gefrierbrand mal ganz anders. Das muss einfach wahr sein."

Gegen 23.45 Uhr meinte Anne zu Westhoven: „Gleich ist es soweit, mein Schatz. Mein Geburtstag ist vorbei, deiner beginnt. Darauf stoßen wir natürlich auch an." Sie stand auf, ging in die Küche und nahm den Crémant aus dem Kühlschrank, der eigentlich fürs Anstoßen auf die bevorstehende Beförderung gedacht war.

Um kurz nach 01.00 Uhr läutete Westhoven das Ende der Feierlichkeiten ein. „So, Leute! Ich denke, wir sollten mal so langsam Schluss machen. Immerhin geht's in knapp sechs Stunden wieder an die Arbeit."

Kapitel 6

Montag, 06.01.

Um 08.00 Uhr saß die EG Chorweiler im Besprechungsraum des KK 13. Häuser erzählte vom Gespräch mit Ohrem und von der Telefonüberwachung am Samstag, die aber keine neuen Erkenntnisse erbracht hatte.

Dember meinte: „Na, hoffentlich hat der Schlaumeier es diesmal kapiert, dass er es nicht an die große Glocke hängen soll. Was hat er denn dazu gesagt?"

„Was soll er schon groß gesagt haben? Dass er niemandem erzählen wird, dass die Polizei mithört."

„Dann hoffen wir mal, dass er es diesmal nicht wieder versemmelt."

Westhoven hakte nach: „Konntet ihr schon rausfinden, von wo der Anruf kam oder von wo aus die E-Mail geschickt wurde?"

Häuser schüttelte resigniert den Kopf. „Leider nicht. Wir haben es versucht, konnten aber weder den Anruf zurückverfolgen noch den Absender der E-Mail lokalisieren. Das KK 35 konnte noch nicht mal sagen, ob die E-Mail in Deutschland verschickt wurde, geschweige denn aus welcher Stadt – von einer IP-Adresse ganz zu schweigen."

Westhoven nickte nachdenklich. „Ich persönlich aber gehe schon davon aus, dass der Erpresser sich bestens in dem Laden auskennt. Entweder, weil er dort arbeitet oder, weil er dort regelmäßig einkauft. Oder meinst du nicht, Klemens? Das würde für mich keinen Sinn ergeben, eine ortsunkundige Erpressung zu begehen. Viel zu riskant, oder?"

„Das denke ich eigentlich auch, aber heutzutage musst du nicht mehr persönlich vor Ort sein, um dich dort auszukennen. Google-Earth sei Dank. Und außerdem will kein Erpresser eine persönliche Geldübergabe – die sind zwar höchst kriminell, die Typen, aber die sind nicht blöd! Die können doch daran fühlen, dass die Polizei involviert ist."

Westhoven fragte: „Habt ihr denn schon die Liste der Mitarbeiter vom *Brutto* überprüft? Waren alle an dem 30. da oder fehlte jemand?"

Dagmar Brand antwortete: „Bis auf ein paar Aushilfen, die nicht jeden Tag dort arbeiten, sind alle da gewesen. Die Aushilfen müssen wir natürlich noch überprüfen. Könntet ihr das heute übernehmen? Als Gegenleistung würden Klemens und ich weiter die Telefonüberwachung betreuen."

Westhoven nickte zustimmend. „Na klar, das machen wir. Wie weit sollen wir denn zurückgehen? Ich meine, sollen wir nur die aktuellen Aushilfen überprüfen, die an dem Tag nicht im Laden waren, oder sollen wir uns auch mal um die kümmern, die schon mal dort ausgeholfen haben? Und was ist mit denen, die im Laden waren? Jeder einzelne von ihnen könnte doch verdächtig sein – die würde ich nur ungern von vornherein ausschließen. Gab es in der Vergangenheit vielleicht unzufriedene Kunden, die auf diese Weise ihr Geld zurück wollen, gleich mit Zins und Zinseszins?"

Häuser entgegnete: „Fangt erst mal mit den aktuellen Aushilfen an. Wenn das nichts bringt, dann gehen wir routinemäßig weiter zurück. Und selbstverständlich durchleuchten wir sämtliche Mitarbeiter. Die Frage mit unzufriedenen Kunden müssen wir noch klären."

„Was hat denn der Ohrem zu ehemaligen Mitarbeitern gesagt? Ist jemand gekündigt worden? Gab es sonst irgendwelche Unstimmigkeiten mit ehemaligen Mitarbeitern oder wollte vielleicht jemand eine Gehaltserhöhung?", fragte Toni.

„Das kriegt ihr schon raus. Wir treffen uns zur Abschlussbesprechung um 16.00 Uhr wieder hier."

***

Als Westhoven mit Toni und Dember wieder in den Räumlichkeiten des KK 11 war, bat er sie, mit in sein Büro zu kommen. Demonstrativ schaute er auf die Armbanduhr und murmelte: „Bald ist es soweit."

Toni sah ihn fragend an. „Was ist gleich soweit?"

Auch Dember war nun neugierig geworden. „Ja, Paul! Was ist gleich soweit? Gratuliert haben wir dir doch schon heute Nacht."

Westhoven schaute lächelnd von Toni zu Dember. „Im Vertrauen, Leute. Man weiß ja nie, ob sich noch jemand zur Klage beim Verwaltungsgericht berufen fühlt..." Insgeheim dachte er an viele seiner Kollegen vor ihm, die wegen Eilverfahren vor dem Verwaltungsgericht dann am Beförderungstag doch noch in die Röhre gucken mussten, weil jemand meinte, er sei eigentlich dran, befördert zu werden. Alles wurde gestoppt und kam auf den Prüfstand, was mehr als ärgerlich war.

Dember unterbrach ihn: „Nee, echt? Du wirst heute zu A12 befördert?“

Westhovens Gesicht zeigte ein fettes Grinsen. „Jau! Um 10.00 Uhr vom Präsidenten persönlich.“

„Herzlichen Glückwunsch!“

„Langsam, Leute. Nicht so schnell. Lasst mich erstmal die Urkunde und die unterschriebene Stellenzuweisung in meinen Händen halten. Aber bitte – psst – kein Wort zu niemandem.“

„Das warten wir dann aber noch ab, bevor wir die Leute auf der Liste befragen. Erst wird noch gratuliert.“ Toni zwinkerte ihm zu.

„Einverstanden. Bis dahin könnt ihr aber die Personen schon mal in unserem System durchleuchten. Als frischgebackener A12er treffe ich dann gleich meine erste Entscheidung, wie wir weiter vorgehen.“ Westhoven grinste noch immer wie ein Honigkuchenpferd.

***

Nach dem freundlichen Smalltalk und der Entgegennahme der Urkunde gratulierten Westhoven der Polizeipräsident, Bert Stellmacher als Leiter der Kriminalpolizei, Edgar Stengelmann, Arndt Siebert, die Gleichstellungsbeauftragte und der Vertreter vom Personalrat. Das gemeinsame Gruppenfoto würde später im Intranet der Behörde zu sehen sein.

Als der frischgebackene Kriminalhauptkommissar A12 wieder in seinem Büro ankam, waren die Sektgläser schon gefüllt. Alle im Dienst befindlichen Kollegen und Kolleginnen der Mordkommission beglückwünschten ihn. Seine Kollegin Gabi Kreuzmann fragte neugierig, ob er denn schon die *Kaschämm* für die Feier reserviert und ein Buffet mit Getränken geordert habe. Als Antwort zwinkerte ihr Westhoven kurz zu, versprach aber nichts.

Gegen 11.00 Uhr war Westhoven dann mit Toni und Dember wieder allein und sie besprachen die bisherigen Ermittlungsergebnisse.

Toni warf einen Blick auf ihre Notizen. „Wir haben uns die Aushilfen näher angesehen. Zwei von denen sind mal wegen Beförderungserschleichung angezeigt worden, ein Dritter wegen häuslicher Gewalt. Ansonsten gibt es überhaupt keine Anhaltspunkte, die jemanden aus dem Supermarkt auch nur annähernd zu einem potentiell tatverdächtigen Erpresser machen würden."

„Nicht, dass uns der Filialleiter verarscht!", merkte Dember an. „Es könnte doch auch sein, dass er selbst eine Erpressung vortäuscht. Wir sollten ihn mal befragen. Wer weiß! Am Ende war das kein Versehen mit dem cc an Häuser, sondern pure Berechnung, damit er immer genau über das im Bilde ist, was wir wissen. Wir haben doch schon Pferde kotzen sehen! Was meint ihr denn dazu?" Dember schaute seine beiden Kollegen fragend an.

„Du meinst, so ähnlich wie bei Brandstiftern, die aus den Reihen der Feuerwehr kommen?", meinte Toni.

„Ja, genau, guter Vergleich. Könnte doch sein."

Westhoven erwiderte darauf: „Mal angenommen, eure Theorie würde passen. Wie zum Geier hat er dann die Anrufe gemacht? Den letzten Anruf, den Klemens gehört hat, hat der Ohrem doch sogar selbst angenommen. Zweiteilen kann der sich auch nicht."

Toni wandte ein: „Heutzutage ist vieles möglich. Es hat doch nur der Erpresser was gesagt. Ein richtiges Gespräch kam ja gar nicht zustande. Ohrem könnte genauso gut nur ein Band eingespielt haben. Auch um zu testen, ob die Polizei nicht doch mithört. Und einen zeitversetzten Anruf kann man bestimmt irgendwie programmieren. Ich würde den tatsächlich nicht so schnell ausschließen."

„Wie ihr meint. Dann fahrt doch mal nach Chorweiler und bittet ihn freundlich, mitzukommen. Dann werden wir ja sehen."

***

Ohrem saß gerade mit Julian Becker zum Vertragsabschluss im Büro, als Toni und Dember anklopften. Die beiden Ermittler grüßten freundlich und Dember fragte den Filialleiter, ob er jetzt Zeit habe. Es hätten sich noch einige Fragen aufgetan, die dringend geklärt werden müssten.

„Sie sehen doch, dass ich alle Hände voll zu tun habe! Kann das nicht warten?"

Julian Becker fragte, ob er jetzt wieder an die Arbeit gehen könne oder ob er noch gebraucht werde. Toni wandte sich ihm zu: „Wie geht's Ihnen denn, Herr Becker? Alles wieder fit?"

„Ja, mir geht's wieder voll gut. Die haben mich nach einem Tag aus dem Krankenhaus entlassen. Wie ich schon gedacht hatte, haben die nix in meinem Blut oder sonst wie gefunden."

„Na, dann weiter alles Gute. Ich denke, Sie können dann gehen. Wir kommen mit Ihrem Chef schon allein zurecht."

Julian Becker verließ grinsend den Raum.

„Herr Ohrem, wir wollen doch alles tun, um den Erpresser zu fassen. Wollen Sie wirklich das Risiko eingehen, das noch etwas passiert?" Dember musterte Ohrem und war gespannt auf dessen Reaktion.

„Jetzt malen Sie mal nicht den Teufel an die Wand, Herr Kommissar. Soweit mir bekannt ist, ist die Beate nicht vergiftet worden. Oder hat man mich da falsch informiert?", fragte der Filialleider provokant. Ohrems Art lag Dember überhaupt nicht. Sein über Tage angesammeltes Schlafdefizit hatte sein Nervenkostüm noch dünner werden lassen.

„Jetzt passen Sie mal auf, Sie Klugscheißer ...", fuhr er ihn an.

Ohrem unterbrach ihn empört: „Was fällt Ihnen ein, wie reden Sie eigentlich..."

„Ich rede mit Ihnen so, damit Sie es verstehen. Offenbar haben Sie irgendein beschissenes Problem. Aber das ist nicht unser Problem. Wir haben es mit einem Fall von Erpressung zu tun und durch Ihre Dämlich ..., äh, Unfähigkeit weiß der Erpresser jetzt, dass die Polizei mitmischt. Also, was ist jetzt? Kommen Sie mit?"

Ohrem hob entnervt die Hände. „Okay, okay! Ich sag nur noch kurz Bescheid. Schließlich kann ich nicht einfach verschwinden."

***

Während Toni und Dember in der Vernehmung mit Ohrem nicht weiterkamen und der stämmige Filialleiter seine patzigen Antworten gab, stellte Häuser bei der Anschlussüberwachung einen neuen E-Mail-Eingang fest, der eindeutig nicht geschäftlich war. Absender war 150000€@secure-mail.cc.

„Ich hatte Sie gewarnt! Keine Polizei! Sie haben bis heute 18.00 Uhr Zeit, auf meine bescheidene Forderung zu reagieren. Die Frist hat sich durch unkluges Handeln verkürzt! Sollte ich bis 18.00 Uhr

nicht die gewünschte Antwort bekommen, werde ich weitere vergiftete Lebensmittel im Laden platzieren. Die neue Anschrift: 150000@trashmail.de. Das ist Ihre letzte Chance. Andernfalls wird auch die Presse informiert! Das können Sie nicht wollen!"

Häuser unterrichtete Westhoven und gemeinsam unterbrachen sie die Vernehmung von Ohrem. Sie waren sich nun einigermaßen sicher, dass er nichts mit der Erpressung zu tun hatte. Seine Abholung war überraschend erfolgt. Er hätte gar keine Zeit gehabt, eine zeitversetzte Nachricht zu programmieren.

Häuser machte sich auf den Weg in Tonis und Dembers Büro. Er begrüßte den Filialleiter, der trotzig die Arme vor der Brust verschränkt hatte.

„Herr Ohrem, es gibt Neuigkeiten." Häuser las ihm die E-Mail vor und schaute ihn dann auffordernd an. „Haben Sie dazu etwas zu sagen?"

„Ich hab es doch tausend Mal gebetsmühlenartig wiederholt, aber die beiden hier wollen mir partout nicht glauben! Mit der Erpressung habe ich nichts zu tun. Das ist total absurd! Ich habe das auch finanziell überhaupt nicht nötig. Jetzt sag ich Ihnen mal was: Rein theoretisch müsste ich nämlich gar nicht arbeiten. Meine werten Eltern sind nämlich sehr vermögend und schon lange Senioren. Ich werde also irgendwann mal sehr, sehr reich sein."

„Schön für Sie!", warf Dember patzig ein. Ohrem ignorierte die Bemerkung, wischte sich mit dem Ärmel die dicken Schweißperlen von der Stirn und wandte sich an Häuser: „Was soll ich jetzt tun?"

„Ab jetzt kommunizieren wir mit dem Absender der Erpresserschreiben. In Abstimmung mit Ihnen, soweit möglich."

Sobald es um finanzielle Dinge ging, wechselte Ohrem offenbar sofort in einen Geschäftsmodus. „Das will ich auch meinen. Sie können schließlich nicht über das Geld des *Brutto*-Konzerns verfügen. Im schlimmsten Fall für uns und im besten Fall für den Erpresser sehen wir die 150.000 € nicht wieder und wenn das Geld verbraucht ist, kommt womöglich die nächste Forderung. Aber nicht mit mir."

„Mal langsam, Herr Ohrem. Wir planen keinesfalls, einem Erpresser einfach so 150.000 € zu überlassen. Sollte es dazu kommen, würden wir das Geld selbstverständlich präparieren. Sichtbar und unsichtbar. Außerdem habe ich eigentlich gar nicht vor, diesen Betrag überhaupt auszuhändigen. Ich bin schon sehr gespannt, wie sich der Erpresser die Geldübergabe vorstellt!"

Ohrem schnaubte verächtlich. „Der kommt bestimmt mal eben vorbei und holt sich einen Koffer voller Geld. Da kann er ja auch gleich seine Zahnbürste mitbringen. Weil er nämlich dann ganz sicher eingesperrt wird. Oder?"

„Wir wissen nicht, mit wem wir es zu tun haben. Ob es ein Ersttäter ist, ein Nachahmungstäter, was auch immer. Wir werden es bald wissen, vorausgesetzt, er redet mit uns." Häuser war zuversichtlich.

Er setzte sich an Dembers PC, wechselte ins E-Mail-Programm und schrieb mit seinem Absender an 150000@trashmail.de:

Mein Name ist Kriminalhauptkommissar Häuser,
Sie wissen, dass die Polizei involviert ist!
Sie wissen auch, dass der Brutto-Konzern nicht einfach so 150.000 € auszahlt!
Welche Sicherheiten geben Sie?
Eine Geldübergabe kann nur persönlich erfolgen!
Um keine Panik zu schüren, halten Sie die Presse heraus!
Wir erwarten Ihre Antwort, per E-Mail, Brief oder Anruf!
Sollten Sie direkt mit mir sprechen wollen, wählen Sie die 0221-229-81..

***

Bevor Häuser die Nachricht abschickte, holte er sich Edgar Stengelmanns Einverständnis. Bis auf ein paar Wörter und einen Satzumbau ließ der Vorgesetzte den Text bestehen. Es war 13.12 Uhr, als Häuser auf „Senden" klickte.

„Jetzt heißt es warten. Das muss erstmal sacken. So eine direkte Konfrontation hat der Erpresser ganz sicher nicht erwartet."

„Aber noch was anderes, Klemens. Ich habe noch mal über diese Absendermailadresse nachgedacht. Es muss doch eine Möglichkeit geben, den Absender zu identifizieren oder gibt es tatsächlich keine Aussicht darauf, irgendwie an den Erpresser heranzukommen? Trotz seiner offensichtlichen technischen Kenntnisse muss er doch irgendwie elektronische Spuren hinterlassen. Oder?“

Häuser dachte nach. „Eine klitzekleine, vage Chance gäbe es unter Umständen tatsächlich.“ Stengelmann war ganz Ohr und schaute ihn neugierig an.

„Bei jeder E-Mail, die versandt wird, wird automatisch die IP-Adresse übermittelt – auch an Verschlüsselungsserver, die unser Täter ganz sicher nutzen wird. Und da könnten wir ansetzen. Viele glauben tatsächlich, dass sie mit solch einer Verschlüsselungssoftware eine Art anonymen Brief abschicken. Aber in den Datenpaketen muss eine Absenderadresse stehen, sonst findet die Antwort nicht den richtigen Weg.“

Stengelmann nickte langsam, war aber trotzdem skeptisch. „Klingt ziemlich logisch, aber wo ist der Haken? Mir klingt das zu einfach. Dann bräuchte man all das ja gar nicht, wenn es doch zurückverfolgbar ist.“

„Stimmt! Deshalb habe ich ja auch gesagt *vage*. Unser Freund wird aber nicht ohne Grund als Antwortportal die Trashmail-Adresse nehmen. Und dafür haben wir ja unsere Spezialisten beim Kriminalkommissariat 35.

Aber ich habe mich natürlich selbst schon schlau gemacht. Man kann definitiv eine IP-Adresse nicht weglassen, sondern allenfalls geschickt verschleiern. Hierzu bedient man sich einer zusätzlichen Station, lässt die Datenpakete darüber laufen und zack, wird die IP-Adresse der Station gesendet. Das ganze läuft dann natürlich auch rückwärts. Die Station nimmt die Antwort an und reicht sie an den eigentlichen Absender durch. Zu schnell?“

„Noch nicht, aber bei so viel technischem Zeug kann man schon mal leicht ins Schleudern geraten. Und was tippst du in unserem Fall?“

„Ich denke, dass er sich zur Verschleierung einer der gebräuchlichsten Methoden bedient: Proxys, VPN[5] oder Proxy-Kaskaden. Persönlich würde ich mich immer für die Kaskaden entscheiden.“

„Warum gerade dafür? Für mich klingen alle hochkompliziert.“

---

5 **V**irtuelles **P**rivates **N**etzwerk

„Weil hier keiner der Beteiligten alles über Herkunft und Ziel der Daten weiß und somit den Schleier der richtigen IP-Adresse lüften kann. Das könnte nur jemand, der die gesamte Datenstrecke nachvollziehen kann. Und den möchte ich mal kennen lernen, der einen solchen Beobachtungsaufwand betreibt. Dazu wäre eine 24/7-Überwachung notwendig und das kann wohl kaum einer leisten."

„Also haben wir doch keine Chance oder was jetzt?" Stengelmann wurde ungeduldig.

„Doch! Die haben wir, sonst bräuchte ich dir das nicht alles erzählen. Bei der Verschleierung der IP-Adresse musst du so viele Häkchen setzen und Dinge beachten, dass dir wahrscheinlich an einer Stelle ein Fehler unterläuft. Proxys sind nämlich nur dann richtig aktiv, wenn man alle Befehle gibt und keinen einzigen vergisst."

„Klingt gut! Mal angenommen, es gelingt uns, eine IP-Adresse zu identifizieren. Was, wenn der Täter von einem Internetcafé aus agiert?"

„Jetzt mal nicht den Teufel an die Wand. Drück lieber die Daumen, dass unser Mann ein paar Häkchen falsch gesetzt oder gar nicht gesetzt hat. Dann sehen wir weiter, wohin uns das führt."

***

Gegen 14.00 Uhr setzten Toni und Dember ihren Zeugen wieder im City-Center ab. Dember mokierte sich zwar darüber, Taxi spielen zu müssen, aber Toni hatte es dem Filialleiter zugesichert.

Als Ohrem den *Brutto* betrat, begegnete er Julian Becker, der gerade dabei war, Paletten mit Getränken zu sortieren.

„Hallo Chef, alles klar? Was haben denn diese Kripofritzen schon wieder gewollt? Mir haben die auch Löcher in den Bauch gefragt, als ich im Krankenhaus lag und mehr tot als lebendig war. Die sind voll krass drauf, die Typen."

Ohrem hatte keine Lust, dem jungen Mitarbeiter irgendetwas zu erzählen. Mit einem abweisenden Schnauben ging er an ihm vorbei in sein Büro. Wenige Minuten später fuhr er erschrocken zusammen, als sein Telefon klingelte. Zögernd nahm er das Gespräch an und hörte die Stimme eines älteren Mannes:

„Ich hatte Sie gewarnt – keine Polizei!"

Bevor er antworten konnte, war das Gespräch auch schon beendet. Wie von Sinnen sprang Ohrem auf, packte das Telefon und riss es mit einem Ruck aus der Wand. Voller Wut schmiss er den Apparat gegen seine Bürotür, worauf er scheppernd auf dem Boden landete. „So eine dreckige Scheiße – ich lass mich doch nicht verarschen!"

Julian hatte den Lärm gehört und war sofort zum Büro geeilt. Durch die halbgeschlossenen Jalousien sah er Ohrem mit gesenktem Kopf mitten im Raum stehen. Er wirkte hilflos. Vorsichtig klopfte Julian gegen die Scheibe der Tür. Ohrem zuckte zusammen, hob den Kopf und winkte gereizt ab. „Geh wieder an die Arbeit. Hier ist alles in Ordnung." Als er sah, dass Julian nicht sofort ging, schob er noch missmutig hinterher: „Mir ist nur etwas herunter gefallen."

***

Sarah Steinmann las an diesem Montag den *Kölner Stadt-Anzeiger* und entdeckte beim Durchblättern die Todesanzeigen für Beate Kuckelke. Eine fiel ihr besonders ins Auge:

Ein Auge schläft, das nur aus Liebe wachte.
Ein Herz erlosch, das nur an Güte dachte.

Traurig nehmen wir Abschied
von meiner lieben Frau und meiner lieben Mama

Beate Kuckelke

Ihr liebes Wesen werden wir für immer vermissen,
doch in unserem Herzen wird sie immer weiterleben.

In tiefer Trauer: Peter und Jan

Die Beerdigung findet am Dienstag, 07.01., 10.00 Uhr, auf dem Melatenfriedhof statt.

Als sie den Text las, ging ihr durch den Kopf, was für ein Heuchler dieser Kuckelke doch war. „*Hat zwei Frauen gleichzeitig und trauert um die Dritte.*"

Neben dieser Anzeige war noch die von den Arbeitskolleginnen und -kollegen des *Brutto*-Supermarktes und des Konzerns gedruckt. Man beklagte den Verlust einer langjährigen und zuverlässigen Mitarbeiterin, die man stets in guter Erinnerung behalten werde. Sie griff zum Hörer und rief bei Westhoven an.

„Hallo, Paul. Sarah hier. Hast du schon die Todesanzeigen gelesen?"

„Hi, Sarah. Nö, ich lese gerade meine Einweisung in die neue Stelle."

„Wie jetzt? So plötzlich mir nichts, dir nichts? Du verlässt die Mordkommission?", fragte Sarah erschrocken.

Westhoven stieß demonstrativ einen tiefen Seufzer aus, bevor er antwortete. „Irgendwann wird es einfach Zeit, mal was anderes zu machen. Immer diese Leichen, dieser Gestank, die Maden – ich hab es so satt."

Sarah Steinmann verstand die Welt nicht mehr. Solche Gedanken würden sich bei ihr sicher nie manifestieren, denn sie war mit ihrem Job bei der Abteilung IX am Ziel ihrer Träume angelangt. Völlig perplex hakte sie nach: „Und was wirst du künftig bearbeiten?"

„Das, wo uns die Leitstelle hinbeordert – Verkehrsunfälle, häusliche Gewalt, was der Streifendienst so hergibt."

„Du verarschst mich doch! Als wenn du dir wieder die Uniform anziehen wolltest! Jetzt sag schon, was ist das für eine Stelle?" Sarah wurde zunehmend ungeduldig.

„Eine Stelle als Kriminalhauptkommissar A12."

„Wow! Ich gratuliere! Also bleibst du im KK 11?"

„Na logo. Hab dich ganz schön drangekriegt, ne?"

„Ich gebe es ja zu. Du hättest mir gefehlt – ein bisschen – vielleicht wäre es mir aber auch nicht aufgefallen."

„So so! Was meintest du denn, was ich für eine Todesanzeige gelesen haben könnte? Bestimmt von Beate Kuckelke, wenn du schon so fragst, oder?"

„Genau, sie wird morgen früh um 10.00 Uhr auf dem Melatenfriedhof beerdigt."

„Und hast du vor, dorthin zu gehen?"

„Ich denke nicht, Paul. Lassen wir der Familie ihre Ruhe. Was anderes wäre es natürlich, wenn sie umgebracht worden wäre und wir nicht wüssten, wer es getan hat. Dann würde ich natürlich Fotos von allen Anwesenden machen lassen wollen."

Dienstag, 07.01., kurz vor 09.30 Uhr

Peter Kuckelke saß mit dunkel geränderten Augen neben seinem Sohn Jan in der ersten Reihe der Aussegnungshalle des Melatenfriedhofs und wartete auf den Beginn der Trauerzeremonie um 10.00 Uhr. Der 5-Jährige fing laut an zu weinen, als er beim Betreten der Halle den hellen Sarg sah, auf dem er noch am Tag zuvor seine Handumrisse aufgemalt hatte. Zusammen mit seinem Vater hatte er seiner Mama auf Anraten des Bestatters und des Pfarrers als „kleine Trauerbewältigung" ein paar Bilder auf den Sargdeckel gemalt. Rechts und links des Sarges hingen die Kränze mit Spruchschleifen von der Familie, Arbeitskollegen und Freunden an den Metallständern. Die zahlreichen Kerzen flackerten bei jedem Luftzug.

Peter Kuckelke putzte seinem Sohn mehrfach die Nase, während er ihn liebevoll im Arm hielt. Immer wieder flüsterte er dem Jungen ins Ohr, dass die Mama jetzt keine Schmerzen mehr habe, es ihr gut ginge und sie ihn immer vom Himmel aus beobachten würde. Langsam beruhigte sich der Junge.

In den Reihen hinter ihnen saß die gesamte Belegschaft des *Brutto*-Supermarktes, der für die Dauer der Trauerfeier den Laden geschlossen hatte. Nur wenige der 60 Sitzplätze waren noch frei.

Während der Pfarrer die Ansprache der Trauerfeier hielt, waren immer wieder Schnäuzgeräusche zu hören. Peter Kuckelke wischte sich ebenfalls ständig die Tränen aus dem Gesicht. Selbst Andrea Kasupke und Silke Müller waren von der Rede des Pfarrers ergriffen und konnten sich ein paar Tränchen nicht verkneifen. Julian Becker, der neben dem stark schwitzenden Herbert Ohrem saß, biss sich die ganze Zeit so fest auf die Oberlippe, dass diese anfing zu bluten.

Als die Trauerfeier nach rund 20 Minuten vorbei war, folgte die Trauergemeinde den Sargträgern zur Grabstätte. Als diese nach der ergreifenden Rede des Pfarrers am Grab den Sarg in die Erde gelassen hatten und die Seile auf den Deckel fallen ließen, wurden dadurch zahlreiche Alexandersittiche aufgescheucht, die kreischend aufflatterten. Sie gehörten zu einer Zwergpapageienschar, deren Vorfahren schon auf dem parkähnlichen Friedhof gelebt und sich immer wieder vermehrt hatten. Für die Kölner gehörten sie mittlerweile zum alltäglichen Stadtbild.

Peter und Jan Kuckelke wussten am Ende der Beisetzung nicht mehr, wie viele Leute ihnen Beileidsbekundungen am Grab ausgesprochen hatten. Das Reuessen fand später im kleinsten Familienkreis statt.

***

Häuser und Dagmar Brand hatten an diesem Dienstagmorgen keinen einzigen Erpresseranruf zu protokollieren, wohl aber etliche Gespräche von verärgerten und frustrierten Lieferanten, die vor verschlossenen Türen gestanden hatten. Ohrem hatte es wohl versäumt, rechtzeitig anzukündigen, dass wegen der Beisetzung vorübergehend geschlossen war.

Montag, 13.01.

Die gesamte letzte Woche war ohne eine weitere Kontaktaufnahme seitens des Erpressers vergangen und die Kommissionsmitglieder der EG Chorweiler übernahmen wieder vermehrt die Ermittlungsvorgänge in ihrer Stammdienststelle.

In der morgendlichen Frühbesprechung des KK 11 kündigte Westhoven für den kommenden Freitag seine Beförderungsfeier an. Er lud seine Kolleginnen und Kollegen nach Dienstschluss um 16.12 Uhr in die *Kaschämm* ein. Zu den Zeiten seiner letzten Beförderung hätte Westhoven seine Kollegen schon zu einer früheren Uhrzeit einladen können, doch hatte mittlerweile die Landesregierung die Arbeitszeitverordnung für die „faulen Beamten" geändert und die Arbeitszeit – natürlich ohne Lohnausgleich – erhöht und darüber hinaus, sozusagen als Krönung, auch noch das Urlaubsgeld gestrichen und das Weihnachtsgeld auf 30% gekürzt. Die zusätzlichen Arbeitsstunden wurden seitdem auf die Woche verteilt, so dass der klassische „Feierabend" nun erst um exakt 16.12 Uhr begann.

„Müssen wir dann an dem Tag überhaupt noch Mittagessen gehen?", fragte ein adipöser Kollege süffisant nach.

Westhoven konterte schlagfertig: „Weißt du was? Mach am besten schon ab heute eine Diät. Dann kannst du Freitag so richtig zulangen. Ich habe für dich nämlich zwei Personen veranschlagt."

Großes Gelächter brach aus.

Als nur noch Westhoven und Toni im Raum waren, lud Dember die beiden zur Taufe ein. „Doris und ich würden uns wirklich sehr freuen, wenn ihr Zeit hättet."

„Jetzt musst du uns nur noch verraten, an welchem Tag die Taufe ist." Toni grinste ihn an.

Dember schlug sich mit der flachen Hand vor die Stirn. „Ich Depp! Das ist am 09.02. um 10.00 Uhr in der Tersteegen-Kirche in Köln-Dünnwald. Ihr bekommt aber noch eine offizielle Einladungskarte."

„Was hast du denn mit Dünnwald zu tun? Das ist doch auf der Schäl Sick", fragte Westhoven überrascht.

Dember winkte ab. „Lange Geschichte, Doris kennt die Frau des Pfarrers aus dem Geburtsvorbereitungskurs...."

Westhoven unterbrach ihn hastig: „Ach komm, ist gut. So genau wollte ich es gar nicht wissen. Vielen Dank für die Einladung, Anne und ich werden da sein."

„Da wäre noch etwas." Dember druckste herum. „Toni! Doris und ich würden uns freuen, wenn du einer der beiden Paten werden würdest. Was meinst du?"

„Ich! Äh, was? Pate?"

„Ja, es wäre uns eine Ehre. Doris mag dich sehr und ich auch ein bisschen." Dember zog eine Grimasse.

„Ich fühle mich geehrt und sage natürlich ja. Mein erstes Patenkind – vielen Dank!"

Toni machte einen Schritt auf Dember zu und umarmte ihn. „Danke, Heinz. Ich werde „Klein-Dember", also Leon Heinz, stets eine gute Patin sein. Auf jeden Fall bringe ich ihm das Singen bei."

„Na, ich glaube, dann muss ich mir das mit der Patenschaft doch noch mal überlegen. Mein Kleiner soll doch Fußballer werden und kein

Sänger", unkte Dember.

Westhoven hatte noch eine Frage: „Lädst du noch mehr Leute ein, die wir kennen?"

„Vom KK 11 niemanden mehr, aber unsere Taxifreundin wird noch eingeladen. Doris hat darauf bestanden und ich habe auch zugestimmt. Immerhin hat sie uns zur Trauung kutschiert. Im Grunde ist sie doch eine ehrliche Haut. Dass sie gerade ein paar Probleme wegen der illegalen Zigaretten[6] hat, soll uns doch egal sein. Oder?"

Weder Westhoven noch Toni hatten Einwände.

Freitag, 17.01.

Auch der Rest der Woche verlief eher langweilig in der EG Chorweiler und ohne weitere Forderung seitens des Erpressers.

Gegen 14.00 Uhr gab es die tägliche Lagebesprechung. Häuser berichtete merklich frustriert, dass auch auf der heutigen Überwachung nichts außer Geschäftsgesprächen zu hören gewesen und keine entsprechende Forderung mehr per E-Mail oder sonst wie gestellt worden sei.

Dember meldete sich zu Wort: „Lass uns doch froh sein, wenn die Erpressung vorbei ist und die Täter es sich anders überlegt haben. Ist doch prima. Anscheinend hätten wir uns doch eh die Zähne an denen ausgebissen. Die mit ihrem ganzen Verschleierungsschnickschnack."

Häuser legte seine Stirn in Falten. „Gerade das ist es ja! Im Grunde stimme ich dir zu, Heinz. Aber ich frage mich, ob wir was übersehen haben. Gerade, weil die so konspirativ vorgegangen sind, macht es für mich keinen Sinn, dass die sich nicht mehr melden. Nicht, dass ich es mir wünsche, aber ich würde es gern verstehen."

„Ich bin der gleichen Meinung wie Klemens", stimmte Westhoven zu. „Ich würde schon gern den oder die Erpresser dingfest machen. Dann könnte ich vielleicht endlich meinen letzten Restzweifel in Sachen Beate

---

6 Im ZOLLKRIMINAListenROMAN „Brennpunkt Rheinland – Raucher sterben früher" von Hatterscheidt/Thelen (09/2013) wurde Katrin Oehmchen wegen des Verkaufs illegaler Zigaretten von der Zollfahndung festgenommen.

Kuckelke abstreifen."

„Welchen Restzweifel?" Dember blickte ihn interessiert an.

„Na, ob nicht vielleicht doch eine Vergiftung im Spiel war. Mir will immer noch nicht in den Kopf, dass eine so junge Frau einfach so mir nichts, dir nichts stirbt. Zumindest nicht im Zusammenhang mit einer parallel laufenden Erpressung. Das sind mir persönlich zu viele Zufälle auf einmal."

„Aber dieser Toxikologe Röser hat doch alles untersucht und nichts gefunden!", klang es regelrecht vorwurfsvoll aus Dembers Mund.

„Ach, Heinz, du musst einfach genauer zuhören, wenn ich Resultate bekanntgebe. Röser hat nämlich betont, dass die nur ein paar Hundert Gifte auf Anhieb feststellen können. Und zwar nur die, die in der Datenbank hinterlegt sind. Das sind aber nur die gängigsten und ganz sicher nicht alle. DAS hat Röser gesagt. Und DAS nährt meinen Restzweifel."

„Ups! Der letzte Teil ist mir tatsächlich durchgegangen." Dembers Mimik sprach Bände.

Toni sprang ihm bei: „Ach, Paul! Bestimmt hat mein zukünftiges Patenkind den lieben Eltern mal wieder den Nachtschlaf geraubt und unser lieber Heinz war nicht aufnahmefähig."

„Danke für deine moralische Unterstützung, Toni. Genau so war es nämlich auch." Dember grinste und Westhoven schüttelte nur den Kopf. Er wandte sich wieder Häuser zu:

„Was schlägst du vor?"

„Ehrlich gesagt haben wir keine großartigen Möglichkeiten oder Ermittlungsansätze. Den Absender der E-Mail konnten wir nicht ermitteln und den Empfänger der Trash-Mail-Adresse leider auch nicht. Auf jeden Fall werden wir die Überwachung bis zum Ende des Beschlusses aufrechterhalten. Was sonst?" Häuser machte aus seiner Unzufriedenheit keinen Hehl.

„Bis wann gilt der Beschluss eigentlich?"

„Noch 11 Tage, also bis zum 28.01., dann sind die vier Wochen um. Noch sind wir nicht einen winzigen Schritt weiter. Danach müssen wir mit Staatsanwalt Mangold besprechen, welche Ideen *er* noch hat."

„Sollen wir euch mal die Protokollierung abnehmen?"

„Nee, lass mal. Das ist nett, aber nicht nötig. Solange es so wenig bleibt, ist es nicht der Rede wert. Wir machen so weiter wie bisher. Wenn der sprichwörtliche Baum brennt, dann melden wir uns bei euch – auch am Wochenende. Und das ist das Stichwort: Schönes Wochenende."

***

Anne und Doris unterhielten sich auf der Beförderungsparty angeregt über akuten Schlafmangel. Bei Doris wegen des Babys, bei Anne wegen Westhovens Schnarchen.

„Mein lieber Ehemann rodet nachts ganze Waldgebiete. Letztens habe ich sogar mal im Internet eine Meldung gelesen, dass jemand als Mordmotiv *Schnarchen* genannt hat. Der hat seinem Saufkumpan im Männerwohnheim mit einer Eisenstange den Schädel eingeschlagen, weil er es nicht mehr aushalten konnte. Und das Schlimme ist, ich kann den Mann mittlerweile verstehen. Das ist echt Folter, diese Schnarcherei! Da kommen die Killergedanken von ganz allein. Ich liebe Paul, aber das macht mich echt fertig."

„Glaub mir, Anne, Babygeschrei ist auch nicht besser."

„Das hört aber wenigstens mit zunehmendem Alter auf, bei Paul nimmt es aber immer mehr zu."

„Da kann man aber was gegen machen. Er sollte sich mal untersuchen lassen. Meist helfen schon kleine chirurgische Eingriffe und die Ehe ist gerettet. Ich schicke dir morgen mal ein paar Links, wo du dich schlau machen kannst."

Doris und Anne erhoben ihre Sektgläser und stießen darauf an. „Auf die Entschnarchung!"

Dember, der zwischenzeitlich leicht glasige Augen und eine verwaschene Aussprache bekommen hatte, prostete ebenfalls mit. „Ich weiß nicht warum, aber trotzdem: Prost!"

Doris, die alles andere als begeistert über die zunehmende Alkoholisierung ihres Gatten war, antwortete: „Da bin ich aber beruhigt, dass du zustimmst, mein Lieber. Das erspart mir viel Zeit und Ärger." Unauffällig zwinkerte sie Anne zu. Diese presste fest die Lippen zusammen, um nicht den Sekt vor Lachen wieder auszuprusten, denn Dember machte mal wieder den Eindruck eines geprügelten Hundes, der nicht verstand, was gerade mit ihm passierte.

„Äh…äh?“ Dember brachte keinen Satz zustande. Schlagartig fühlte er sich sehr nüchtern.

„Du bist wirklich süß, Heinz.“ Doris zog ihn an sich heran und küsste ihn.

„Ich verstehe nicht.“

„Musst du auch nicht, es war nur ein schlechter Scherz.“

Dember atmete schwer durch. „Mensch! Mach so was nicht mit mir.“

„'Tschuldigung! Und jetzt hol dir mal ein neues Kölsch und lass die Luft aus dem Glas. Paul wird schließlich nur einmal A12.“

Toni, die den Abend über nur Antialkoholisches getrunken hatte, erhob ihr Glas und schlug mit einer Gabel dagegen. Als die Gespräche in der Runde verstummt waren, wandte sie sich an Westhoven: „Mein lieber Paul. Zu deiner Beförderung möchte ich, wenn ich darf, ein Lied für dich singen.“

„Das finde ich total klasse. Ich fühle mich geehrt.“ Westhovens Stimme hatte mittlerweile große Ähnlichkeit mit der von Dember. Er klatschte in die Hände und seine Gäste taten es ihm gleich.

Toni sang „This is the life“ von Amy MacDonald. Als sie die letzte Textzeile gesungen hatte, riefen alle nach einer Zugabe.

„Heute nicht, aber wenn ihr zur Kripo-Fete kommt! In diesem Jahr bin ich mit meiner Band engagiert. Da lassen wir es richtig krachen.“ Westhoven ging zu ihr, umarmte sie und bedankte sich bei ihr mit einem Bützje auf die Wange.

Kapitel 7

Samstag, 18.01.

Julian Becker hatte schon den ganzen Vormittag bemerkt, dass Andrea Kasupke ihn wieder einmal zu beobachten schien. Das war schon in den letzten Tagen so gewesen, aber seine Schüchternheit hatte ihn stets zurückgehalten, etwas zu unternehmen. Für die heutige Mittagspause nahm er endlich all seinen Mut zusammen und sprach sie an. Die grünen Augen seiner rothaarigen Kollegin leuchteten vor Erwartung. Krampfhaft versuchte Julian, in ihr Gesicht und nicht auf ihre üppige Oberweite zu starren, die sie selbst im Arbeitskittel auch heute wieder gekonnt in Szene gesetzt hatte.

„Hättest du Lust, dich mal mit mir nach der Arbeit zu verabreden?", stammelte er. Deutlich spürte er seinen Puls in der Halsschlagader.

„Na endlich! Ich hatte schon gedacht, dass ich dir nicht attraktiv genug bin."

Julian fiel ein Stein vom Herzen. Sie gab ihm keinen Korb! „Wie jetzt, ich…?"

„Typisch Mann", fiel sie ihm ins Wort. „Am Stammtisch haben alle so eine große Klappe, aber wenn es darum geht, mal den ersten Schritt zu tun, machen sich alle ins Hemd."

Julian war noch immer ziemlich verunsichert. „Also, wenn ich das gewusst hätte." Sein Blick wanderte jetzt doch wie von selbst für einen Moment auf ihre Brüste. Andrea Kasupke genoss die schüchternen Blicke, aber sie tat so, als ob sie sie nicht mitbekommen hätte. Stattdessen bombardierte sie ihn mit Fragen: „Also, sag schon, mein Lieber. Wozu wolltest du dich mit mir verabreden? Du willst mir doch sicher nicht deine Briefmarkensammlung zeigen…oder?"

Er ahnte, dass es keine gute Idee wäre, direkt damit rauszuplatzen, was er am liebsten mit ihr tun würde. Auch wenn er den Eindruck hatte, dass sie genau das Gleiche wollte. „Wir könnten ja was essen gehen, Oder ins Kino?"

„Wir könnten auch beides machen und dann schauen wir mal." Sie bedachte ihn mit einem verführerischen Blick.

„Hättest du heute Zeit?" Unwillkürlich stierte er wieder auf ihren Ausschnitt.

„Klar. Wohnst du eigentlich hier in der Nähe?“

„Nee, ich habe ’ne kleine Zweizimmerwohnung in Deutz, ganz in der Nähe vom Rhein. Und du? Wo wohnst du?“

„Ich habe eine kleine Wohnung in Longerich, das ist quasi gleich um die Ecke.“

„Du bist aber keine Kölnerin, oder?“

Andrea Kasupke lachte. „Hört man das etwa? Ja, klar hört man das! Ich komme ja auch gebürtig aus Essen. Ich kann meine Herkunft nicht verleugnen.“

„Aus‘m Kohlenpott?“

„Jawoll, aber mit Kohle ist da nicht mehr viel. Essen ist total schön und grün.“

„Und warum biste dann in Kölle?“

„Na, wegen dem Job hier. Mein Zeugnis war damals nicht das beste und ich hatte keine große Wahl. Ich musste dahin gehen, wo die Arbeit ist. Und das war eben hier. Ich find’s toll hier.“

***

Am Abend waren sie nach dem gemeinsamen Kinobesuch im Szene-Burgerladen „Die fette Kuh“ essen gegangen. Andrea hatte sich einen 200 g „Build your own Burger“ mit zusätzlichen Jalapenos bestellt, während Julian nahezu in Rekordzeit zwei 200 g Chiliburger extra scharf mit der Nachbrenner Hot Sauce verschlungen hatte. Anschließend fuhren sie mit der Linie 4 nach Deutz und stiegen an der Haltestelle Suevenstraße aus.

Julian setzte seine Annäherungsversuche fort und ergriff beim Aussteigen aus der Bahn ihre Hand. Sie sahen sich immer wieder lächelnd an und gingen händchenhaltend bis zum letzten Haus in der Helenenwallstraße. Als sie im Laternenlicht vor der Haustür standen, schaute Julian ihr tief in die Augen, zog Andrea an sich und küsste sie zaghaft.

Auf dem Weg in die oberste Etage des Mehrfamilienhauses machten die beiden immer wieder halt, lehnten sich gegen das Treppengeländer oder gegen die Wand, umarmten und küssten sich. In der Wohnung fragte sie nach dem Badezimmer. Julian nutzte die Zeit, räumte hastig die abgegriffenen Playboyhefte vom Nachttisch und schmiss sie unters

Bett. Als Andrea dann aus dem Bad kam, gingen ihm die Augen über. Ihre roten Haare waren ein guter Kontrast zu ihrer weißen Reizwäsche. Julian, der schon lange ein Singledasein geführt hatte, stand der Mund offen. Mit verheißungsvoller Stimme hauchte sie ihm zu: „Du bist ja noch angezogen."

Sonntag, 19.01.

Nach knapp vier Stunden Schlaf wachte Julian gegen 09.00 Uhr auf und ging auf die Toilette. Als er sich wieder leise ins Bett legen wollte, fasste ihm Andrea in den Schritt. „Und? Kann ER noch mal?"

Die beiden frisch Verliebten blieben den ganzen Sonntag über im Bett und genossen ihre junge Liebe. Lediglich einen kleinen Mittagssnack gönnten sie sich.

Julian fühlte sich mit der feurigen Frau wie ein Lottogewinner und Andrea war über seine körperliche Fitness mehr als erfreut.

Montag, 20.01.

Nachdem sich Westhoven Montagmorgen im elektronischen Zeiterfassungssystem als „anwesend" eingebucht hatte, holte er sich einen Kaffee und machte sich auf den Weg zum nahegelegenen Büro von Häuser und dessen Kollegin Dagmar Brand, die jedoch noch nicht anwesend war.

„Moin, Klemens. Und? Gab es am Samstag auf der Überwachung was Interessantes?"

Häuser schüttelte den Kopf. „Nee, nix. Alle Gespräche drehten sich um Bestellungen, verspätete Lieferungen, Sonderangebote für die kommende Woche und so'n Zeug. Wenn du also wissen willst, was der *Brutto* diese Woche für Sonderangebote hat, kannst du mich fragen." Die Ironie in seiner Stimme war nicht zu überhören.

„Und was ist mit der E-Mail, die du an den Erpresser geschrieben hast?"

„Fehlanzeige! Das ist jetzt schon zwei Wochen her. Keine Antwort. Es ist zum Mäusemelken."

„Vielleicht hat er oder sie es tatsächlich aufgegeben. Kann doch wirklich sein. Ich habe jedenfalls auch in keiner Zeitung etwas darüber gelesen. Das ist doch mehr als merkwürdig, oder?"

„Da bin ich anderer Meinung. Es wäre nicht das erste Mal, dass sich die Erpressungen über Monate, wenn nicht länger, hinziehen. Die Kriminellen sind ja nicht alle blöd und können sich doch an fünf Fingern abzählen, dass wir nicht ohne Ende Leute im Einsatz belassen. Es wird doch auch pausenlos darüber berichtet, dass wir viel zu wenig Beamte haben." Häuser seufzte entnervt.

Westhoven schüttelte den Kopf. „Wer weiß, woran es liegt. Es könnte doch auch sein, dass unser Täter im Krankenhaus ist oder sonst wie verhindert. Vielleicht ist er ja sogar verstorben."

„Das wäre schon ein ziemlicher Zufall. Nee, ich bleibe dabei. Da spielt jemand auf Zeit. So wie bisher vorgegangen wurde, besteht doch noch nicht mal ansatzweise die Gefahr einer Festnahme. Das ist noch nicht vorbei – ganz sicher nicht!"

„Du bist hier der Spezialist. Wenn es so ist, wie du sagst, dann sollten wir dringend zusehen, dieses Schwein zu schnappen."

„Genau das will ich auch! Und deswegen werde ich jetzt direktemang noch eine E-Mail losschicken, um ihn aus der Reserve zu locken. Erstens macht mich diese Warterei kirre und zweitens kann ich die blöde Stimme dieses Fettsacks von Filialleiter nicht mehr aushalten. Diese nasale Aussprache bringt mich auf die Palme."

„Okay, bin dann mal wieder." Westhoven ging zurück zu seinem Büro und wurde auf dem Weg dorthin noch von einigen Kolleginnen und Kollegen zur Beförderung beglückwünscht.

***

Gegen 09.00 Uhr standen unerwartet zwei ihm fremde Damen, zwei ihm unbekannte Herren und ein Vertreter des Personalrates vor Westhovens Büro. Als er fragte, worum es denn ginge, bekam er als Antwort, dass sie vom Arbeitsschutz seien und eine Begehung auf der Etage durchführen würden. Dabei müsse auch jedes Büro in Augenschein genommen werden. Jetzt fiel ihm ein, dass Arndt Siebert diese Begehung per E-Mail angekündigt hatte.

„Bitte, kommen Sie herein und schauen Sie sich um. Ich habe nichts zu verbergen. Alles, was nicht erlaubt ist, steht sowieso im Schrank. Wenn Sie weg sind, hole ich es wieder heraus." Westhoven fühlte sich durch die jährlichen Kontrollen genervt und ließ darüber auch keinen Zweifel aufkommen.

„Sind denn auch all ihre elektronischen Geräte durch die Behörde geprüft und registriert?" Die brünette Frau mit der silberfarbenen Brille schaute zielstrebig auf seine Senseo-Kaffeemaschine, die auf dem Aktenbock stand.

„Natürlich! Sie dürfen aber gern nachschauen und alles ganz genau prüfen."

„Sie wissen aber schon, dass Ihre Kaffeemaschine so nicht aufgestellt werden darf?" Die Frau vom Arbeitsschutz lächelte hämisch.

„Wieso? Was soll daran gegen die Vorschriften sein?"

Schulmeisterhaft belehrte ihn die Frau: „Kaffeemaschinen dürfen nur auf nicht brennbaren Materialien abgestellt und betrieben werden. Also Glas, Metall oder Stein. Ihre da ist ja wohl aus Kunststoff."

„Hören Sie mal! Diese Unterlage ist nicht brennbar und die habe ich mir nur deshalb angeschafft, weil Sie mir das erst letztes Jahr so gesagt haben. Soll das jetzt ein Scherz sein?" Westhoven wurde langsam sauer. Er fühlte sich verschaukelt.

„Dafür kann ich nichts. Letztes Jahr war das noch nicht so, da haben Sie recht, aber in diesem Jahr will es die Feuerwehr so. Wir werden das in unserem Bericht erwähnen. Sie müssen sich eine andere Auflage besorgen, sonst dürfen Sie die Maschine nicht benutzen."

Westhoven unterdrückte seine Wut und antwortete, dass er sich selbstverständlich eine neue Unterlage besorgen würde, nur das Datum der Anschaffung nannte er nicht. Aus seiner Sicht hatte dies nämlich noch Zeit. Diese Änderung hielt er für kompletten Blödsinn. Als die Frau vom Arbeitsschutz gehen wollte, sagte er noch süffisant, dass man doch bitte nicht vergessen sollte, auch noch das Toilettenpapier in Augenschein zu nehmen, er hätte arge Bedenken, ob dieses den Vorschriften entsprechen würde. Eine Antwort bekam Westhoven nicht.

Nach der Begehung ging er zu Arndt Siebert. Er berichtete ihm von der Entwicklung in der EG Chorweiler und dass er bei der Begehung „durchgefallen“ sei.

„Tja, Paul. Was soll ich dazu sagen? Dann wirst du dir wohl eine neue Unterlage besorgen müssen. Ist eben so!“ Siebert wirkte desinteressiert. Er ging prompt zum nächsten Thema über: „Jedenfalls werde ich heute mal mit Stengelmann über die EG sprechen. Es macht doch überhaupt keinen Sinn mehr, dass ihr noch zu dritt da drin seid. Oder?“

„Da stimme ich dir zu, aber bislang hat uns das auch nicht sonderlich belastet. Häuser macht doch mit der Kollegin die Telefonüberwachung und die restlichen Ermittlungen sind im Grunde erledigt. Lass uns doch mal als fixes Datum den 28.01. anpeilen. Danach könnten wir doch entscheiden.“

„Warum gerade der 28.?“

„Dann endet der Beschluss für die Überwachung. Wenn bis dahin nichts Neues mehr geschieht, könnte die EG immer noch abgespeckt beziehungsweise auf dem Papier geführt werden.“

***

Ohne weitere Rücksprache mit Edgar Stengelmann schickte Häuser die nächste E-Mail an 150000@trashmail.de. Er wusste, dass dies eventuell Konsequenzen für ihn bedeuten könnte, aber diese Sorge schob er in den Hintergrund.

„Wie ich Ihnen schon mit der letzten E-Mail vom 06.01. mitgeteilt habe, wird der Brutto-Konzern Ihnen ohne Sicherheiten kein Geld auszahlen! Sollte von Ihnen keine Antwort bis Freitag (25.01.) dieser Woche eingehen, betrachten wir die Angelegenheit als erledigt!

Wir erwarten Ihre Antwort, per E-Mail, Brief oder Anruf!

Sollten Sie unmittelbar mit mir sprechen wollen, wählen Sie die 0221-229-81 ...“

Häuser, KHK

Als Dagmar Brand nach einem Termin zur Blutentnahme beim Hausarzt verspätet gegen 09.30 Uhr zum Dienst erschien, erzählte ihr Häuser von der E-Mail.

„Du hast WAS?! Bist du verrückt geworden?!"

„Jetzt reg dich nicht auf." Er lehnte sich in seinem Schreibtischstuhl zurück, verschränkte genüsslich die Arme hinter dem Kopf und streckte gelassen die Beine aus.

„Ich soll mich nicht aufregen? Was soll denn dieser Alleingang? Wenn Stengelmann das herausbekommt, dann reißt er dir den Kopf ab! Und meinen gleich mit, weil ich das jetzt weiß und nichts gesagt habe. Was ist, wenn jetzt was passiert und jemand zu Schaden kommt? Oh Mann, ich male mir das lieber nicht aus."

„Niemand wird zu Schaden kommen. Dieser Typ, wenn es denn tatsächlich ein Mann ist, will doch nur die schnelle Kohle machen mit seiner Erpressung. So einer hat doch überhaupt kein Interesse daran, tatsächlichen Schaden anzurichten, geschweige denn Lebensmittel derart zu präparieren oder zu vergiften, dass ein Mensch ernsthaft zu Schaden kommt."

„Ich weiß nicht! Immerhin ist die Kuckelke jetzt tot. So einfach mache ich mir die Sache nicht, für mich bestehen da Restzweifel, ob sie wirklich eines natürlichen Todes gestorben ist."

Häuser stellte seine Füße auf den Boden und drückte sich auf seinem Stuhl in eine aufrechte Position. „Was ist schon sicher in dieser Welt? Du kannst dich ja getrost mit Paul zusammentun, der denkt genauso."

„Na, siehste."

***

Als Häuser um 13.00 Uhr satt und zufrieden aus der Mittagspause in sein Büro zurückkehrte und die Tür aufschloss, hörte er schon, dass sein Telefon klingelte. Hastig beugte er sich über den Tisch und hob den Hörer ab, ohne wie gewöhnlich aufs Display zu schauen, und meldete sich förmlich mit Namen und Dienststelle. Ihm antwortete die rabiate Stimme eines älteren Mannes mit slawischem Einschlag: „Hör zu, Bulle! Halt dich raus beim *Brutto* und schreib mir nicht so einen Mist…"

Häuser eilte mit dem Hörer am Ohr um seinen Tisch herum und traute seinen Augen nicht. Die Rufnummer des Anrufers hatte die gleiche Rufnummer wie die Zentralnummer der Staatsanwaltschaft Köln. Er fiel dem Anrufer ins Wort: „Entschuldigung, ich verstehe nicht…"

„Schnauze! Du weißt, wer dran ist! Ich will mein Geld, sonst regnet's Leichen!"

Die Müdigkeit des „Suppenkomas" war bei Häuser schlagartig verflogen. „Jetzt hören Sie mal genau zu. Ohne Weiteres gibt es keinen Cent und heraushalten wird sich die Polizei definitiv nicht. Sie können also getrost mit mir reden und die persönliche Übergabe vereinbaren. Ich werde dann alles Notwendige veranlassen."

Für wenige Augenblicke herrschte Schweigen.

„Für wie blöd halten Sie mich, Mann? Eine persönliche Übergabe wird es auf keinen Fall geben. Da kann ich ja gleich meine Zahnbürste und ein paar Klamotten für den Knast mitbringen! Nee, nee, mein Lieber. Es läuft so, wie ich es sage. Sie hören von mir!"

Nach dem Anruf machte sich Häuser sofort auf den Weg zu Edgar Stengelmann. Sein direkter Vorgesetzter hatte den Dienst schon vorzeitig beendet, weil er noch einen wichtigen privaten Termin wahrnehmen wollte.

***

Julian Becker stand mit dem Rücken zur Tür im Lager, als sich Andrea Kasupke an ihn heranschlich, um ihn mit einem unerwarteten „Erwischt!" zu erschrecken.

Er zuckte leicht zusammen, drehte sich herum und schaute ungeniert auf ihre Oberweite. „Hmmh, wie gern ich die jetzt begrapschen würde."

„Hast du etwa Geheimnisse vor mir, dass du hier hinten im Lager telefonierst?" Sie grinste ihn an. „Oder war das eine heimliche Verehrerin?"

„Ach quatsch! Das war so eine blöde Meinungsumfrage. Sehr nervig."

Julian grinste sie an, küsste sie und schob seine Hand unter ihre Bluse, als die beiden von sich nähernden Stimmen unterbrochen wurden.

Andrea ergriff seine Hand und legte sie auf ihre Brust. „Heute Abend machst du genau an dieser Stelle weiter. Lass uns heute mal zu mir fahren."

***

Edgar Stengelmann tobte. „Sag mal, Klemens, was sollte denn dieser Alleingang?"

„Reg dich ab, Eddi, es ist doch alles prima. WIR haben jetzt den direkten Kontakt. Ich bin sicher, dass er sich wieder melden wird."

„Trotzdem, noch so ein Bravourstück von dir und du bist die längste Zeit der Leiter der EG Chorweiler gewesen."

„Okay, okay." Sehr einsichtig klang Häusers Antwort nicht. „Immerhin kommt jetzt aber vielleicht wieder Bewegung in die Sache!"

***

Westhoven hatte nach der Besprechung in der EG Chorweiler an diesem Montag relativ pünktlich Feierabend gemacht. Er war super gelaunt und freute sich auf den heutigen Abend. Gemeinsam mit Anne würde er zur Karnevalssitzung des Kölner Sozialwerks gehen. Die Karten hierfür hatte er rechtzeitig gekauft und sich somit sehr gute Plätze vis-à-vis der Bühne gesichert, direkt neben dem Tisch, an dem der Polizeipräsident und andere Führungspersönlichkeiten aus Köln sitzen würden. Zum dritten Mal nun wären sie im Maritim Hotel dabei.

Als er auf dem Nachhauseweg über die Istanbulstraße fuhr, sang er lauthals, aber schief, den Text eines bekannten Kölner Karnevalslieds mit: „Heute fährt die 18 bis nach Istanbul!"

Zuhause stand Anne vor dem Spiegel im Bad und schminkte sich. In diesem Jahr wichen sie erstmals von ihrer Tradition ab und wollten nicht als Lappenclowns verkleidet gehen. Dieses Jahr stand ganz im Zeichen des Römischen Reiches, inspiriert von der Serie *Spartacus*.

Westhoven hatte sich das Kostüm eines römischen Herren gekauft. Die weiße Tunika mit Mäander-Zierborte am Saum und der dunkelrote Umhang betonten seine breiten Schultern.

Anne hingegen hatte sich passend dazu die Imitation eines Originalkostüms der hinterlistigen Serienfigur Ilithyia besorgt: Das rosa Kleid mit Goldborte, angenähtem Latexgürtel und Ornamenten passte perfekt zu Annes sportlicher Figur und ihren Haaren.

Dienstag, 21.01.

Herbert Ohrem flachste kurz vor Ladenöffnung mit der Verkäuferin an der Frischfleischtheke, als das mobile Handgerät seines Geschäftstelefons in der Tasche seines Verkaufskittels klingelte. Bevor er das Gespräch annahm, winkte er noch Julian Becker und Andrea Kasupke zu, die schräg gegenüber ein Regal aufräumten und mit neuem Sortiment bestückten. Ohrem drückte den Hörer gegen sein Ohr und vernahm erst einen kaum hörbaren Piepton. Dann ertönte eine computeranimierte, abgehackte Stimme:

„Ihre Zeit ist abgelaufen. 150.000 oder es sterben Leute. Prüfen Sie Ihr Mailkonto und beachten Sie die Instruktionen."

Sofort nach dem letzten Satz hörte er noch einmal den sehr leisen Piepton und die Verbindung war beendet.

Wutschnaubend drängelte er an dem jungen Glück vorbei in Richtung seines Büros. Mit voller Wucht schmiss er die Tür hinter sich zu und fingerte nach der Visitenkarte von Kriminalhauptkommissar Häuser, den er auch sofort erreichte.

„Sie brauchen nichts zu sagen, Herr Ohrem. Ich kenne den Grund Ihres Anrufes. Wir haben es mitgehört. Schauen Sie bitte jetzt in Ihr E-Mail-Postfach und sagen Sie mir den Absender der Nachricht und den Inhalt."

Ohrem öffnete sein Postfach und las die Nachricht. Nach rund zwei Minuten wurde Häuser ungeduldig und fragte: „Und? Was steht da?"

„Hier…hier steht, dass das Geld in BitCoins transferiert werden soll. Was zum Geier ist das denn für eine Währung?"

„Ist das alles oder steht da sonst noch was?"

„Ja! Ich soll endlich die Forderung erfüllen. Danach würde ich nie wieder was hören und meine Kunden wären in Sicherheit. Falls ich aber nicht zahle, würden vergiftete Lebensmittel in den Abverkauf gestellt. Als Zeichen meines guten Willens sollen 50.000 € bis morgen Mittag 12.00 Uhr überwiesen worden sein. Dann steht hier noch was von einem ‚Wallet', auf das die Summe gezahlt werden soll. Was soll ich denn jetzt tun?"

Häusers Antwort war deutlich: „SIE machen erstmal gar nichts. Diese BitCoin-Währung ist nämlich sehr volatil, das heißt, dass die Preise für BitCoins innerhalb kürzester Zeit extrem steigen, aber auch genauso gut fallen können. Das Geld in BitCoins haben zu wollen, ist totaler Schwachsinn."

„Wieso soll der Erpresser das dann wollen? Auf mich macht der eher den Eindruck, als wenn der genau wüsste, was er tut."

„Der hat nur zwei Ziele: erstens schnell reich werden und zweitens nicht geschnappt werden von der Polizei. Diese Geldübertragungen mit BitCoins sind sehr anonym, alles ist durch Kryptografie auf militärischem Niveau verschlüsselt. Sie überweisen eben auch nicht an eine Person, sondern an dieses ‚Wallet'. Ferner dauert eine solche Transaktion in der Regel nicht länger als 10 Minuten – und zwar an jeden beliebigen Platz der Welt. Es würde uns als Polizei dann unglaublich erschwert, wenn nicht gar unmöglich gemacht, den Täter zu identifizieren und festzunehmen."

„Wissen Sie was, Herr Häuser? Mir geht es in erster Linie um die Sicherheit der Kunden und den guten Ruf meiner Filiale. Das hat Priorität, das ist meine Motivation und..."

Häuser unterbrach ihn ruppig: „Dass wir beide unterschiedliche Motivationen haben, ist mir schon klar. Aber trotzdem, von der Sache mit den BitCoins rate ich dringend ab. Schlagen Sie doch stattdessen eine Blitzüberweisung auf ein Konto einer inländischen Bank vor."

„Meinetwegen. Diesmal schicke ich Ihnen aber die E-Mail erst in Kopie, nachdem ich sie versandt habe."

„Machen Sie das. Ich gehe zwar davon aus, dass der Täter sowieso damit rechnet, aber wir müssen ihn ja nicht mit der Nase drauf stoßen."

Samstag, 25.01. – Sonntag, 26.01.

Es war soweit. Anne war überglücklich, dass keine aktuellen Mordfälle dazwischengekommen waren. Endlich würde sie nach Jahren wieder die Rennbahn in Paris besuchen und sich den Prix d'Amérique, das international wichtigste Trabrennen über die Langstrecke von 2700 m, anschauen können. Westhoven hatte ihr dieses Wochenende zum letzten Weihnachtsfest geschenkt.

Den Südosten von Paris und die dort gelegene legendäre Trabrennbahn Hippodrôme de Vincennes erreichten sie nach knapp vier Stunden Autofahrt und zum Glück ohne lästigen Stau. Auch in diesem Jahr würden im sonntäglichen Hauptrennen wieder 18 Pferde um das Preisgeld von 1 Million Euro kämpfen. Als einer der klaren Favoriten galt auch dieses Jahr der zweimalige Gewinnerhengst *Ready Cash*.

Nach einem langen Tag auf der Rennbahn fuhren sie gegen 18.00 Uhr zum exzellenten „Hotel De La Porte Dorée". Westhoven hatte ein nach hinten gelegenes Superior-Doppelzimmer gebucht und seine Anne somit ein weiteres Mal überrascht. Mit einem so tollen Zimmer hatte sie offenbar nicht gerechnet.

„Du bist so ein Schatz, Paul. Das ist alles so schön hier."

„Der Tag ist noch nicht vorbei, mein Engel." Er grinste sie vielversprechend an.

„Was kommt denn noch?" Ihre Augen leuchteten.

„Nur soviel: Ich habe für 19.30 Uhr einen Tisch reserviert – in einem schicken Bistro, gleich hier um die Ecke. Lass dich einfach wieder überraschen."

Nachdem Anne und Paul im nahegelegenen „Bistrot de la Porte Dorée" mit Weißwein angestoßen hatten, servierte ihnen der Kellner passend dazu ihren Hauptgang. Anne hatte sich für *Petit De Daurade Au Beurre Rouge* und Paul für *Petit Bar Grillé Tomate Et Basilic* entschieden. Auch die Nachspeisen ließen keinen Wunsch mehr offen. Den Rest des Abends ließen sie in gemütlicher Zweisamkeit ausklingen.

Der darauffolgende Sonntag war der Hauptrenntag. Westhoven war wild entschlossen, wenigstens im Hauptrennen mal so richtig zu zocken. Er studierte eifrig die Rennzeitung und war noch immer unschlüssig, auf welches Pferd er seine 50 € platzieren sollte. Als er seinen Blick auf die pitschnasse, schwarze Bahn lenkte, kam ihm der Gedanke, dass das heutige nasskalte Wetter und die damit verbundene schwere Bahn eine entscheidende Rolle spielen könnten. Trotz Annes Protest, doch nicht so viel Geld zu wetten, entschied er sich für ein Pferd aus Schweden, dem er es am ehesten zutraute, mit diesen schwierigen Wetter- und Bodenverhältnissen zurechtzukommen, das allerdings – an den jüngsten

Platzierungen gemessen – nicht in Topform zu sein schien.

Keine 10 Minuten später bejubelte Westhoven den überraschenden Sieg seines Pferdes und hüpfte vor Freude auf seinem Platz herum. Er als blutiger Laie hatte tatsächlich richtiggelegen! Nicht der Favorit *Ready Cash* hatte gewonnen, dieser war sogar disqualifiziert worden, sondern „sein" Pferd aus Schweden! Da die Quoten bei rund 1:10 standen, war Westhoven mit einem Schlag um 500 € reicher.

„Jetzt bin ich aber ein wenig irritiert, mein Lieber. Heißt es nicht ‚Glück im Spiel, Pech in der Liebe'? Verheimlichst du mir was?" Anne lächelte ihn verschmitzt an.

„Nein, mein Engel. ICH gehöre zu den wenigen Männern, die eben beides haben."

Kapitel 8

Montag, 28.01.

Die gesamte letzte Woche war ohne eine Reaktion auf das Angebot der Blitzüberweisung verlaufen. Ohrem hatte sich intensiv damit beschäftigt, die Überwachungsmonitore im Auge zu behalten, sobald ein Kunde den Laden betreten hatte, den er noch nie zuvor gesehen hatte und der zudem noch „auffällig" aussah. Ihm saß die Angst im Nacken, dass tatsächlich jemand vergiftete Lebensmittel zum Abverkauf ins Regal stellen oder in die Obstauslage legen könnte.

Häuser hatte an diesem Morgen die EG Chorweiler zur Besprechung eingeladen. Gemeinsam saßen alle Mitglieder mit Edgar Stengelmann zusammen. Häuser trug den aktuellen Sachstand vor.

Dember fragte nach: „Und wie soll es dann jetzt weitergehen, wenn der sich nicht mehr meldet? Und hat das KK 35 noch mal versucht, die IP-Adresse festzustellen?"

Häuser antwortete: „Das mit der IP-Adresse war leider eine Sackgasse. Das Einzige, was wir herausfinden konnten, war die Nutzung eines Verschlüsselungsservers auf den Niederländischen Antillen. Ende der Spur! Und um zu klären, wie wir weiter vorgehen, sitzen wir heute hier."

Toni Krogmann meinte zweifelnd: „Macht es denn überhaupt noch Sinn, die Telefonüberwachung zu verlängern? Ich meine, so richtig viel hat die Maßnahme nicht gebracht und wie du sagst, kam seit gut einer Woche gar nichts mehr."

Häuser fühlte sich langsam in eine Art Rechtfertigungsposition gedrängt. „Das ist ganz normal, Toni. So ein Erpresser macht eher einen Rückzieher und versucht es in einem anderen Laden, bevor er sich der Gefahr aussetzt, dass wir ihn schnappen könnten. Aber das hat er nicht gemacht, das habe ich schon bei der LZPD hinterfragt. Die haben aber auch keine neuen Erkenntnisse. Deshalb halte ich es für absolut denkbar, dass er sich wieder bei ‚unserem Ohrem' melden wird. Der weiß doch nicht, dass unser Beschluss heute erstmal endet, oder bist du hier anderer Ansicht?"

„Kann ich doch gar nicht. Wenn ich wüsste, wer das ist und wie der tickt, dann hätten wir ihn schon längst."

„Siehste!“ In Häusers Stimme lag etwas Schulmeisterliches. „Also werden wir mit unserem zuständigen Dezernenten Mangold diskutieren, dass er die Verlängerung des Beschlusses beantragt.“

Stengelmann fragte: „Sollen wir denn die EG so belassen, wie sie ist, oder sollen wir die KK11er zumindest teilweise schon entlassen? Du kannst dir sicher vorstellen, dass mir Arndt Siebert ständig in den Ohren liegt, wann er endlich seine Leute wiederbekommt. Ich meine, so ein bisschen kann ich ihn verstehen. Immerhin fehlt hier eine komplette Kommission und das bringt die gesamte Organisation und Planung dort durcheinander.“

„Was soll ich dazu sagen, Edgar? Hier wird auch keiner gefragt, wenn das KK 11 mal wieder die Kommissariate aussaugt, ob hier irgendwas Organisatorisches durcheinandergerät. Das ist nun mal so. Jedenfalls ist der Sachstand noch immer der gleiche wie bei Einrichtung der EG. Bislang sind wir gut damit gefahren. Toni und Heinz arbeiten doch sowieso schon seit mindestens 10 Tagen mehr für das KK 11 als für die EG hier. Dagmar und ich haben die Telefonüberwachung von Anfang an allein betreut. Von Paul mal abgesehen, wir tauschen uns täglich aus. Also, ich verstehe beim besten Willen die Motivation vom Siebert nicht.“

„Hab ich doch gesagt, die MK 6 von Paul ist aus der Bereitschaftsplanung raus und die anderen Kommissionen müssen öfter ran.“

Häusers Miene verdunkelte sich. „Dazu sage ich jetzt mal besser nichts! Meinen Sachstand habe ich gegeben, entscheide du. Du bist der Chef.“

„Ich spreche gleich noch mal mit Arndt. Danach treffe ich eine Entscheidung.“

***

Nachdem ihm Häuser den Sachstand erläutert hatte, brauchte er Staatsanwalt Mangold nicht lange zu überzeugen. Mangold war sofort bereit, die Verlängerung des Beschlusses zu beantragen und teilte Häusers Einschätzung, dass sich der Erpresser wohl kaum an die Beschlusslage halten würde. Häusers Vorschlag, den letzten Anruf beim Landeskriminalamt (LKA) auswerten zu lassen, fand Mangold prima.

***

Gegen 10.00 Uhr rief Stengelmann bei Häuser an und teilte ihm mit, dass die Kommission auf dem Papier so bestehen bliebe, aber Toni und Heinz weitestgehend die täglichen Todesermittlungsverfahren bearbeiten würden. Bei einer Änderung der Lage stünden sie aber für die EG Chorweiler zeitnah zur Verfügung. Paul Westhoven sei jedoch ganz raus aus der EG, er müsse als MK-Leiter wieder eine Bereitschaft mit einem Ersatzteam übernehmen.

„Okay, Eddi. Nur, damit du auf Ballhöhe bist: Dagmar und ich fahren gleich zum LKA nach Düsseldorf. Diese Pieptöne im letzten Anruf sind schon sehr auffällig. Das klingt mir doch sehr nach einer abgespielten Aufnahme, z.B. von einem Diktiergerät. Vielleicht war es aber auch ein zeitversetzter Anruf über den Internetanbieter sipgate.de mit einer angehängten MP3-Datei."

„Meinst du, die vom LKA können hellsehen?" Stengelmann war offenbar nicht überzeugt.

„Eddi! Ich wollte nicht mit dir über den Sinn diskutieren, sondern dich nur informieren. Bis später, oder war noch was?"

***

Gegen 11.15 Uhr fuhren Dagmar Brand und Klemens Häuser auf das LKA-Gelände an der Völklinger Straße in Düsseldorf. Sie beeilten sich, ins Gebäude zu kommen, da es im selben Moment anfing zu regnen. Mit der Aufnahme im Gepäck gingen sie den kürzesten Weg zum Teildezernat 54.3, das für die Spracherkennung und Tonträgerauswertung zuständig war.

Als sie an die Tür klopften, bat sie eine freundliche, weibliche Stimme herein. Dr. Susanne Alberti kam Häuser lächelnd entgegen. „Hallo, Klemens, wie lange ist das jetzt her, dass wir diesen Erpressungsfall bei der Bank hatten? Zwei oder drei Jahre bestimmt, oder? Ich bin sehr gespannt, was du diesmal dabei hast. Du hast es ja ziemlich spannend gemacht am Telefon." Sie wandte sich Dagmar Brand zu, reichte ihr die Hand und stellte sich vor.

Häuser schwieg einen Moment gedankenverloren. Er schwelgte in Erinnerungen. Vor zwei Jahren wären er und Susanne um ein Haar zusammengekommen, aber bis auf ein paar nette Abende und Gespräche war daraus nichts geworden. Sie waren sich trotz des Altersunterschiedes von gut 11 Jahren sympathisch gewesen, und der Ermittler hätte gern mehr gewollt, aber Susanne Alberti war nach ihrer Trennung einfach noch nicht soweit gewesen. Sie waren zwar damals als Freunde auseinandergegangen, aber Häuser hatte den Kontakt bewusst nicht aufrechterhalten wollen. In solchen Beziehungssachen war er sehr emotional. Trotzdem war er ihrem Charme beim Betreten des Büros sofort wieder verfallen und hätte sie am liebsten umarmt. Der 47-Jährige hatte seit den Abenden mit Susanne mal hier und da ein Treffen gehabt, aber mehr als ein One-Night-Stand war es nie geworden. Aber Häuser sehnte sich nach mehr. Er redete nicht groß darüber, aber er träumte von einer kleinen Familie, einem Haus im Grünen und vielleicht zwei bis drei eigenen Pferden. Vor gut einem Jahr war er durch Zufall bei einem Tag der offenen Tür in einem Reitstall gewesen und hatte sich zu einer kostenlosen Reitstunde breitschlagen lassen. Damit hatte seine Leidenschaft für die großen Vierbeiner begonnen.

Dagmar Brand, die im Gegensatz zu Häuser noch nie persönlich mit dem Teildezernat in Berührung gekommen war, stellte ein paar Verständnisfragen: „Frau Alberti, wie wird man eigentlich Sachverständige für Spracherkennung? Welche Ausbildung ist dafür nötig und wie geht das letztlich alles? Worauf achten Sie?"

Dr. Alberti freute sich immer, wenn sich jemand für ihre Tätigkeit interessierte und so antwortete sie geduldig: „Ich war schon seit meiner frühesten Jugend sehr sprachinteressiert, hatte neben Englisch, Französisch und Latein zusätzlich noch Spanisch in der Schule. All diese Sprachen spreche ich fließend. Obendrein fand ich die vielen Akzente und Dialekte in den unterschiedlichsten Sprachen und Regionen sehr spannend. Man bekommt ein richtig geschultes Ohr für so was. Sogar ein paar Brocken Russisch und Polnisch gehören zu meinem Sprachschatz. Mir kann zum Beispiel keiner aus Essen vormachen, er sei Kölner, nur weil er Kölsch redet. Bei jedem aufgesetzten Dialekt oder Akzent hören Sie früher oder später die tatsächliche Aussprache."

Dagmar Brand nickte. „Das klingt logisch, aber was ist denn mit jemandem, der beispielsweise in Essen geboren wurde, dort aufgewachsen ist und, sagen wir mal, mit 20 Jahren nach Köln umzieht? Irgendwie nimmt man doch automatisch die Gewohnheiten der Sprachregion an, in der man lebt."

„Da haben Sie vollkommen recht. Auf jeden Fall macht es meine Arbeit nicht einfacher. Aber wenn uns die Stimmenanalyse derart erschwert wird, wird es gleichermaßen durch einen Stimmenvergleich wieder leichter. Aber um erst noch den ersten Teil zu beantworten: Ich habe schließlich im Hauptfach Phonetik studiert. Mein Ziel war es immer, forensische Phonetikerin zu werden. Und ich hatte Glück und war zur richtigen Zeit an der richtigen Stelle. Hier beim LKA gibt es nur eine Handvoll Planstellen für Phonetiker. Ich als Düsseldorferin wollte natürlich unbedingt nach Düsseldorf, aber ich hätte mich auch auf eine freie Stelle in einem der drei anderen LKÄ oder dem BKA beworben, um mein Hobby zum Beruf zu machen. Zum Glück bin ich hier gelandet." Sie klopfte demonstrativ dreimal hintereinander auf die hölzerne Tischplatte ihres Schreibtischs.

„Und was können Sie alles aus einer Aufnahme heraushören? Ich höre da nämlich außer dem Gesprochenen, einigen Hintergrundgeräuschen und eventuell einem Dialekt rein gar nichts."

Dr. Alberti lächelte. „Deswegen gibt es forensische Phonetiker, so wie uns. Wir alle hier achten sehr auf die Stimmenqualität."

„Stimmenqualität?" Dagmar Brand konnte sich darunter nichts vorstellen.

„Das sind solche typischen Dinge wie zum Beispiel eine nasale oder raue Aussprache. Oder ein kurzes ‚äh', weil Sie sich den nächsten Satz überlegen müssen. Das ist eins meiner Fachgebiete, die sogenannten Hesitationsphänomene. Ich könnte die Aufzählung um beliebig viele Beispiele ergänzen."

Alberti wandte sich an Häuser: „So, Klemens. Dann zeig mir doch mal, was ihr mir mitgebracht habt." Sie legte die CD-ROM ein und hörte sich die Aufnahme mehrmals hintereinander an: *„Ihre Zeit ist abgelaufen. 150.000 oder es sterben Leute. Prüfen Sie Ihr Mailkonto und beachten Sie die Instruktionen."* Die Sachverständige runzelte nachdenklich die Stirn.

„Und, Susanne? Kannst du uns irgendwas dazu sagen?" Häuser war sehr gespannt.

„Du weißt, dass ich keine unausgegorenen Antworten gebe, aber die Stimme scheint mir doch absichtlich verfälscht. Allein schon aufgrund der Aussprache bei ‚Prüfen Sie Ihr' bin ich mir jetzt schon ziemlich sicher, dass das ein Rheinländer gesprochen hat, wahrscheinlich sogar ein Kölner. Das ist so was von charakteristisch. Aber was mir viel mehr auffällt, ist nicht die Stimme, sondern dieser leise Piepton. Das könnte für eure weiteren Ermittlungen von Bedeutung sein. Den Piepton kenne ich, den habe ich schon mal gehört." Susanne Alberti überlegte. „Jetzt weiß ich es wieder. Dieser nervige Ton ist ganz typisch für ein Diktiergerät des Herstellers *Lingua*. Wenn ihr also mal in eurem Fall eine Durchsuchung macht, achtet auf ein solches Diktiergerät. Die sehen aus wie alle anderen."

„Könntest du denn anhand des Pieptons feststellen, ob die Aufnahme mit diesem Gerät gemacht wurde?"

„Du kennst meinen Spruch, Klemens. *Mit an Sicherheit grenzender Wahrscheinlichkeit identisch* ist die höchste Stufe meiner Gutachten. Ich werde es auf jeden Fall versuchen. Findet ihr erstmal das Gerät, dann gucke ich, was ich tun kann."

Häuser bat seine Kollegin, schon mal vorzugehen. Dagmar Brand fragte nicht nach dem Warum, sondern dachte sich ihren Teil.

„Susanne...Du...ich wollte..." Dr. Alberti unterbrach ihn: „Klemens, bevor du dich verrennst, lass mich dir zuerst etwas sagen. Ich mag dich, aber du sollst wissen, dass ich seit einem halben Jahr mit einem Kollegen von hier zusammen bin."

Nachdem er den großen Kloß in seinem Hals heruntergeschluckt hatte, antwortete er: „Ich wünsche dir alles Gute, du hast es verdient. Du bist eine tolle Frau." Er drehte sich um und ging. Diese Nachricht hatte ihn doch sehr hart getroffen.

***

Stengelmann fing die beiden Ermittler nach ihrer Rückkehr vom LKA auf dem Flur ab und fragte nach dem Ergebnis. Häuser berichtete: „Mal unabhängig davon, ob die Aufnahme von einem Diktiergerät stammt, was sie im Übrigen wohl auch tut, oder von einer MP3-Datei, haben wir zwei sehr gute Hinweise mitgebracht: Erstens dürfte es sich beim Diktiergerät um eins der Marke *Lingua* handeln und zweitens hat sich Dr. Alberti nahezu festgelegt, dass es sich beim Sprecher der Nachricht um einen Rheinländer handelt, höchstwahrscheinlich sogar um einen Kölner."

„Okay! Ich nehme alles zurück, was ich heute Morgen über Hellseherei gesagt habe. Prima Idee, gute Arbeit. Das sind zwei hervorragende Ansatzpunkte."

***

Häuser rief Staatsanwalt Mangold an, um ihm vom Vorab-Ergebnis der Tonträgerauswertung zu berichten.

„Prima, ich hatte mir doch gleich gedacht, dass die Erpressung nicht von einem völlig Ortsfremden begangen wird. Hoffen wir, dass wir bald eine Wohnung nach dem Diktiergerät durchsuchen können."

Mangold erzählte Häuser dann noch, dass der zuständige Bereitschaftsrichter den Beschluss um weitere vier Wochen verlängert hätte, und bat um sofortige Abholung.

***

Dagmar Brand hatte die Kurierfahrt zum Amtsgericht freundlicherweise übernommen und kam zwei Stunden später völlig entnervt mit dem Beschluss wieder zurück. Auf der Hinfahrt hatte sie für die ansonsten in knapp 15 Minuten zu schaffende Strecke auf die andere Rheinseite über 90 Minuten gebraucht. Sämtliche Straßen in Richtung Barbarossaplatz waren völlig überfüllt, weil die Ampelanlage dort mal wieder ausgefallen war. Kurz vor Dienstschluss teilte dann aber ein Kollege vom KK 35 mit, dass er den Beschluss entsprechend an den Netzbetreiber weitergeleitet habe und die Überwachung fortgesetzt würde.

Um die Laune seiner Kollegin ein wenig zu verbessern, lud Häuser sie zum Trost auf ein Eis aus dem kommissariatseigenen Kiosk ein. Diese Art von „Bestechung" hatte bei ihr schon häufiger funktioniert. Minuten später saßen sie im Büro und löffelten gemeinsam, die Füße entspannt auf dem Schreibtisch abgelegt und den Oberkörper in den Schreibtischstuhl gelehnt, ein kalorienarmes Joghurteis mit Pfirsichstücken. Mit jedem Löffel kehrte Dagmar Brands gute Laune zurück.

***

Heinz Dember und Toni Krogmann hatten an diesem Montag alle Todesermittlungsverfahren vom letzten Wochenende zur Bearbeitung bekommen, die im Grunde nur noch für die Abgabe an die Staatsanwaltschaft Köln zu vervollständigen waren.

Dember, der sich in Gesprächen mit Hausärzten mal wieder wenig diplomatisch gezeigt hatte, hatte sich während mehrerer Telefonate die Haare gerauft. Er regte sich noch immer darüber auf, dass sich die Ärztinnen und Ärzte auch nach dem Tod des Patienten stets auf die ärztliche Schweigepflicht beriefen. Meist griff er dann zu dem Hilfsmittel, anzukündigen, dass er sich notfalls auch einen Beschluss besorgen und die Akte höchstpersönlich beschlagnahmen kommen würde oder eine Vorladung zur Staatsanwaltschaft – und zwar ohne Rücksicht auf ein volles Wartezimmer – erfolgen könnte. Da gäbe es dann nichts mehr zu verhandeln, dieser Vorladung müsse ein Zeuge folgen. Mit diesem grenzwertigen, aber wirkungsvollen Behelf bekam er dann in der Regel doch die gewünschte Auskunft zur Anamnese der Verstorbenen. Toni Krogmann konnte sich über solche Dinge nicht beklagen, mit ihrem weiblichen Charme kam sie äußerst selten in die Verlegenheit, solche „Androhungen" aussprechen zu müssen. Beide waren sie jedoch in höchstem Maße unzufrieden mit ihrer derzeitigen Rolle im KK 11. Das notwendige, aber dennoch teils öde Abarbeiten der sogenannten „Büroleichen" ging ihnen auf die Nerven. So hatten sie sich vorgenommen, zunächst mit Westhoven zu sprechen, damit sie wieder Rufbereitschaft machen oder zumindest mal zu einem Todesermittlungsverfahren selbst hinfahren könnten, um sich ein Bild vor Ort zu machen und die Fakten selbst aufzunehmen. Dember meinte nur platt, dass ja selbst das Wechseln der Windeln bei seinem kleinen Leon spannender sei, als die Bearbeitung der ungeklärten Todesursachen, die sich im Nachhinein allesamt als natürliche Sterbefälle entpuppten.

Westhoven sagte ihnen zu, dass er mit Arndt Siebert darüber sprechen würde, aber ganz sicher nicht mehr heute, er sei gleich mit Anne zum Joggen verabredet und Arndt sei sowieso schon seit einer guten halben Stunde nicht mehr da.

***

In der letzten Woche waren Julian Becker und Andrea Kasupke nur noch in ihrer kleinen Zweizimmerwohnung in Köln-Longerich gewesen. Julian fühlte sich hier mehr und mehr zuhause. Selbst die Nachbarn grüßten ihn mittlerweile, wenn er den Müll rausbrachte oder sie ihm im Treppenhaus begegneten.

Den heutigen Abend verbrachten die beiden auf der Couch. Sie hatten sich für einen gemütlichen DVD-Abend zwei aktuelle Filme ausgeliehen.

Während Andrea vor dem Zubettgehen noch im Bad war, schaltete Julian ihren Laptop ein und schrieb im Eiltempo eine E-Mail, deren Inhalt er sich vorher gut überlegt hatte:

Nehmen Sie diese Nachricht sehr ernst, ansonsten sind Sie schuld am Leid vieler Leute! Sollten Sie mich abermals verarschen wollen, so werden wir in mindestens 15 Brutto-Filialen Nahrungsmittel vergiften!

1. ***Bis zum 30.01. (Mittwoch) überweisen Sie 150.000 € auf folgende Kontonummer: 4711 11 110, BLZ 581 200 221, Alfred Müller. Ich dulde keine Ausreden, dass die Zeit hierfür zu knapp sei. Ich weiß genau, dass eine Blitzüberweisung in wenigen Minuten ausgeführt werden kann.***

2. ***Die Polizei, also Häuser, sollte nicht auf die Idee kommen, die zum Konto zugehörige EC-Karte zeitweise sperren zu lassen. Ich warne Neugierige!***

3. ***Ebenso sollte niemand versuchen, ein Tageslimit am Geldautomaten zu hinterlegen. Auch hier warne ich Neugierige!***

4. ***Das Konto und die EC-Karte dürfen nicht gelöscht oder gesperrt werden!***

5. ***Sollte die Polizei versuchen, unseren Standort, von wo aus wir die E-Mail versandt haben, zu ermitteln und es tatsäch-***

lich gelingen, diesen festzustellen, bedenken Sie, dass Sie es dann nicht mehr verhindern können, dass meine Partner in mindestens 15 Brutto-Filialen Lebensmittel vergiften werden.

Sie brauchen mir nicht zu antworten, erledigen Sie stattdessen die Überweisung. Danach hören Sie nie wieder von uns! Darauf haben Sie unser Ehrenwort! Wir haben es nicht nötig, Ihren Markt zweimal um Geld zu bitten. Es gibt genügend andere!

Bevor Andrea aus dem Bad kam, hatte er den Laptop wieder zugeklappt und so zurückgestellt, dass sie nicht merken würde, dass er ihn benutzt hatte. Beflügelt von seiner E-Mail und der Erwartung der 150.000 € drängte er sie sanft bestimmend zur Couch und streifte ihr das Nachthemd über den Kopf. Nackt lehnte sie sich auf der Couch zurück.

Als er sich schon nach wenigen Stößen stöhnend in ihr ergoss, hatte er ein zufriedenes Grinsen im Gesicht. Andrea gefiel es ungemein, dass Julian mehr und mehr aus sich herauskam und sie so sehr begehrte. Schon immer hatte sie auf Kerle gestanden, die wussten, was sie wollten.

Dienstag, 29.01.

Herbert Ohrem hatte sich nach dem Anruf von Häuser beeilt. Ohne seine morgendliche Dusche war er direkt aus dem Schlafanzug in seine Arbeitsklamotten gesprungen und zügig zum Präsidium gefahren. Der Ermittler selbst hatte schon um kurz nach 07.00 Uhr die neue E-Mail gelesen, aber aufgrund der frühen Uhrzeit noch eine halbe Stunde gewartet, bevor er den Filialleiter angerufen hatte.

Gegen 08.15 Uhr saßen Ohrem, Dagmar Brand, Stengelmann, Häuser und Westhoven im Besprechungsraum des KK 13. Alle Anwesenden hatten die aktuelle E-Mail mit den Forderungen in Kopie vor sich auf dem Tisch liegen. Ohrem schien sichtlich überfordert. Auf seinem speckigen Hals bildeten sich hektische rote Flecken. Er schaute abwechselnd auf die Kopie und in Richtung Häuser und stotterte: „Wa-Wa-Was soll ich denn jetzt machen, Herr Häuser? Die bringen noch jemanden um! Wir sollten jetzt sofort das Geld zahlen!"

In der ihm eigenen kühlen Art antwortete Häuser: „Das machen Sie nicht! Sie werden nicht zahlen! Wir haben bislang immer noch keine Sicherheiten, sondern nur Forderungen und Drohungen. Wenn Sie jetzt zahlen, zahlen Sie immer."

„Was soll das denn bitteschön heißen? Nur Forderungen und Drohungen?!" Ohrems stotternde Aussprache war zwar plötzlich weg, dafür aber wurde sie dröhnend und feucht. Auf der Tischplatte vor ihm lagen kleine Spuckeperlen.

Stengelmann ergriff das Wort: „Meine Herren! Bitte! So kommen wir nicht weiter!"

Die Diskussion kam zum Stillstand.

„Herr Ohrem, mein Kollege hat nicht ganz Unrecht. Sie haben keinerlei Gewähr dafür, dass nach einer Zahlung nicht gleich das nächste Erpressungsschreiben eingeht. Ich verstehe aber Ihre Bedenken hinsichtlich der Sicherheit Ihrer Kundschaft. Und genau aus diesem Grunde müssen wir mit den Erpressern ins Gespräch kommen und sie dingfest machen, damit sie für die nächsten Jahre gesiebte Luft atmen können."

Zustimmendes Nicken aller Beteiligten. Ohrem wischte sich den Schweiß von der Stirn. „Was schlagen Sie vor? Ohne rumstänkern zu wollen: Ihre Beamten hier sind keinen einzigen Schritt weitergekommen und haben, statt sich auf die wahren Erpresser zu konzentrieren, zwischenzeitlich sogar mich im Verdacht gehabt!"

Stengelmann blieb ruhig. „Das war reine Routine. Wir müssen allem nachgehen. Dazu gehört eben auch, dass wir das nähere Umfeld genauer beleuchten. Ihre Angestellten sind doch auch alle befragt worden."

Ohrem schüttelte erbost den Kopf. „Trotzdem! Ich werde mich jetzt mit der Konzernsicherheit des *Brutto*-Konzerns in Verbindung setzen. Die haben mehr Erfahrung mit solchen Dingen. Und wenn die mir sagen, dass wir zahlen, dann zahlen wir. Es ist nur Geld und wir sind versichert."

Ohrem verließ die Besprechung und machte sich auf den Weg nach Chorweiler zur Filiale.

Westhoven sah ihm missmutig nach. „Ich nehme an, dass wir keine

Karten mehr haben, wenn der Konzern entscheidet, dass gezahlt wird, oder?“

Resigniert antwortete Häuser: „Nee! Der Fettwanst hat leider recht. Die interessiert das Geld nicht, die Versicherung gleicht den Verlust ja aus.“

***

Gegen Mittag desselben Tages meldete sich Ohrem telefonisch bei Stengelmann und teilte ihm mit, dass die Konzernleitung entschieden hätte, dass nur eine Teilsumme gezahlt werden solle. Per Blitzüberweisung sollten 75.000 € gezahlt werden, sozusagen als Zeichen des guten Willens und in der Hoffnung, dass die Täter die Lust verlören. Stengelmann fragte ihn, wer sich diesen Schwachsinn ausgedacht habe. Die Antwort blieb Ohrem ihm schuldig.

Nach dem Telefonat rief Stengelmann bei Häuser an und fragte diesen, ob er wisse, wie viele Geldautomaten in Köln stünden, und zwar in erster Linie von der Bank, zu der das Geld überwiesen werden solle. Häuser wusste, dass die aktuellen Standorte auf der Internetseite www.geldautomaten-koeln.de aufgelistet waren, und schaute sofort nach.

„53 Stück, wenn die Zahl und Standorte hier richtig sind. Allein bei dieser Bank.“

„Das sind ein paar zu viel“, schnaufte Stengelmann in den Hörer.

„Hattest du etwa vor, sämtliche Automaten observieren zu lassen?“, fragte Häuser spöttisch.

„Ich habe daran gedacht, ja!“

„So was kannst du vielleicht im Ländlichen versuchen, aber in Köln?!“

„Ist ja schon gut, ich hab es verstanden.“

„Und selbst bei nur wenigen Automaten wäre eine Observation nahezu aussichtslos, Eddi.“

„Wieso?“

„Ganz einfach! Wir kennen den Zeitplan der Erpresser nicht. Die können auf Zeit spielen. Wenn die nicht blöd sind – und ich glaube einfach nicht, dass sie das sind – dann wissen die um unsere personellen Ressourcen. Die Unterbesetztheit der Polizei, die Überalterung der Kripo und und und… Wird doch ständig publiziert. Wir laufen der

Verbrechensentwicklung doch hinterher. Ich hoffe, dass sich die neuen Wege in der Kriminalitätsbekämpfung, so wie sie der *Bund Deutscher Kriminalbeamter* fordert, in naher Zukunft bemerkbar machen.

Jedenfalls kann sich zurzeit jeder Depp an fünf Fingern ausrechnen, dass die Polizei gar nicht in der Lage sein dürfte, permanent eine 24-Stunden-Überwachung, sieben Tage die Woche, 365 Tage im Jahr zu leisten. Allein für einen Geldautomaten bräuchten wir grob überschlagen 8-10 Leute. Viel Spaß also bei der Anforderung von über 500 Polizeikräften für einen einzigen Kriminalfall!", meinte Häuser sarkastisch. „Da erklärt dich sofort jeder für bekloppt und deine A16 kannst du mit so einem Ansinnen dann sicher auch vergessen."

„Häuser! Du bist echt manchmal ein Arsch, aber so kenne ich dich nun mal. Ich schätze es, dass du kein Blatt vor den Mund nimmst. Trotzdem müssen wir uns ein Konzept überlegen. Mir wird schlecht bei dem Gedanken, dass diese Verbrecher mit 75.000 € oder mehr einfach davonkommen. Das kann es nicht sein!"

„Meinst du etwa, dass mich dieser Gedanke glücklich macht? Jedenfalls traue ich diesem Ohrem immer noch nicht so richtig über den Weg. Ich habe noch mal recherchiert und festgestellt, dass der früher mal in Bocholt gewohnt und bei der Polizei dort eine Akte hat. Das ist zwar schon ewig her, aber trotzdem. Ich habe ein Ersuchen dorthin geschickt und warte quasi minütlich auf eine Antwort."

***

Kaum hatte Häuser den Hörer aufgelegt, klingelte es schon wieder. Offenbar hatte sich jemand in Rückruf gelegt. Am anderen Ende der Leitung meldete sich Gerd Hitpaß vom Kriminalkommissariat 21 in Bocholt. Er erklärte, dass ihm das Ersuchen auf den Tisch gelegt worden sei. Im Ergebnis wäre Ohrem zwar mal polizeilich in Erscheinung getreten, aber sein damaliger Kontrahent einer Körperverletzung hätte den Strafantrag zurückgenommen.

„So wie sich das liest, war das wohl ein Streit um eine Frau. Hat wohl geglaubt, dass die was von ihm wollte. Doof gelaufen."

„Okay, ich kann mir das zwar beim besten Willen nicht vorstellen, aber…" Häuser beendete den Satz nicht, sondern stieg auf Smalltalk um: „Ist das Wetter bei Euch auf'm platten Land auch so fies?"

„Hier könnte es nicht schöner sein. Heute Morgen war keine Wolke am Himmel. Grund genug für mich, das Auto stehen zu lassen und mit dem Rad die 13 Kilometer zur Dienststelle zu fahren. Nicht, dass ich ein Schönwetterradler bin, aber bei diesem Wetter macht es einfach mehr Spaß. Ich habe jetzt noch schlappe zwei Jahre bis zur Pensionierung und das hält fit."

„Für mich wäre das ja gar nichts. Hier in Köln grenzt Radfahren an Suizid. Nee, lass mal. Der einzige Sport den ich mache, ist Fußball gucken – FC Kölle. Mit mir als Fan steigen die auch dieses Jahr wieder auf."

„Oh, dann würden wir nie in einer Kurve stehen, denke ich."

„Wieso, welchem Verein drückst du die Daumen?"

„Der Fortuna. Ja, ich weiß. Ich als gebürtiger Westfale halte zu Düsseldorf, aber in der Tiefe meiner Seele..."

„Kollege, es war nett mit dir zu plaudern. Ich muss wieder, dieser Erpressungsfall pressiert. Danke fürs Auswerten." Sich mit einem Fortuna-Fan über Fußball zu unterhalten, ging Häuser zu weit. Für ihn gab es nur den Geißbock.

„Kein Problem. Ich widme mich dann mal wieder den Neueingängen der Todesermittlungsverfahren und Betrügereien. Das wird auch immer mehr."

Mittwoch, 30.01.

Andrea Kasupke hatte sich die halbe Nacht hin und her gewälzt. Schon vor dem Klingeln des Weckers war sie wach geworden. Ihr war ganz flau im Magen. Völlig schläfrig wollte sie sich noch einmal in ihre Decke einhüllen und bis zum Klingeln weiterschlafen, als aus dem flauen Gefühl ein starker Würgereiz wurde. Blitzschnell sprang sie aus dem Bett, hielt sich die Hand vor den Mund und hetzte zum Badezimmer. In letzter Sekunde schaffte sie es, den Toilettendeckel nach oben zu reißen. Sie stützte sich auf die Toilettenbrille, würgte und spuckte. Als alles vorbei war, spülte sie sich den Mund am Waschbecken aus und putzte sich die

Zähne. Mit zittrigen Beinen und einem unruhigen Gefühl ging sie zurück ins Schlafzimmer. Julian hatte von all dem nichts mitbekommen, seine Oropax saßen tief und fest.

Eine halbe Stunde später klingelte der Wecker. Nach Drücken der Schlummertaste drehte Andrea sich zu ihm herüber und weckte ihn sanft. Aneinandergeschmiegt warteten sie aufs nächste Klingeln.

„Ich glaube, ich bleibe besser heute zuhause. Mir ist total schlecht. Vorhin habe ich sogar gebrochen." Ihre Stimme klang schwach.

Julian schien nicht zu verstehen. „Was ist denn los? Ich hab gar nichts mitbekommen! Wieso hast du mich denn nicht geweckt?"

„Du hast tief und fest geschlafen, außerdem geht's grad wieder einigermaßen."

„Am besten gehst du gleich zum Arzt."

„Ach, ich bleibe erstmal liegen. Kannst du mich bei Ohrem für heute entschuldigen? Frag ihn bitte, ob ich für einen Tag unbedingt ein Attest brauche."

„Na klar, mache ich, mein Schatz."

Als er später im *Brutto*-Supermarkt im City-Center ankam, ging er als erstes zum Filialleiter und sagte ihm Bescheid. Danach schaute er alle fünf Minuten auf die Uhr, um kurz nach 09.00 Uhr seinen Kontostand zu überprüfen. Die Frist lief heute ab.

***

Ohrem überprüfte sein E-Mail-Konto. Es war bislang keine weitere Nachricht vom Erpresser eingegangen. Er hatte die vage Hoffnung, dass die halbe Summe von 75.000 € vielleicht doch genug war.

***

Julian Becker hatte sich im Lager an ein Regal gelehnt, als er den Kontostand abfragte: 75.000 €! Augenblicklich kochte er innerlich vor Wut. Er fühlte sich nicht ernst genommen und verarscht. *„75.000 €! Diese Arschlöcher! Die werden mich kennen lernen"*, sagte er sich. Als er Ohrems Stimme hörte, steckte er hastig das Handy ein.

„Julian? Bist du hier im Lager?"

„Ich bin hier hinten – bei den Sonderartikeln." Er musste sich zusammenreißen, um nicht vor Wut zu explodieren.

„Komm in den Laden, wir brauchen dich da. Die Sonderartikel können noch warten, die sind erst morgen im Verkauf."

***

Gegen 11.00 Uhr war Andrea Kasupke aufgestanden. Nachdem sie ein wenig gegessen hatte, fühlte sie sich gleich viel besser. Da sie mit ihrer Mutter schon länger nicht mehr gesprochen hatte, wählte sie deren Rufnummer. Freudig erzählte sie ihr alles über Julian, dass sie frisch verliebt und glücklich sei. Als sie auf die Frage, warum sie denn zuhause und nicht auf der Arbeit sei, vom heutigen Vormittag erzählte, rief ihre Mutter spontan, dass sie bestimmt schwanger sei. Andrea wiegelte ab und meinte, dass dies eigentlich nicht sein könnte, sie hätten schließlich aufgepasst. Ihre Mutter blieb bei ihrer Meinung.

Nach dem Gespräch schaltete sie ihren Laptop ein und wunderte sich über das „komische" Bild. Ihr Blick fiel auf Punkt 5 des angezeigten Textes – der Erpressungs-Mail an Herbert Ohrems Firmenaccount:

5. Sollte die Polizei versuchen, unseren Standort, von wo aus wir die E-Mail versandt haben, zu ermitteln und es tatsächlich gelingen, diesen festzustellen, bedenken Sie, dass Sie es dann nicht mehr verhindern können, dass meine Partner in mindestens 15 Brutto-Filialen Lebensmittel vergiften werden.

Entsetzt las sie die Nachricht zweimal, dreimal, viermal. Sie wollte nicht glauben, was sie da sah. Und ihr war klar, dass das nur eine einzige Person geschrieben haben konnte. Sie wählte Julian Beckers Mobilfunknummer.

***

Westhoven blätterte bei einer Tasse Kaffee und einem Schokoriegel zur selben Zeit in der neuesten Ausgabe der IT-Kompakt. Das LZPD kündigte in seinem Informationsblatt neben einem neuen Betriebssystem auch gleich ein neues Vorgangsbearbeitungsprogramm an, dessen Name an den ersten deutschen Musiksender erinnerte: Es hieß „ViVA“. [7]

Westhoven, der schon immer mit Computertechnik auf Kriegsfuß gestanden hatte, hatte zwar schon von Windows 8 gehört, aber als er jetzt schwarz auf weiß sah, dass schon die Oberfläche mit den Kacheln völlig anders aussah, war er wenig begeistert. Allein schon, dass unten links das Startmenü verschwunden war, fand er unnötig.

Zwar stand in dem Infoblatt, dass sich langjährige Nutzer des bisherigen Windows-Systems schnell mit den Windows 8-Kacheln zurechtfinden würden, aber davon fühlte er sich keineswegs angesprochen.

Hatte er sich schon mit dem bisherigen Vorgangsbearbeitungsprogramm nicht anfreunden können, so schienen ihm die Möglichkeiten mit ViVA wie gleich ein Dutzend böhmischer Dörfer. So würde man in naher Zukunft das Programm mobil nutzen und Tatortaufnahmen direkt verarbeiten können. Am besten gefiel ihm, dass er künftig nicht mehr zur Datenstation gehen müsste und gleich am Computer alles nachlesen könnte, was die Polizei über kriminelle Personen gespeichert hatte.

Als Dember hereinkam und Westhoven ihm von dem Programm erzählen wollte, winkte dieser nur ab. Er habe schon alles darüber gelesen und könne es kaum erwarten, dass ViVA bald in den Echtbetrieb gehen würde.

***

Julian Becker war nervös. Andrea hatte ihm nichts von der E-Mail gesagt, aber ihn gebeten, sofort zu ihr zu kommen, da sie sich immer schlechter fühle. Sie hätte unglaubliches Herzrasen. Er hatte sich bei Ohrem noch das Einverständnis eingeholt, die Arbeit beenden zu dürfen. Ohrem drängte ihn geradezu zum Gehen, saß ihm doch immer noch der Tod von Beate Kuckelke im Nacken, die offenbar an einer leichten grippalen Infektion gestorben war.

Gegen 12.00 Uhr öffnete Julian die Wohnungstür und ging hinein.

---

7 Verfahren zur integrierten Vorgangsbearbeitung und Auskunft

Andrea saß mit einer Tasse Kaffee am Küchentisch und starrte ihn an. Er spürte, dass irgendetwas nicht stimmte. Zögernd fragte er: „Was ist los, mein Schatz? Du siehst ja aus, als wenn du dem Tod persönlich begegnet wärst, ey!“

Andrea antwortete nicht, trank noch einen Schluck Kaffee und blickte ihn über den Tassenrand hinweg wie versteinert an.

„Jetzt sag schon! Was ist los?“

Wortlos bückte sie sich, holte den Laptop aus der Tasche, die sie neben sich auf den Boden gestellt hatte, und warf ihn auf den Tisch. Noch immer sagte sie nichts.

„Ey, was soll das denn jetzt? Andrea, Schatz! Was ist los?“

Sie öffnete das Gerät. Auf dem Bildschirm war die E-Mail zu lesen, die mit den Worten begann, dass man die Nachricht ernst nehmen sollte. Julian lief es eiskalt über den Rücken. Hatte er in der Eile etwa nicht richtig den Ausschalter gedrückt, sondern den Laptop nur auf Stand-by gestellt? Krampfhaft dachte er nach und versuchte sich zu erinnern. Ja, so musste es gewesen sein. Und als Andrea den Computer einschaltete, war automatisch das letzte Bild erschienen: sein letztes Erpresserschreiben...

Julian schluckte nervös, seine Hände waren eiskalt. „Schatz, es ist nicht so, wie du denkst. Ich kann das erklären.“

Andrea knallte mit Wucht den Laptop zu. „Was ist das denn für eine Scheiße?! Das warst du? Und mit meinem Laptop! Ich hab dir vertraut und nun so was!“

„Ey, Baby, ich hab das für uns getan, für dich! Du kannst dir von dem Geld alles kaufen, was du willst. Wir könnten ein paar Wochen verreisen. Endlich mal raus hier. Tun, was wir wollen!“

Andrea starrte ihn fassungslos an. „Für mich?! Für uns?! Du bist ein Krimineller und ziehst mich da mit rein?!“

Wie von Sinnen schüttelte er den Kopf und hob abwehrend die Hände. „Nein, nein, nein! Du siehst das total falsch! Ich will nur endlich auch mal kriegen, was mir zusteht! Anerkennung und Geld...Macht!“ Zitternd ballte er die Fäuste.

„Kriminell sind wohl eher all die, die mir mein Leben zur Hölle gemacht haben! Mein ganzes Leben wurde ich von diesen Schweinen nur gehänselt, verhöhnt, ausgelacht, verprügelt. Such dir was aus, die

Reihenfolge hat ständig gewechselt." Er hielt schwer atmend inne und schaute wirr um sich. Andrea schaute ihn verständnislos an. Er ließ sich auf die Couch fallen, sprang aber sofort wieder auf und begann, ruhelos hin- und her zu laufen.

„Ich war gerade neun geworden, als mein Vater an einem Herzinfarkt gestorben ist. Da brach die Hölle richtig los! Er war der einzige Mensch, der mich jemals geliebt hat. Meiner Mutter war ich einfach nur lästig, die hat sich nicht um mich gekümmert, sondern sich lieber rumgetrieben. Keine zwei Wochen nach seiner Beerdigung hat sie sich jeden Tag irgendwelche Kerle, die sie bei ihren Sauftouren kennengelernt hatte, in unsere versiffte Bude geholt. Ein Saufgelage nach dem anderen! Mich hat sie dann in mein Zimmer eingesperrt, ich sollte Fernsehen gucken." Julian Becker redete sich immer mehr in Rage. „Und dann hörte ich, wie meine versoffene, verfickte Drecksmutter sich abwechselnd von mehreren Kerlen durchvögeln ließ!" Angeekelt spuckte er aus. „Diese alte Schnapsdrossel. Ließ sich von den Kerlen mit billigem Fusel abfüllen und die steckten dann ihre Schwänze in sie rein oder ließen sich einen blasen. Mir kommt heute noch die Kotze hoch, wenn ich daran denke! Mein Gott, was hat sie sich nur dabei gedacht…ich war erst neun!" Seine Stimme erstarb in einem zornigen Schluchzen. Andrea stand hilflos daneben und wagte kaum, sich zu rühren. Julian wischte sich mit der Hand über die Augen. „Als sie zwei Jahre später gestorben ist, hab ich ihr keine Träne nachgeweint. Endlich war ich erlöst. Ich kam in eine Pflegefamilie, die war total nett. Ab da wurden auch meine Noten in der Schule wieder besser. Aber damit ging's wieder los: ‚Strebersau' hieß es von den anderen, ‚Pickelfresse', ‚Häng dich doch auf' und und und… Wie sollte ich denn damit klarkommen? Also schlug ich denen die Fresse ein, bekam selbst eins in die Schnauze und flog von einer Schule nach der anderen." Julian drehte sich zu Andrea und starrte sie verzweifelt an. „Nie hat mich einer ernst genommen. Ich hatte keine Freunde. Aber meine Pflegeeltern haben mir einen Computer geschenkt. Und mit dem konnte ich endlich mal was reißen! Ich kam dann von der Schule immer sofort nach Hause, hab mich in meinem Zimmer vergraben und Computerzeitschriften aufgesaugt. Das war mein Ding! Das einzige, wo ich mal richtig gut war! Aber die Mädels – diese Schlampen haben mich natürlich als Nerd abgestempelt." Julian machte einen Schritt auf Andrea zu und streckte die Arme nach ihr aus. „Andrea, du bist die erste Frau für mich! Ich brauche dich jetzt, bitte lass mich nicht hängen! Halte zu mir – B I T T E! Denk nichts Schlechtes über mich! Bitte!“

Er ging weiter auf sie zu und wollte sie in den Arm nehmen, aber sie wich ängstlich zurück, wehrte ihn mit erhobenen Armen ab. Sie stieß mit dem Rücken an die Spüle, neben der der Messerblock stand. Als Julian wieder versuchte, sich ihr zu nähern, zog sie hastig eins der Messer heraus und hielt es vor sich. Er sprang zurück. „Sachte, sachte! Was soll das denn jetzt? Tu bitte das Messer weg!“ Er machte noch einen Schritt zurück. „Es geht doch nur um 150.000 €. Das Geld zahlt doch eh die Versicherung. Mann, Andrea, das tut niemandem weh!“

„Und was ist mit den vergifteten Lebensmitteln? Was soll die Scheiße mit dem Gift? Bist du jetzt Chemiker oder was?“

„Das sollte dem Drecksack doch nur zeigen, dass ich es ernst meine. Verdammt! Ich wollte doch nie, dass jemand…“ Er verstummte, als er merkte, dass er sich verplappert hatte.

Andrea wurde immer hysterischer. Ihre Stimme klang nun eine Oktave höher. „Hast du irgendwas mit dem Tod von der Beate zu tun? Sag schon, hast du sie vergiftet?“

Julian Becker sackte in sich zusammen und fiel auf die Knie. Sein Blick war starr auf eine Ecke des Raumes gerichtet. Ohne Andrea anzusehen, antwortete er tonlos: „Das wollte ich nicht, es war ein Versehen. Dieser Scheiß Ohrem ist schuld!“ Er verstummte.

Andrea starrte ihn an. „Was erzählst du da? Was hat der damit zu tun, woran soll er schuld sein? Jetzt sag schon oder ich rufe die Polizei!“

Beim Wort Polizei zuckte Julian zusammen, als ob sie ihm einen Schlag ins Gesicht versetzt hätte. Das würde er auf keinen Fall zulassen. Seine Gedanken kreisten immer schneller. Die Polizei würde ihn stundenlang verhören, seine Wohnung durchsuchen, seinen Computer beschlagnahmen. Er wäre geliefert, würde ganz sicher verurteilt und für Jahre im Knast landen und von irgendeinem tätowierten Schwerverbrecher da drin die „Freundin“ werden müssen. Verzweifelt rappelte Julian sich auf. Er musste Andrea überzeugen, dass er das Richtige getan hatte!

„Der Fettsack hat wochenlang mein Schreiben einfach ignoriert und nicht ernst genommen. Da wollte ich ihm einen Denkzettel verpassen!

Ihm sollte kotzschlecht werden! Ich...ich hab an dem Morgen in der Teeküche zwei Macchiato aufgegossen. Einer davon sollte für Ohrem sein und zwar der, in den ich drei verschiedene Pflanzengifte reingerührt hatte. Mann, ich hatte doch nie vor, jemand umzubringen! Ich war doch nur an dem Geld interessiert, das hätte doch niemandem weh getan. So was zahlt doch die Versicherung. Aber dieser Fettsack hat so getan, als ob es sein Geld wäre. Und dann...dann ist plötzlich die Beate völlig durchgefroren in die Teeküche gekommen und hat sich genau *die* Tasse genommen, die für den Ohrem war!" Julian zitterte. „Sie...sie hat sich sogar noch mit 'nem Kuss auf die Wange bei mir bedankt." Tränen stiegen ihm in die Augen. Andrea schüttelte fassungslos den Kopf. „Warum hast du ihr die Tasse gelassen? Du hättest sagen können, dass du die schon für jemand anderen aufgegossen hast!"

„Was hätte ich denn machen sollen?", schrie Julian sie an. „Ihr sagen: ‚Du hör mal, nimm die mal lieber nicht. Die ist vergiftet'? Nee, die Gifte hab ich so dosiert und aufeinander abgestimmt, dass man davon ziemlich viele Reaktionen parallel kriegt, aber eben nicht davon stirbt, das hab ich doch extra nachgeguckt."

Andrea Kasupke schrie hysterisch: „Sie ist aber tot, du Arschloch! Du hast eine Frau auf dem Gewissen, deren kleiner Junge jetzt ohne sie aufwachsen muss!"

Er schrie zurück: „Ich kann nix dafür, wenn die sich den Macchiato einfach nimmt! Scheiße, Mann, ich wusste doch nicht, dass die so krank war an dem Morgen. Normalerweise wären die Gifte eigentlich nicht tödlich gewesen!"

„Für so ein Schwergewicht, wie es der Ohrem ist, vielleicht nicht!" Sie hielt plötzlich inne. „Aber...ich versteh das nicht...Du hast das Zeug doch auch getrunken, hast du gesagt, den Macchiato. Und du hattest doch solche Krämpfe, dass du ins Krankenhaus musstest...Hast du etwa...?"

Julian starrte sie mit einem wilden Blick an. „Was denkst du denn?! Plötzlich war die Beate tot und die Polizei kam angerauscht. Ich hab einfach Panik gekriegt, ey! Und da fiel mir ein, ich könnte ja so tun, als wär ich auch vergiftet. So würde keiner von denen auf mich kommen!"

Andrea schüttelte den Kopf. „Du musst dich stellen! Du musst der Polizei sagen, dass du das nicht gewollt hast, du..."

Julian sprang wütend auf und eilte auf sie zu. Mit Spucke vor dem Mund schrie er sie an: „Ich gehe nicht in den Knast! Niemals! Eher bin ich tot!“

Als er einen weiteren Schritt auf sie zukam, hielt sie ihm drohend die Messerspitze entgegen. Wie von Sinnen ließ sie die funkelnde Klinge in seine Richtung schnellen und versetzte ihm einen Schnitt an der rechten Hand, als er danach greifen wollte. Er zuckte zurück und sah, wie sein Blut auf den Fliesenboden tropfte. „Bist du jetzt bescheuert oder was?!“

Andrea Kasupke bekam mit einem Mal panische Angst. „Geh weg! Geh weg! Raus aus meiner Wohnung! Du bist ja total irre! Und mit so was bin ich zusammen.“

Ohne ihn aus den Augen zu lassen bewegte sie sich von ihm weg und stand jetzt genau auf der anderen Seite des Küchentisches. Julian Becker drehte sich langsam in die andere Richtung und registrierte im Augenwinkel, dass sie das Messer sinken ließ. Mit einem Satz schwang er sich über den Küchentisch und stieß mit voller Wucht beide Füße gegen Andreas Brust. Mit einem heftigen Schmerzensschrei wurde sie nach hinten geschleudert. Mit dem Hinterkopf schlug sie gegen einen der Oberschränke und fiel dann zu Boden. Sie landete direkt neben Julian, der ebenfalls unsanft auf den Fliesenboden geprallt war. Er jammerte über sein geprelltes Steißbein.

Für den Bruchteil einer Sekunde lagen beide nebeneinander auf dem kalten Fliesenboden, auf dem Julian mit seiner Handverletzung eine blutige Wischspur gezogen hatte. Er blickte in ihr angstverzerrtes Gesicht, stemmte sich mit den Armen hoch auf die Knie und beugte sich über sie.

Kapitel 9

Häuser rief gegen 12.15 Uhr bei Ohrem im Supermarkt an, um sich zu erkundigen, ob sich die Erpresser schon bei ihm gemeldet hätten.

„Nein, hier hat sich keiner mehr gemeldet."

Häuser reagierte mit einem knappen „Aha".

Ohrem fuhr fort: „Die Sache ist ja dann wohl hoffentlich endgültig erledigt. Offensichtlich reichen denen die 75.000 €. Haben wohl eher mit gar nichts gerechnet. Pah! Da ist die Hälfte doch mehr als genug. Zur Sicherheit haben wir aber für eine Woche mehrere ständig wechselnde Ladendetektive. Sollte hier also jemand versuchen, Produkte in den Laden zu schmuggeln und in die Regale zu stellen, dann wird derjenige sich aber wundern."

Häuser hatte von diesem selbstgerechten und überheblichen Filialleiter wirklich genug. Er hoffte, dass sich diese Erpressung tatsächlich erledigt hatte, aber er glaubte nicht daran. Aus seiner Sicht hatten die Täter überhaupt keinen Grund, jetzt aufzuhören. Es gab bislang nicht die geringste Spur zu ihnen.

„Ich gehe davon aus, dass Sie sich umgehend mit der Polizei, sprich mit mir, in Verbindung setzen, wenn sich doch noch jemand melden sollte?"

„Aber selbstverständlich, Herr Hauptkommissar." Ohrems Selbstgefälligkeit war nicht zu überbieten. Häuser legte den Hörer zurück auf den Apparat und zählte vor sich hin, um sich abzuregen: „21 – 22 – 23 ..."

***

Julian Becker legte wie ferngelenkt seine Hände um Andreas Hals und drückte zu. Im Todeskampf versuchte sie, mit aller Kraft die Umklammerung zu lösen, merkte aber, dass sie es nicht schaffen würde. Sie röchelte und schnappte nach Luft, bevor ihre Arme leblos neben ihrem Körper zu Boden fielen. Mit weit aufgerissenen Augen, den Kopf in Richtung Küchenzeile geneigt, blieb sie liegen.

Julian, der noch immer über ihr hockte, tropfte der Schweiß vom hochroten Kopf, schleimiger Speichel hatte einen Faden von seinem Mund bis auf ihren Oberkörper gezogen. Mit seiner linken Hand und dem Unterarm wischte er sich den Mund ab. Auf dem Hals der jungen Frau haftete frisches Blut – *sein* Blut. Beim ersten Hinsehen sah es so aus, als ob ihr jemand die Kehle durchschnitten hätte.

Als er aufgestanden war, drehte er den Wasserhahn an der Spüle auf und trank mehrere Schlucke. Mit seiner blutverschmierten Hand schlug er mehrfach auf die hölzerne Arbeitsplatte und fluchte hasserfüllt: „Scheiße, Scheiße, Scheiße!"

Als er sich nach wenigen Minuten wieder gefangen hatte und nachdachte, was er jetzt tun sollte, wurde ihm klar, dass er nun auf jeden Fall auch noch die restlichen 75.000 € für seine Flucht brauchen würde. Er wusste, dass nun jeder sofort auf ihn als Täter kommen würde, nachdem er Andrea Kasupke umgebracht hatte. Außerdem war überall sein Blut, und aus unzähligen Doku-Sendungen wusste er auch, dass er seine DNA niemals ganz beseitigen konnte.

Er griff nach dem Laptop und schrieb eine weitere E-Mail an Ohrem:

„Ihr Idioten glaubt wohl, dass ihr uns verarschen könnt. Entweder ihr zahlt die restliche Summe oder es wird euch am Ende mehr kosten als 150.000 €, ihr verdammten Pisser. Morgen ist das Geld auf dem Konto! Dies ist keine Warnung, sondern eine Drohung! Leute werden sterben und ihr könnt es nicht verhindern!"

Nach dem Versenden schlug er mit der Faust auf das Gerät ein, bis es kaputt war. Danach holte er eine ungeöffnete Packung Frischhaltefolie aus dem Vorratsschrank und wollte die Leiche darin einwickeln. In seiner Hektik schaffte er es nicht – die Folie verklebte immer wieder.

Bevor er die Wohnung verließ, sah er durch den Türspion und vergewisserte sich, dass niemand im Hausflur war. Das Geschrei hatte offenbar niemand gehört, die meisten Hausbewohner gingen einer geregelten Arbeit nach. Er zog die Tür hinter sich ins Schloss.

Schnurstracks machte er sich auf den Weg zum Geldautomaten. Die verletzte Hand, die er zuvor mit Küchenrollenpapier umwickelt hatte, versteckte er in der Hosentasche. Niemand sollte seine Wunde sehen. Er vergewisserte sich, dass keine Person in der Nähe war, die ebenfalls zum

Geldautomaten strebte. Die Karte fingerte er umständlich mit der linken Hand aus dem Portemonnaie und guckte dann noch mal hektisch in alle Richtungen. Bevor er die Karte in das Lesegerät schob und die Geheimzahl eintippte, verdeckte er sein Gesicht. Er wusste, dass gerade bei dieser Kontonummer ganz sicher Fotos vom Abholer gemacht würden.

Nach einiger Zeit hatte er nach zig Abhebevorgängen erst 15.000 € in der Tasche. Um nicht doch noch aufzufallen, beendete er sein Vorhaben und fuhr mit öffentlichen Verkehrsmitteln zu seiner Wohnung. Für seine Flucht wollte er noch schnell ein paar Sachen packen, um dann unterzutauchen und später das Land zu verlassen. Es würde nur eine Frage der Zeit sein, bis Andrea und auch er vermisst würden. Das Risiko einer Festnahme wollte er nicht eingehen. Keinesfalls würde er in den Knast gehen! Wenn es zu einem Festnahmeversuch kommen sollte, dann würde er dabei auf der Straße Nägel mit Köpfen machen. Es gäbe eine vorgezogene Gerichtsverhandlung mit sofortiger Vollstreckung! Dann hieß es entweder er oder die Polizei. Nur fehlte ihm dazu noch die richtige Waffe und leider auch das kriminelle Know-how, wo er eine illegale, scharfe Waffe kaufen könnte, ohne dass er gleichzeitig ausgeraubt würde.

***

Häusers Telefon klingelte. Es war die Rufnummer der Bank, bei der soeben 15.000 € der Beute abgehoben worden waren.

„Habe ich Sie eben richtig verstanden? Es sind nur 15.000 € abgehoben worden?“, fragte Häuser verdutzt.

„Ja, danach wurde die Aktion abgebrochen und bis jetzt auch an keinem anderen unserer Geldautomaten fortgesetzt. Wir behalten das im Auge!“

„Das ist prima. Wie sieht es denn mit Fotos aus? Gibt es brauchbare Bilder?“, wollte Häuser hoffnungsvoll wissen.

„Leider nein, Herr Häuser. Außer einer dunklen Kapuze sehen Sie gar nichts.“

„Auch nicht die Finger, Ringe, Narben oder sonst was markantes Auffälliges?“

„Tut mir leid, nein.“

„Gibt's denn vielleicht auf der Videoüberwachungsanlage der Bank was zu sehen?“

„Auch das habe ich zur Sicherheit überprüft. Aber weder vor noch nach den Transaktionen hat ein Kunde die Bank betreten. Und die Kameras sind nur auf den Innenraum der Bank eingestellt. Wir dürfen nicht filmen, was draußen geschieht. Datenschutz.“

Häuser dachte sich seinen Teil zu dem aus seiner Sicht völlig überzogenen Datenschutz, der nur allzu oft „Täterschutz“ war. Er hatte noch nie akzeptiert, dass sich alle Welt so gegen Videoüberwachung auf öffentlichen Plätzen sträubte. Wenn man nichts zu verbergen hatte...

„Vielen Dank. Bitte melden Sie sich, wenn wieder Geld von diesem Konto abgehoben wird. Vielleicht bekommen wir wenigstens eine Art Bewegungsbild konstruiert. Und bewahren Sie bitte weiter Stillschweigen über diese Angelegenheit.“

„Selbstverständlich.“

***

Kaum hatte er aufgelegt, meldete sich Herbert Ohrem und berichtete von der neuesten Mail. Sein Tonfall verriet, dass er ziemlich sauer war.

„Ich will nicht klugscheißen, Herr Ohrem, aber mit so was hatte ich ganz fest gerechnet.“

Häuser freute sich zwar keinesfalls über den Anruf, dafür aber darüber, dass ihn seine langjährige Erfahrung nicht im Stich gelassen hatte.

„Schön für Sie, Herr Kommissar. Wenn Sie soviel wissen, warum wissen Sie dann nicht, wer uns erpresst?“, fragte Ohrem vorwurfsvoll.

„Ich kann und werde Sie nicht über jeden unserer Ermittlungsschritte informieren, Herr Ohrem.“

„Was soll das heißen? Sie wissen also schon was, aber wollen es nicht sagen?“

„Wir ermitteln in alle Richtungen und mitunter dauert die Auswertung von Spuren und Hinweisen auch mal länger.“ Häuser hoffte insgeheim auf eine weitere Geldabhebung, etwaige Fotos oder Videoaufzeichnungen.

„Und was sollen wir als *Brutto*-Konzern nun machen?“

Häuser nahm sich einen Moment Zeit, bevor er antwortete: „Ich kann mich nicht daran erinnern, dass die Entscheidung, das Geld zu zahlen, im Vorfeld mit der Polizei diskutiert wurde. Jedenfalls hat Ihr Konzern doch selbstständig entschieden, die 75.000 € gegen jeden Rat zu überweisen. Oder habe ich da was falsch in Erinnerung?"

„Ihre gekränkte Eitelkeit bringt uns jetzt nicht weiter."

„Wissen Sie was, Herr Ohrem? Ich bespreche das mit dem zuständigen Staatsanwalt. Haben Sie sonst noch Sachdienliches beizutragen oder war es das?"

Ohrem sagte nichts.

„Das werte ich dann mal als ein klares Nein. Auf Wiederhören."

***

In Andrea Kasupkes Wohnung war es mucksmäuschenstill, als sie vorsichtig die Augen mehrfach auf- und zumachte. Durch das lange Aufreißen der Augenlider schmerzten ihre Augäpfel. Zum Schluss kniff sie die Augen fest zu, wartete einen Moment und sah sich dann – noch immer auf dem Boden liegend – um. Sie musste husten und konnte kaum richtig durchatmen. Ihr gesamter Halsbereich glich einem brennenden Schmelztiegel. Mühsam rappelte sie sich zunächst auf die Knie, um sich dann kraftlos an der Arbeitsplatte nach oben zu ziehen. Sie hatte überlebt!

Als ihr bewusst geworden war, dass Julian sie umbringen wollte, hatte sie sich tot gestellt und gehofft, dass er es nicht merken würde. Noch immer geschockt versuchte sie, ein paar Schluck Wasser zu trinken. Ihre trockene Mundhöhle wurde zwar hierdurch befeuchtet, aber das durch die Speiseröhre fließende Wasser glich einem Lavafluss. Ihr Hals fühlte sich dick und schwer an; ihr Brustkorb tat höllisch weh. Mit zittrigen Beinen wankte sie ins Bad und schaute in den Spiegel. Auf ihrem Hals sah sie die spärlich erkennbaren, aber charakteristischen sichelmondförmigen Eindruckspuren, die für das Einpressen der Fingernagelränder beim Würgen typisch sind. Unter stechenden Schmerzen schob sie ihr Oberteil hoch und sah das großflächige Einblutungsmuster eines Schuhsohlenabdrucks auf ihrem Brustkorb. Behutsam strich sie sich über die Rippen und ertastete am unteren Rippenbogen deutlich mehrere gebrochene. Das erschwerte ihre Atmung noch mehr.

Als sie wieder einigermaßen klare Gedanken fassen konnte, schleppte sie sich ins Wohnzimmer, griff nach ihrem Mobiltelefon und wählte die 110. Als der Anruf nach wenigen Sekunden angenommen wurde, konnte sie nicht sprechen. Aus ihrem Mund kamen nur krächzende Töne. Die Beamtin der Leitstelle hörte nur Sprachfetzen mehrerer Wörter: „... an...er...lte...ch...den“

Mehrfach fragte die Beamtin geduldig nach, bekam aber immer nur diese unverständlichen Laute zu hören. Andrea Kasupke war nicht in der Lage, sich zu artikulieren.

Da die Beamtin ahnte, dass hier jemand Hilfe benötigte, ließ sie anhand der Rufnummer den Standort und den Anschlussinhaber feststellen. Gleichzeitig versuchte sie, beruhigend auf die Anruferin einzuwirken und versicherte ihr, dass man alles versuchen werde. Sobald der Standort auf ihrem Bildschirm erschien, sagte sie: „Hören Sie! Wenn Sie Andrea Kasupke heißen, dann klopfen Sie bitte dreimal irgendwo gegen.“

Tock - tock - tock.

„Wenn Sie an Ihrer Wohnanschrift in Longerich sind, dann klopfen Sie noch mal dreimal.“

Tock - tock - tock.

„Benötigen Sie einen Rettungswagen?“

Ohne dass die Beamtin sie diesmal auffordern musste, klopfte Andrea dreimal hektisch hintereinander. Die Beamtin informierte gleichzeitig die Leitstelle der Feuerwehr und forderte einen Rettungswagen mit Notarzt an. Ebenfalls entsandte sie einen Streifenwagen der Polizeiinspektion 4 dorthin und gab die Nutzung der Sonder- und Wegerechte frei.

„Hilfe ist unterwegs! Ich bleibe so lange in der Leitung, bis der Notarzt oder meine Kollegen bei Ihnen sind.“

Tock - tock - tock. Die letzten drei Signale wurden von einem krächzenden „...ke“, das die Beamtin als „Danke“ deutete, unterstrichen.

***

Staatsanwalt Mangold hob schon nach dem ersten Klingeln den Hörer ab und meldete sich.

„Hallo, Herr Mangold. Hier ist Häuser vom KK 13. Es gibt Neuigkeiten in unserem Erpressungsfall beim *Brutto*.“

Häuser informierte den Dezernenten in wenigen Sätzen darüber, dass der *Brutto*-Konzern die Hälfte der geforderten Summe überwiesen habe, zwischenzeitlich 15.000 € am Geldautomaten im Kölner Norden im Stadtteil Longerich abgehoben worden seien und eine weitere Mail eingegangen war, die äußerst bedrohlich schien.

„Was meint dieser Filialleiter eigentlich, wer er ist?" Mangold war empört. „Meint der wirklich, er könne jetzt an der Justiz vorbei ein paar Schläger als Ladendetektive tarnen?"

„Noch ist ja nichts passiert, aber ich traue diesem Mann irgendwie alles zu. Was schlagen Sie vor, wie wir jetzt weiter vorgehen sollen?"

„So wie es aussieht, Herr Häuser, ist der *Brutto*-Konzern beratungsresistent. Ganz egal, wie dort die Entscheidung ausfallen wird, wir lassen uns davon nicht beeindrucken, sondern sind weiter an der Identifizierung und Festnahme der Erpresser interessiert. Notfalls müssen wir eben auch mal den Laden in Chorweiler verposten und observieren. Was meinen Sie?"

„Ich bin ganz Ihrer Meinung. Ich bespreche das gleich hier auf der Dienststelle. Mir schwebt da schon was vor. In Chorweiler haben die einen rührigen Einsatztrupp. Gegen eine kleine Observation haben die bestimmt nichts einzuwenden."

„Halten Sie mich bitte weiter auf dem Laufenden. Wenn Sie weitere Beschlüsse brauchen oder was weiß ich, zögern Sie bitte nicht, mich anzurufen."

***

Mit Blaulicht und Martinshorn raste der Streifenwagen über die Mercatorstraße, überquerte die Kreuzung an der Militärringstraße und kam letztlich mit quietschenden Reifen auf der Longericher Hauptstraße vor dem Haus zum Stillstand.

Bevor die junge Beamtin und ihr älterer Kollege aus dem Wagen sprangen und zur Haustür rannten, teilten sie der Leitstellenbeamtin mit, dass sie vor Ort seien. Sie drückten den Klingelknopf *A. Kasupke* und einen Moment später summte die Verriegelung des Schlosses. Der Beamte schob die Tür ganz auf und bugsierte mit dem rechten Fuß den auf dem Boden liegenden Holzkeil unter die Tür. In der Ferne konnte man die Sirenen der Rettungswagen hören.

Als die beiden die 3. Etage erreicht hatten, öffnete eine völlig verängstigte junge Frau mit zerzausten roten Haaren und angetrocknetem Blut am Hals die Tür und hielt ihnen das Telefon entgegen.

Der Beamte nahm es entgegen und sicherte eine alsbaldige Lagemeldung zu. Kurz darauf kamen die Rettungssanitäter, die Notärztin Dr. Hoffmann und deren Fahrer die Treppen hoch gerannt. Dr. Hoffmann fragte sofort, was passiert sei und Andrea Kasupke legte symbolisch die Hände an ihren Hals, ohne ihn jedoch zu berühren.

„Sind Sie gewürgt worden?"

Die Rothaarige nickte, während die junge Beamtin alle Informationen in ihr Notizheft schrieb.

„Waren Sie bewusstlos?"

Kopfschütteln.

„Können Sie nicht sprechen?"

Wieder erntete die Ärztin ein Kopfschütteln.

„Haben Sie sonst noch Verletzungen? Ist das Ihr Blut an Ihrem Hals?"

Andrea zeigte auf ihren Brustkorb und verneinte mit einem weiteren Kopfschütteln.

Die Notärztin bat den Polizeibeamten, sich umzudrehen und schaute sich sodann den Brustkorb an.

„Ach du meine Güte, das sind ja Schuhabdrücke auf der Haut!"

Andrea nickte zustimmend.

Die Beamtin fragte, ob sie wisse, wer das getan habe. Andrea signalisierte mit einer Handbewegung, dass sie etwas zum Schreiben brauchte. Sofort reichte ihr die junge Beamtin ihr Notizbuch. Mit zittrigen Fingern nahm Andrea den Kugelschreiber und fing an zu schreiben. Als sie fertig war, hielt sie das Geschriebene allen Anwesenden hin. In krakeliger Schrift stand da:

„Julian Becker hat versucht mich umzubringen. Ich muss dringend mit Kommissar Deimer von der Mordkommission sprechen. JB ist auch der Erpresser."

Die beiden Streifenbeamten konnten mit dem Hinweis auf eine Erpressung überhaupt nichts anfangen. Der ältere Beamte rief daher die Leitstelle an und gab die Informationen durch. Die Kollegin kannte einen

Heinz Dember beim KK 11 und fragte, ob der vielleicht gemeint sei. Einen Kommissar Deimer gäbe es definitiv dort nicht. Andrea Kasupke nickte wieder, als sie den Namen Dember hörte.

***

Heinz Dember war gerade dabei, einen Todesermittlungsvorgang für die Abgabe an die Staatsanwaltschaft zu vervollständigen, als sein Telefon klingelte.

„Was ist los?“ Dember hörte zu und traute seinen Ohren nicht. Er forderte Toni auf, mitzuhören, und drückte das Lautsprechersymbol auf dem Apparat. Die Kollegin am anderen Ende der Leitung berichtete, dass Julian Becker versucht habe, Andrea Kasupke umzubringen, und dass er der Erpresser sein sollte. Sofort hatte Dember das Gesicht dieses Milchbubis vor Augen, ebenso wie die kurvenreiche Oberweite der schmollmundigen Mittzwanzigerin. Er sagte zu, dass sich das KK 11 sofort darum kümmern würde, und gab der Beamtin auch gleich die vollständigen Daten des mutmaßlichen Täters, damit umgehend eine Personenfahndung eingeleitet werden konnte. Nach dem Gespräch eilten die beiden zu Westhoven.

Als sie sein Büro betraten, telefonierte er gerade mit Anne, den Hörer in der linken Hand, einen Schokoriegel in der rechten. Eigentlich fehlte ihm eine dritte Hand für die Tasse Kaffee. Dember bedeutete ihm, dass es sehr eilig sei und sie ihn dringend sprechen müssten, woraufhin Westhoven das Gespräch mit seiner Frau mit den Worten „Ich kann jetzt nicht mehr, ich melde mich!“ abwürgte.

Dember überschlug sich fast vor Elan. Entgegen seinen sonstigen Gepflogenheiten war er trotz des nun in die Ferne gerückten Feierabends voller Tatendrang. Mit wenigen Sätzen hatte er seinen Kommissionsleiter informiert.

„Heinz, du und Toni fahrt schon mal nach Longerich. Vergesst nicht, den Erkennungsdienst mitzunehmen. Sobald ihr dort seid, gebt ihr mir Bescheid.“

„Und was machst du?“ Dember schaute ihn ungläubig an.

„Was glaubst du wohl? Ich muss Stengelmann und Arndt darüber in Kenntnis setzen. Genau wie Klemens und Dagmar. Die wird das genauso brennend interessieren wie mich eben. Jetzt macht euch auf den Weg. Außerdem müssen wir von der Staatsanwaltschaft die Anordnung einholen, dass wir zumindest schon mal im Intranet ein Fahndungsfoto von Julian Becker einstellen dürfen."

***

Die Notärztin hatte entschieden, dass Andrea Kasupke auf jeden Fall im Krankenhaus auf nicht sichtbare Verletzungen untersucht werden müsse. Sie wollte unter anderem eine Verletzung des Zungenbeins ausschließen und ihre weitere Diagnose bestätigt wissen.

Infolge des Würgevorgangs am Hals waren ganz offensichtlich Nerven verletzt worden, wodurch höchstwahrscheinlich der Stimmverlust entstanden war. Niemand könne mit Gewissheit sagen, ob dieser Verlust nur Stunden oder mehrere Tage dauern würde. Im schlimmsten Fall wären die Stimmbänder mehrere Monate beeinträchtigt oder sogar dauerhaft beschädigt. Somit war ein schnelles operatives Eingreifen von höchster Priorität.

Noch bevor Heinz Dember und Toni Krogmann an der Wohnung eintrafen, wurde die junge Frau im Rettungswagen und mit Blaulicht und Martinshorn zum Heilig-Geist-Krankenhaus verbracht.

Der ältere Polizeibeamte in der Wohnung informierte die Leitstelle darüber. Toni setzte daher auf dem Weg zum Tatort ihren Kollegen am Krankenhaus ab und fuhr allein mit dem Erkennungsdienst zur Longericher Hauptstraße. Toni hatte das vorgeschlagen, weil Andrea Kasupke ja darauf bestanden hatte, mit Heinz Dember zu sprechen.

***

Nachdem im Präsidium alle notwendigen Personen informiert waren, rief Klemens Häuser bei Herbert Ohrem an und erkundigte sich, ob Julian Becker im Laden sei.

„Wieso fragen Sie jetzt nach dem Jungen? Sie glauben doch nicht etwa, dass…?"

„Herr Ohrem, ist er da oder nicht?"

„Nee! Der ist gegen Mittag weg, weil es seiner Freundin nicht so gut ging. Da habe ich ihm frei gegeben. Ist das jetzt verboten?!" Ohrem war mal wieder patzig.

„Es ist zwar nicht so eilig, aber haben Sie zufällig seine Handynummer?"

„Nein, tut mir leid. Ich kann Ihnen die Rufnummer von der Frau Kasupke geben, also seiner Freundin. Da dürfte er zurzeit sein."

„Ach so, danke! Die haben wir schon. Na, dann werde ich das mal versuchen."

Häuser legte auf und wandte sich dann an Westhoven: „Fehlanzeige! Der hat die Nummer nicht. Am besten soll Dember sofort die Kasupke fragen, wenn deren Untersuchung vorbei ist. Parallel dazu führe ich eine Telefoninhaberfeststellung durch. Mal sehen, was schneller geht. Wäre doch gelacht, wenn wir den nicht mit einer ‚stillen SMS' orten können."

„Meinst du wirklich, dass wir ihn tatsächlich mit einem Ortungsimpuls finden? Erst kürzlich habe ich noch eine Erklärung unseres Innenministers gegenüber der Presse gelesen, in der er sich für über eine Viertelmillion Ortungssignale gerechtfertigt hat. Angeblich sollen zum Teil hundert Signale an ein einziges Handy versandt worden sein, bevor es geortet werden konnte. Du weißt ja – ich bin bei diesen Technikdingen immer sehr skeptisch."

„Den Artikel habe ich zufällig auch gelesen. Den kann man aber so und so verstehen. Es ist natürlich absolut logisch, dass man mehrere ‚stille SMS' an ein Gerät senden muss, wenn das nicht in Betrieb ist. Das machst du halt so lang, bis es eingeschaltet ist. Das ist das ganze Geheimnis. Und außerdem finde ich, dass sich unser Minister gut verkauft und den tausendfachen Einsatz dieser Ortungsmaßnahme mit der Ergreifung flüchtiger Gewaltverbrecher und Vergewaltiger erläutert hat. Viel lästiger fand ich die kleine Anfrage im Landtag zur Funkzellenauswertung. Als ob die Ermittlungsbehörden das aus Spaß an der Freud machen würden! Wir sind schließlich nicht die NSA." Häuser zwinkerte Westhoven amüsiert zu.

***

Julian Becker hatte in seiner Wohnung das Nötigste für seine Flucht zusammengerafft. Die beiden Reisetaschen waren prall gefüllt. Es war für ihn nur eine Frage der Zeit, bis jemand Andreas Tod bemerken und man stante pede auf ihn kommen würde. Den Gedanken, noch mal zum *Brutto* zu gehen, verwarf er daher sofort. Von dort hätte er keine Chance, zu entkommen.

Gedanklich spielte er mehrere Szenarien durch. Er musste sich schnellstmöglich absetzen. Bloß wohin? Rüber nach Holland? Das lag schließlich am nächsten. Eine Alternative wäre Belgien. Er war damals mit seiner Klasse auf Exkursion in den Ardennen und im Hohen Venn gewesen, wobei er vom Bohlenweg abgekommen und ins Moor gefallen war. Seine Klassenkameraden hatten seinerzeit größte Mühe gehabt, den panisch schreienden Jungen aus dem verschlingenden Schlick herauszuziehen. „*Aber was soll ich eigentlich da?*" Er verwarf den Gedanken an sein zweites mögliches Fluchtziel.

Holland – die Nordsee – abschalten – runterkommen! Langsam, aber sicher nahm sein Fluchtplan Gestalt an. Er würde Köln den Rücken kehren und sich erst mal auf den Weg in die Niederlande machen.

Aber wie? Einen Wagen anmieten konnte er nicht. Schließlich musste man dafür Führerschein und Personalausweis vorlegen. Mit der Bahn wollte er auch nicht unbedingt fahren. Er zermarterte sich das Hirn, bis es ihm wie Schuppen von den Augen fiel. Warum hatte er nicht gleich daran gedacht? Seine Patentante Lisbeth Reinhardt hatte einen klapprigen alten Opel Astra, der zumeist in der Garage stand. Sie nutzte den Wagen kaum, da sie in Köln-Flittard wohnte und meistens mit der Straßenbahn fuhr. Außerdem hatte ihr Orientierungssinn in den letzten Jahren sehr nachgelassen. Mehr als einmal hatte sie im beschaulichen Flittard sämtliche Straßen abgesucht, bis sie endlich ihre Garage gefunden hatte.

Er machte sich auf den Weg in den nordöstlichen Kölner Stadtteil in der Nähe der Grenze zu Leverkusen. Lisbeth war über 67 Jahre alt und seit mehreren Jahren in Frührente. Sie zuhause anzutreffen würde also kein Problem sein.

***

„Mensch, ming leeve Jung, wat määst do dann he?", begrüßte sie ihren Neffen, wobei sie ihn mit ihren riesig wirkenden Augen durch die dicken

Glasbausteine ihres museumsreifen Kassengestells ansah.

„Hi, Tante, ich wollte doch mal sehen, wie's dir geht."

„Ja jot, leeve Jung. Käffchen?"

„Nee, ein anderes Mal, Tantchen. Ich hab's leider total eilig und muss dringend wohin. Deshalb wollte ich dich fragen, ob ich mir deinen Astra mal ausleihen kann."

Julians aufgesetztem, treudoofem Dackelblick konnte Lisbeth Reinhardt einfach nicht widerstehen. Wie gerne hätte sie einen Sohn wie Julian gehabt, aber leider hatte sie nie Kinder bekommen können.

„Die Kess es ävver am spenne, Jung. Do stemp jet nit met."

„Macht nix, Tantchen." *„Bis nach Holland wird's die Karre schon schaffen"*, dachte Julian Becker.

Bereitwillig händigte sie ihm die Fahrzeugpapiere und den Schlüssel für den Wagen aus. Dass seine Tante ihn wohl nicht wiedersehen würde, verschwieg er geflissentlich. Aber er würde ihr einen kleinen Teil seiner Beute zukommen lassen, damit sie sich davon ein anderes Auto kaufen könnte. Seine beiden Reisetaschen schmiss er hinter den Fahrersitz auf die Rückbank und fuhr los.

***

Als er gerade die erste der beiden neu installierten Radaranlagen auf der Leverkusener Autobahnbrücke passiert hatte, geschah es: Der Motor stotterte! Mit einem spürbaren Ruck kam der Astra zum Stehen. Wie von Sinnen drehte er mehrfach den Schlüssel im Zündschloss und versuchte, den Motor zu starten. Die Batterieleistung wurde aber immer schwächer. Fluchend schaltete Julian den Warnblinker ein und stieg aus. Mittlerweile war die Abenddämmerung schon eingetreten, bald würde es dunkel sein.

***

Dagmar Brand und Paul Westhoven waren zusammen mit einem Team von der Kriminalwache zur Wohnanschrift von Julian Becker in die Helenenwallstraße gefahren, während Häuser die administrativen Dinge erledigte und notfalls weitere Maßnahmen koordinieren würde. Edgar

Stengelmann war informiert und wollte bei jeglicher Lageänderung sofort verständigt werden.

Das Team der Kriminalwache schleppte die rund 20 kg schwere Stahlramme in die oberste Etage, nachdem sie von einem freundlichen Hausbewohner ins Treppenhaus gelassen worden waren. Westhoven hatte sich ihm gegenüber kurz ausgewiesen und ihn gebeten, wieder in seine Wohnung zu gehen. Ohne weitere Nachfragen hatte der Mann seine Wohnungstür wieder geschlossen und von innen hörbar die Kette vorgelegt.

Auf leisen Sohlen stellten sich die vier Kriminalbeamten wortlos unmittelbar rechts von der Wohnungstür auf. Dagmar Brand klebte ihren Kaugummi auf den Türspion und legte behutsam ihr Ohr auf das Türblatt. In der Wohnung herrschte absolute Stille. Auf ihr Zeichen packte einer der beiden kräftigen Kerle der Kriminalwache mit festem Griff die schwere Ramme und stellte sich vor die Tür. Mit einem kleinen Probeschwung in Richtung des Schlosses nahm er Maß, um im nächsten Moment den Stahlkoloss auf das Schloss prallen zu lassen. Der starke Aufprall hörte sich an wie ein Schuss.

Nachdem die Tür mit einem Ruck aufgeschwungen war, drangen alle vier nacheinander mit gezogenen Waffen und dabei laut „Polizei" rufend in die Wohnung ein. Blitzschnell war die kleine Wohnung unter Kontrolle. Julian Becker war nicht zuhause.

Dagmar Brand gab Häuser sofort die Lagemeldung durch, inklusive der Information, dass Julian Becker offenbar noch mal in der Wohnung gewesen sein musste. Da, wo ursprünglich wohl mal ein Laptop gestanden hatte, zeichneten sich dessen Umrisse im Staub ab. Auf dem Bett lagen durcheinandergeworfen einige Kleidungsstücke, die offenbar aussortiert worden waren und nicht mitgenommen werden konnten. Um Hinweise auf einen möglichen Aufenthaltsort zu ermitteln, durchsuchten die vier Beamten die Räume. Im Nachttisch fiel der Beamtin ein Buch über Pflanzengifte auf, in dem auf mehreren Seiten Haftnotizen klebten. Darunter lag ein abgegriffenes Diktiergerät. Dagmar Brand packte es sorgfältig in einen Plastikbeutel. „Bin ja mal gespannt, was die Alberti dazu sagt."

***

Zwischenzeitlich waren alle Polizeikräfte im PP Köln über den flüchtigen Julian Becker informiert. Auch kannte jeder Streifenwagen zumindest vage dessen Beschreibung. Niemand von der EG Chorweiler ging davon aus, dass der junge Mann in der Kürze der Zeit sein Äußeres komplett verändert haben könnte.

***

Julian Beckers Hände waren eiskalt vor Anspannung. Er war kurz davor, die Nerven zu verlieren. Da der Wagen nicht mehr ansprang, holte er seine beiden Taschen vom Rücksitz und wollte gerade die Leverkusener Brücke in Richtung Köln zu Fuß überqueren, als sich ihm ein Streifenwagen der Autobahnpolizei näherte und mit eingeschaltetem Blaulicht hinter dem Astra zum Stillstand kam. Er hatte in diesem Moment das Gefühl, dass ihm sein eigener Pulsschlag die Halsschlagader zerreißen würde. Jetzt musste er unbedingt cool bleiben und einfach einen verärgerten Autofahrer mimen.

Die beiden Beamtinnen stiegen aus, kamen auf ihn zu und fragten, ob sie ihm helfen könnten. Sie hätten eine Meldung bekommen, dass ein Auto mitten auf der Brücke liegen geblieben und keine entsprechende Sicherung erfolgt sei. Dies hätten sie ebenfalls festgestellt. Er wurde aufgefordert, Ausweis und Fahrzeugschein auszuhändigen. Die blondhaarige kleinere Beamtin nahm die Papiere entgegen, ging damit zum Streifenwagen und setzte sich hinein. Die kräftigere Beamtin ließ ihn nicht aus den Augen.

„Was haben Sie eigentlich in den beiden Taschen?"

„Dreckige Wäsche. Ja, dreckige Wäsche. Ich war auf dem Weg zu meiner Mutter, um ihr die zum Waschen zu bringen. Wissen Sie, ich habe leider keine Waschmaschine." Die Beamtin gab sich mit dieser Antwort zufrieden, denn sie wusste ja zu diesem Zeitpunkt noch nicht, um wen es sich bei dem jungen Mann handelte.

„Ja, kenne ich. Ich war früher auch immer froh, solange es das ‚Hotel Mama' noch gab." Sie grinste ihn an. Sein unscheinbares Äußeres gefiel der stämmigen Beamtin. Ihre ursprüngliche Wachsamkeit ließ ein bisschen nach und so bekam sie auch nicht die Mimik und Gestik ihrer Kollegin mit, als diese das Ergebnis der Fahndungsabfrage erfuhr.

Julian, der jedoch die Beamtin im Wagen nicht eine Sekunde aus den Augen gelassen hatte, ahnte, was jetzt passieren würde, als diese die Tür öffnete, ausstieg und schrie: „Das ist Julian Becker, der wird gesucht!“ Hektisch zog sie ihre Dienstwaffe und zeigte mit der Mündung in seine Richtung. Was dann geschah, spielte sich wie im Zeitraffer ab.

***

Dember hatte sich aus dem Krankenhaus gemeldet und Häuser die Handynummer von Julian Becker mitgeteilt. Andrea Kasupke hatte sie ihm aufgeschrieben. Die attraktive Rothaarige tat ihm sehr leid. Erst hatte sie etwas mit diesem Peter Kuckelke und dann wurde sie fast von einem psychopathischen Erpresser umgebracht.

Nachdem Häuser die Ortung veranlasst hatte, bekam er schnell das Ergebnis. Angeblich befand sich das Handy zwischen Köln und Leverkusen auf dem Rhein.

„Wie jetzt? Auf dem Rhein? Was soll das denn heißen?“

Einige Momente später wurde ergänzt, dass sich das Handysignal nicht mehr bewege und Julian Becker sich höchstwahrscheinlich auf der Leverkusener Autobahnbrücke befinden musste. Sofort rief Häuser die Leitstelle an und war total perplex, als ihm gesagt wurde, dass dort zeitgleich die Überprüfung eines Julian Becker auf der Brücke durchgeführt werde. Er sei mit dem Wagen liegen geblieben. Adrenalin schoss durch Häusers Adern. Aufgeregt wählte er Westhovens Rufnummer.

***

Julian Becker überkletterte blitzschnell die hohe Fahrbahnbegrenzung und landete auf dem parallel verlaufenden Radweg. Die gewichtige Beamtin versuchte, ihm zu folgen, schaffte es aber nicht, sich über die Brüstung zu stemmen. Ächzend blieb sie auf der anderen Seite zurück.

Bevor die andere Beamtin ihre Waffe wieder ins Holster zurückgesteckt hatte, stand Julian schon mit einem Fuß auf dem Außengeländer der Brücke. Er drehte sich noch mal in Richtung der Beamtinnen. „Versucht doch, mir zu folgen, wenn ihr euch traut!“

Im nächsten Moment stieß er sich mit dem anderen Bein vom Boden ab und war nicht mehr zu sehen. Sekundenbruchteile später klatschte sein Körper ins eiskalte Wasser des Rheins und wurde unsanft von der Strömung mitgerissen. Mit hektischen Schwimmbewegungen versuchte er, Richtung Ufer zu kommen. Seine schwere Winterkleidung saugte sich rasend schnell mit Wasser voll. Durch das immer schwerer werdende Gewicht wurde er immer wieder mit dem Kopf unter Wasser gezogen. Die Eiseskälte des Wassers und die Kraft des Stroms taten ihr Übriges. Seine Schwimmbewegungen wurden immer langsamer, seine Kräfte schwanden mehr und mehr.

Die blonde Beamtin rannte zum Streifenwagen und drückte die Notruftaste. Sofort bekam sie die Order zu sprechen. Noch unter dem Eindruck des Sprungs des Flüchtenden meldete sie mit kreischender Stimme, dass Julian Becker in den Rhein gesprungen sei. Die Wasserschutzpolizei müsse sofort verständigt werden, ebenso ein Hubschrauber.

Auf Nachfrage antwortete sie, dass Beckers Kopf zwar ab und zu noch mal zu sehen gewesen wäre, aufgrund der starken Dämmerung aber ein weiterer Sichtkontakt nicht mehr möglich sei. Sie selbst stünden mit eingeschaltetem Blaulicht neben dem Schild Kilometer 406,8.

***

Nach der Anforderung eines Hubschraubers und Verständigung der Wasserschutzpolizei rief der Leitstellenbeamte Häuser an und berichtete ihm von dem Sprung in den Rhein.

Häuser rief danach augenblicklich Westhoven an.

„Der ist was?“ Westhoven traute seinen Ohren nicht.

„Der ist den Rhein gesprungen, als die Kollegen ihn gerade festsetzen wollten.“

„Wie konnte denn das passieren?“

Häuser zuckte mit den Schultern. „Keine Ahnung. Mehr weiß ich auch nicht. Jedenfalls ist er gesprungen und erst mal weg.“

„Ui ui ui! Wenn der mal nicht zum Dauertaucher wird und bald die schwarzen Essensmarken braucht. Das kann echt nicht wahr sein! Erst letztens hatten wir noch den Versenkten in Vingst[8] und jetzt springt

8 „Vingstblüten im Herbst“ (4. Band der KRIMINAListenROMANE,

unser Tatverdächtiger freiwillig in den Rhein. Wie bescheuert muss man eigentlich sein?! Jedes Kind weiß doch, dass sich an den Kribben[9] gefährliche Strudel und Strömungen bilden. Gerade unterhalb der Leverkusener Brücke gibt es etliche davon." Westhoven schüttelte verständnislos den Kopf. „Wieso macht der das? Er konnte doch unmöglich wissen, dass er die Kasupke nicht getötet hat, und eigentlich konnte er auch nicht davon ausgehen, dass wir ihre potentielle Leiche schon gefunden haben."

„Tja, Paul, offenbar will der unter keinen Umständen in den Knast. Sollte er tatsächlich unser *Brutto*-Erpresser sein, erwarten den schließlich hierfür auch ein paar Jahre gesiebte Luft. Aber vielleicht ist er ja ein guter Schwimmer. Auf jeden Fall brauche ich mich um die Anordnung für eine Fahndung im Intranet wohl vorerst nicht mehr zu kümmern."

„Stimmt! Ich würde eine Wette eingehen, dass der früher oder später tot aus dem Wasser gefischt wird. Selbst geübte Schwimmer werden im Rhein durch die Strudel nach unten in den Tod gezogen, und in der Fahrrinne herrscht sowieso eine enorme Fließgeschwindigkeit, gegen die man nicht ankommen kann. Und selbst wenn Becker ein exzellenter Schwimmer sein sollte, besteht immer noch die Gefahr, dass er von einem Schiff überfahren wird. Wir dürfen also gespannt sein, wann und wo er anlandet, aber je nach Dauer wird er dann auch nicht mehr gut aussehen. Da hilft auch kein Fahndungsfoto oder sein Ausweis zur Identifizierung! Wasserleichen finde ich persönlich fast noch ekliger als fäulnisverweste Leichen. Noch dazu, wenn sie von Schiffsschrauben zerhackt oder mit Felsen in Kontakt geraten sind und die Fische schon an ihnen genagt haben."

***

Die beiden Beamtinnen der Autobahnpolizei standen noch immer fassungslos auf der Brücke und starrten aufs Wasser. Sie beruhigten sich

---

erschienen 10/2013 in der Edition Lempertz)

9 Kribben: ins Wasser ragende Steinbuhnen

gegenseitig, dass sie nichts dafür könnten, wenn jemand todesmutig von der Brücke in den Rhein springe, als der Funkspruch kam, dass die „Hummel" unterwegs sei. Ebenso sei die Wasserschutzpolizei aus beiden Richtungen auf dem Weg. Wenige Minuten später hörten die Beamtinnen das typische „Flap-flap-flap"-Geräusch eines herannahenden Hubschraubers. Die Besatzung hatte mit dem Alarmhubschrauber bei den zurzeit günstigen Windfaktoren die Flugstrecke von Düsseldorf nach Köln in rund zehn Minuten geschafft.

Während der Hubschrauber dicht über dem Wasser stand und es kreisförmig aufwirbelte, nahmen die Einsatzpiloten Funkkontakt zu den Beamtinnen am Boden auf, um weitere Informationen zu bekommen.

Nachdem die blonde Beamtin in wenigen Sätzen den Sachverhalt erklärt hatte, fragte sie, wie sie denn bei der einsetzenden Dunkelheit überhaupt noch was aus der Luft erkennen könnten. Immerhin sei der Fluss dunkel und Julian Becker trage keine Lampen am Körper.

Sie bekam als Antwort, dass beide Piloten den rund 3 kg schweren Pilotenhelm mit den sogenannten Bildverstärker-Brillen auf dem Kopf hätten. Mit den Brillen würden vorhandene Lichtquellen um den Faktor 125.000 verstärkt, so dass zumindest ein zweidimensionales grünes Bild entstehe. Zusätzlich käme die Wärmebildkamera zum Einsatz, die kleinste Temperaturunterschiede von 0,1° Celsius darstellen könne.

Die Beamtin meinte daraufhin, dass sie sich das überhaupt nicht vorstellen könne, wie man mit dieser Kamera jemanden im Rhein finden sollte, der nicht gerade mit hochrotem Kopf an der Oberfläche schwimmen würde.

Sie hatte mit ihrer Einschätzung recht. Einer der beiden Einsatzpiloten sagte dazu, dass das System leider nur die Oberflächentemperatur messen könne und es gerade bei im Wasser treibenden Personen geradezu unmöglich sei, da diese ständig untergehen würden. Aber man wolle nichts unversucht lassen. Daher schalte man auch stets den 1600 Watt starken Suchscheinwerfer unterstützend mit ein.

Nachdem die „Hummel" abgedreht hatte und flussabwärts die Suche fortsetzte, unterhielten sich die beiden Polizistinnen darüber, wie man bei der Polizei Pilot werden konnte. Die etwas korpulentere Kollegin hatte sich vor Jahren mal dafür interessiert und erzählte aus ihrer Erinnerung, dass sie schon wegen ihrer Kontaktlinsen im Vorfeld als Bewerberin ausgeschieden sei. Sie sei damals sehr frustriert gewesen, denn gerade in den Fachgebieten Mathematik, Physik, Chemie, Englisch und Geografie habe sie ausgezeichnete Noten vorweisen können. Ihr Traum von einer Karriere bei einer der beiden Flugeinsatzgruppen sei damals wie eine Seifenblase zerplatzt.

Die blonde Beamtin dachte sich allerdings ihren Teil zu den wahrscheinlich höchst sportlichen Anforderungen. Immerhin war ihre Kollegin noch nicht einmal über diese relativ niedrige Glasabsperrung gekommen....

***

Die Anhörung von Andrea Kasupke gestaltete sich für Dember sehr mühselig. Er konnte zwar seine Fragen stellen, aber sie war nicht in der Lage, zu sprechen. Jede Antwort musste sie aufschreiben, was bei Dember jeweils zu weiteren Fragen führte.

„Sie haben den Kollegen gesagt, dass Julian Becker auch der Erpresser sei. Was meinen Sie damit?" Dember konnte zu diesem Zeitpunkt nicht sicher sein, ob sich hier am Ende nicht nur zwei Täter gestritten hatten und Andrea Kasupke auch zu den Erpressern gehörte. Daher wollte er überhaupt kein Wissen preisgeben.

Die rothaarige Frau schrieb auf, dass Julian Becker von ihrem Laptop aus eine E-Mail an Herbert Ohrem geschickt habe und Geld erpressen wollte. Ansonsten würde er Lebensmittel vergiften und so weiter.

„Bevor Sie jetzt weiterreden, ähem, schreiben, weise ich Sie ausdrücklich darauf hin, dass Sie keine Angaben zu Dingen machen müssen, wo Sie sich der Gefahr aussetzen würden, dass Sie strafrechtlich verfolgt werden könnten. Sprich, wenn Sie was mit der Erpressung zu tun haben, dann brauchen Sie dazu nichts mehr zu sagen."

Augenblicklich kniff sie böse die Augen zusammen, schüttelte den Kopf und hob ihre Hände darüber. Sie griff hektisch zu Stift und Papier und schrieb die nächste Antwort auf. Sie habe mit der Sache NICHTS zu tun und Julian Becker habe ihren Laptop ohne ihr Wissen benutzt. Als sie ihn deswegen habe zur Rede stellen wollen, sei er durchgedreht und habe sie gewürgt. Um zu überleben, habe sie sich tot gestellt und gebetet, dass er darauf hereinfallen würde.

„Hat er denn irgendwas Konkretes zur Erpressung gesagt?"

Andrea Kasupke liefen augenblicklich Tränen über die Wangen. Dember verstand diese Reaktion überhaupt nicht.

„Warum müssen Sie wegen der Frage weinen?"

Nachdem sie wieder geschrieben hatte, drehte sie das Blatt und hielt es ihm hin. Der Ermittler staunte.

„Die Beate Kuckelke IST vergiftet worden? Mit welchem Gift? Warum?"

Wieder schrieb Andrea Kasupke.

„Eine Verwechslung? Eine gottverdammte Verwechslung? Eigentlich wollte er dem Ohrem eins auswischen, weil der nicht zahlen wollte?"

Durch das Nicken wippten die roten Haare auf und ab.

„Können Sie was zu dem Gift sagen?"

Sie schloss die Augen und schüttelte wiederholt den Kopf.

„Hören Sie, wenn Sie wieder sprechen können, müssen wir dieses Gespräch wiederholen."

Mit viel Mühe und unter Schmerzen brachte sie ein krächzendes „Ja" hervor.

„Ich bin jetzt weg. Gute Besserung und toi toi toi. Das wird schon wieder." Dember winkte noch mal, als er hinter sich die Tür schloss und eilig das Krankenhaus verließ.

Nachdem er Westhoven erreicht hatte, fühlte er sich aufgrund der Nachricht von Beckers Sprung irgendwie erleichtert. „Na, dann kostet das den Steuerzahler wenigstens nicht viel Geld. Ich fahre jetzt noch zur Wohnung von der Kasupke und guck, wie ich der Toni noch helfen kann. Jedenfalls müssen wir den Laptop schnellstens zum KK 35 bringen, damit die Festplatte gespiegelt wird und wir die Angaben überprüfen können."

Westhoven hakte nach: „Glaubst du, dass die Kasupke etwas mit der Erpressungsgeschichte zu tun hat?"

„Nee, ich glaube nicht. Aber ohne Gewähr, vielleicht liege ich ja mal wieder falsch mit meiner Einschätzung. Was machen wir denn jetzt hinsichtlich der Kuckelke? Den Fall müssen wir noch mal anpacken."

„Ich spreche mal mit Sarah darüber. Im Grunde haben wir nicht viele Möglichkeiten. Hoffen wir mal, dass die Klebezettel in dem Pflanzengiftbuch, das wir hier im Nachttisch gefunden haben, an der richtigen

Stelle klebten. Entweder die asservierten Sachen in der Rechtsmedizin reichen für eine weitere chemisch-toxikologische Untersuchung oder wir werden die Kuckelke exhumieren müssen. Eine andere Alternative sehe ich nicht. "

„Au weia! Hoffen wir, dass die Asservate dem Röser ausreichen, um das Gift nachzuweisen. Aber andererseits, wem nützt es, wenn der Arsch ersoffen ist?"

***

Toni Krogmann sah auf, als Dember die Wohnung betrat. „Und? Wie geht's der Kasupke? Konnte sie was sagen?"

„Sie schwebt nicht in Lebensgefahr, aber es wird wohl noch ein Weilchen dauern, bis sie wieder sprechen kann. Durchs Würgen ist wohl so 'ne Art Nervenlähmung eingetreten. Aber das ist nur physisch. Viel mehr Sorge habe ich, dass die sich nie wieder richtig erholen wird. Immerhin hat ihr Freund, dem sie vertraut hat, versucht, sie umzubringen. Das steckst du nicht so leicht weg. Das wird einige Sitzungen beim Psychologen geben. Wir müssen unserem Opferschützer Bescheid sagen, damit er sich um sie kümmert."

„Hey, Dember! Du kannst ja richtig mitfühlend sein. Ist ja eine ganz neue Seite an dir. Aber sag schon, was hast du erfahren?"

Dember überraschte Toni und die Kollegen des Erkennungsdienstes mit der Nachricht, dass Julian Becker in den Rhein gesprungen sei, und berichtete dann, dass dieser die Kasupke hatte erwürgen wollen, sie ihn mit einem Messer verletzt habe und er wohl tatsächlich der Erpresser in Sachen *Brutto* sei.

Nach einem Moment erwiderte Toni: „Na, bei dem würde ich gern die Leichenschau durchführen, wenn man ihn tot aus dem Wasser ziehen sollte. So ein Dreckschwein!"

„Habt ihr hier einen zerdepperten Laptop gefunden?"

„In der Küche. Der ist in der Tat regelrecht kaputt geschlagen."

„Auf dem werden wir dann zumindest die letzten beiden Erpressungsmails oder Hinweise auf diese finden. Häuser wird sich freuen, dass er den Fall damit abschließen kann. Die EG Chorweiler dürfte damit wohl beendet werden und WIR können uns ja dann geflissentlich MK Chorweiler nennen, oder doch besser MK Longerich? Ach, das überlassen wir wieder unserem kreativen Paul."

Toni schüttelte den Kopf. „In dieser Kommission arbeite ich sehr gern mit. Auch wenn mir der Gedanke nicht gefällt, dass sich der mutmaßliche Täter mit einem Sprung in den Rhein seiner Verantwortung entzogen hat."

***

Nachdem der Astra durch den Abschleppdienst endlich aufgeladen war und sich der Stau auf der A1 so bald auflösen könnte, schauten die beiden Beamtinnen vor ihrer Abfahrt in den Taschen nach, die Becker stehen gelassen hatte. Sie staunten, als sie in einer Socke ein zusammengerolltes Bündel Geldscheine fanden: 15.000 €.

Nach Rücksprache mit der Leitstelle brachten sie die Sachen zum KK 13 zu Klemens Häuser.

Dienstag, 04.02.

Die Vermisstenstelle des Kriminalkommissariates 62 erhielt am frühen Morgen die Nachricht aus Wesel, dass am Rheinufer vermutlich der Mann gefunden worden sei, der letzte Woche auf der Flucht vor der Polizei in den Rhein gesprungen war. Gäste aus dem in Ufernähe liegenden Hotel *Welcome* hatten die leblose Person am Rheinufer aufgefunden.

Eine Identifizierung sei aufgrund der schweren Verletzungen des Leichnams mittels Ausweispapieren jedoch nicht mehr möglich. Ebenso seien beide Hände derart beeinträchtigt, dass keine Fingerabdrücke mehr genommen werden könnten.

Da Westhoven schon im Vorfeld damit gerechnet hatte, dass so etwas passieren würde, waren in Beckers Wohnung DNA-Spurenträger gesichert worden, mit denen eine eindeutige Identifizierung möglich sein müsste. Unter anderem waren damals seine Zahnbürste und Haare als Vergleichsmaterial sichergestellt worden.

Freitag, 07.02.

Nachdem am 31. Januar im *Kölner Stadt-Anzeiger* und der *Kölner Rundschau* ausführlich darüber berichtet worden war, dass am späten Nachmittag des 30. Januar vor den Augen der Polizei ein Mann von der Autobahnbrücke Leverkusen in den Rhein gesprungen und verschwunden sei, berichtete heute die Zeitung erneut:

„***Wesel/Leverkusen.*** *Wie Polizei und Staatsanwaltschaft heute bekannt gaben, ist der Mann, der vergangene Woche vor den Augen zweier Beamtinnen die Glasabsperrung der Autobahnbrücke in Leverkusen überklettert hatte und in den Rhein gesprungen war, tot aufgefunden worden. Gäste des Hotels „Welcome" haben den leblosen, bis zur Unkenntlichkeit geschundenen Körper bereits am 04.02. am rund 90 Kilometer entfernten Weseler Rheinufer aufgefunden.*

Eine DNA-Untersuchung brachte nun die Gewissheit, dass es sich bei dem Toten um denselben jungen Mann handelt, der zuvor versucht hatte, seine Partnerin zu erwürgen. Wie aus Ermittlerkreisen weiter bekannt wurde, soll der Mann auch in eine Erpressung zum Nachteil des Brutto-Konzerns und in ein Tötungsdelikt zum Nachteil einer 29-jährigen Frau verwickelt gewesen sein. Hierzu wollten die Behörden jedoch noch keine näheren Angaben machen."

***

Kriminalinspektionsleiter Stengelmann hatte Westhoven und Häuser zu sich ins Büro gebeten.

„Kann mir jemand erklären, wie das hier an die Presse durchsickern konnte? Klemens, Herr Westhoven!" Wutschnaubend tippte Stengelmann wie wild mit dem Finger auf den Zeitungsartikel im Stadtanzeiger.

Von diesem Getippe genervt gab Häuser lapidar zur Antwort: „Eddi, das ist doch nicht das erste Mal, dass gerade die Polizeireporter immer wieder an Informationen gelangen, die noch nicht für die Öffentlichkeit bestimmt waren. Die haben doch ohne Ende Quellen, das ist doch ein alter Hut. Sonst wären die wohl kaum Polizeireporter."

Westhoven pflichtete ihm bei: „Das kommt doch in jeder MK vor, dass etwas in der Zeitung steht, was wir nicht lesen wollen. Wenigstens stehen in diesem Artikel hier keine Einzelheiten oder Täterwissen. Was sollen wir denn jetzt Ihrer Meinung nach tun? Den Journalisten befragen und uns lächerlich machen, weil er uns eh nur ein Wort sagen wird? ‚Quellenschutz'! Der wäre doch bescheuert, wenn er uns sagt, von wem er seine Information hat."

„Trotzdem. Die Story mit der Erpressung gefällt unserem Direktionsleiter überhaupt nicht, mir übrigens auch nicht."

Häuser ergriff wieder das Wort: „Jetzt reg dich mal wieder ab. Was ist schon so schlimm daran? Die Erpressung ist schließlich aufgeklärt. Niemand braucht Angst haben, dass er vergiftete Lebensmittel kauft. Besser konnte es doch nicht laufen. Ein geklärter Fall in der Statistik – juhu! Du weißt doch selbst, dass es keinen Zweifel mehr gibt, dass Julian Becker der Täter war. Und zwar Alleintäter! Wir brauchen also noch nicht mal mehr nach dem unbekannten Dritten oder sonst wem zu suchen. Der Fall ist abgeschlossen, das sieht Staatsanwalt Mangold übrigens genauso. Wir haben doch auf dem Laptop der Kasupke in den wiederhergestellten Daten die letzten E-Mails rekonstruieren können."

Westhoven ergänzte: „Und nicht nur das: Die erneute chemisch-toxikologische Untersuchung hat ergeben, dass Beate Kuckelke mit an Sicherheit grenzender Wahrscheinlichkeit von 99,99% an den Folgen des ‚Melaten Macchiato' verstorben ist. Sie hatte einfach unglaubliches Pech, dass sie so stark erkrankt war, denn die Pflanzengifte konnten bei dieser Konzentration zwar erhebliche Nebenwirkungen hervorrufen, waren aber für sich gesehen im Grunde nicht tödlich. Allein die Kombination mit ihrem stark geschwächten Immunsystem hat dann eben doch zum Tod geführt. Röser hat das in seinem Gutachten detailliert im üblichen Fachchinesisch erläutert."

„Und was ist mit der Kasupke, kann die mittlerweile wieder reden?" Stengelmanns Frage richtete sich an Westhoven.

„Toni und Heinz sind gestern bei ihr gewesen. Das Reden hat ihr offenbar noch Schmerzen bereitet, aber sie war tapfer. Wie wir schon wussten, wollte sie Julian Becker zur Rede stellen, weil sie die E-Mail auf ihrem Laptop gefunden hat. Er hat noch versucht, ihr zu erklären, warum er das alles getan hat. Das Typische halt: Minderwertigkeitsgefühle,

Geltungsbedürfnis, chronischer Geldmangel. Angeblich sei die Kuckelke nur ein Kollateralschaden gewesen und habe den vergifteten Macchiato aus Versehen getrunken. Bla bla bla. Leider endete die Diskussion aber darin, dass er seine Hände um ihren Hals gelegt und zugedrückt hat. Den Rest kennst du, bzw. kannst du ja noch nachlesen, wenn die Tonbandvernehmung abgetippt ist."

„Und was war das für ein Gift, wodurch die junge Frau gestorben ist? Das würde mich interessieren. Hat Röser das feststellen können?"

Westhoven nickte. „Ja, zum Glück für die Angehörigen wurde bei der Sektion genügend Untersuchungsmaterial sichergestellt und tiefgekühlt. Andernfalls hätten wir den Leichnam exhumieren müssen. Wir wissen alle, was das bedeutet und wie belastend das für die Familie geworden wäre. Unser guter Friedel Röser konnte anhand der Klebezettel in dem Buch über Pflanzengifte gezielt nach möglichen Giften suchen und deshalb schnell einen Mix aus mehreren Pflanzengiften nachweisen:

Maiglöckchen, so schön die auch sind, aber die haben wahrscheinlich, genau wie Engelstrompete, Herzprobleme bei Beate Kuckelke verursacht. Und Reste vom Blauen Eisenhut hat er auch noch gefunden. Allein davon sind schon 0,2 g toxisch."

Stengelmann nickte nachdenklich. „Wie sagte schon der alte Paracelsus: ‚*Alle Dinge sind Gift, und nichts ist ohne Gift; allein die Dosis macht's, dass ein Ding kein Gift sei.*'"

Epilog

Den jungen Eltern, Doris und Heinz Dember, stand an diesem 09. Februar das Wasser in den Augen, als ihr Sohn Leon das heilige Sakrament der Taufe empfangen sollte. Die Messe war bereits fortgeschritten und das messingfarbene Taufbecken der Tersteegen-Kirche in Köln-Dünnwald war von der Taufgesellschaft gemeinsam mit Bechern gefüllt worden. Der Liturgie folgend sprach der Pfarrer das Taufvotum, wobei er dem quirligen „Klein-Dember" die Hand auflegte: „Der barmherzige Gott stärke dich durch seinen Heiligen Geist. Er erhalte dich in der Gemeinde Jesu Christi und bewahre dich zum ewigen Leben." Dann folgte der Taufspruch, den die jungen Eltern ausgewählt hatten: „Ein Mensch sieht, was vor Augen ist; der HERR aber sieht das Herz an." (1. Samuel 16,7)

Als dann Toni die ersten Strophen von Klaus Hoffmanns „Jedes Kind braucht einen Engel" gesungen hatte, flossen nicht nur bei Westhoven ein paar Tränen. Er fühlte sich vom starken Gesang seiner Kollegin und dem Liedertext sehr berührt. Gleichzeitig dachte er sich, dass die anderen Gäste wohl kaum dazu in der Lage gewesen wären, dieses Lied gemeinsam so schön zu singen.

Auf der nachfolgenden Feier sprach Toni Heinz auf den Taufspruch an und fragte nach dem Grund für gerade diese Wahl. Doris, die neben ihm stand, kam ihm zuvor und erläuterte, dass dieser Vers in einer Geschichte stehe, die erzählt, wie David als der jüngste und unscheinbarste Sohn eines Hirten zum König von Israel gesalbt wird, obwohl seine starken und schönen Brüder sich äußerlich viel besser als Könige geeignet hätten. Aber die Wahl Gottes beruhe eben nicht auf Äußerlichkeiten, sondern auf einem Blick ins Herz – ins Innerste der Menschen.

***

Ulrike Kasupke stieg am Hauptbahnhof Köln aus und hielt Ausschau nach ihrer Schwester. Katrin Oehmchen wollte sie am Breslauer Platz abholen und mit ihr gemeinsam zum Heilig-Geist-Krankenhaus fahren. Auch wenn die schrille Taxifahrerin nicht viel für die Arbeitsmoral ihrer Halbschwester übrighatte – sie war dennoch ein Familienmensch, und Blut war bei ihr immer noch dicker als Wasser. Immerhin war ihre einzige Nichte nur knapp dem Tod entronnen. Da musste man eben zusammenhalten und andere Dinge in den Hintergrund drängen.

Die beiden ungleichen Halbschwestern fielen sich zur Begrüßung in die Arme. Ulrike Kasupke hatte Tränen in den Augen und bedauerte, dass man sich erst zu solch einem schlimmen Anlass wiedersähe. Katrin Oehmchen meinte in der ihr eigenen Art daraufhin, dass es immer noch besser sei, nun zum Krankenhaus und nicht zum Melatenfriedhof fahren zu müssen.

***

Herbert Ohrem hatte im Auftrag des Brutto-Konzerns die Staatsanwaltschaft Köln um die Herausgabe der sichergestellten 15.000 € ersucht, die in den Taschen von Julian Becker gefunden worden waren. Staatsanwalt Mangold hatte dies jedoch vorerst abgelehnt; erst müsse noch geklärt werden, ob es sich tatsächlich um einen Teil der Beute handelte. Erst danach würde er eine Entscheidung hinsichtlich der Rückgewinnungshilfe treffen. Schließlich wolle er sich auch gleich um die restliche Summe kümmern, die noch auf dem Bankkonto läge. Bislang hatte der Brutto-Konzern nämlich vergeblich versucht, bei der Bank die restlichen 60.000 € zurückzuordern. Dort hieß es nur lapidar, dass vorher noch einige formelle Dinge geklärt werden müssten. Außerdem bekam Ohrem Schweißausbrüche, wenn er an seine Einbestellung zur Konzernsicherheit dachte. Im Schreiben hieß es, dass seine „Rolle" hinterfragt werden sollte. Und er wusste sehr genau, dass er viele Vorgaben missachtet hatte.

***

Toni und Laura hatten es sich zuhause gemütlich gemacht und prosteten sich mit einem Glas Crémant Brut zu, bevor sie sich die Diashow der Fotos ihrer USA-Reise anschauten. Bei einigen Bildern lachten sie laut, bei anderen blickten sie sich verliebt in die Augen.

Außerdem freuten sie sich, dass sie nun zumindest am nächsten Donnerstag endlich mal wieder zum behördeneigenen Fitnesstraining „Fit für das Jahr" gehen könnten.

***

Ein paar Tage später erschien ein ellenlanger Artikel über die „Brutto-Erpressung" im Kölner Stadt-Anzeiger sowie eine Chronologie über die spektakulärsten, internationalen Fälle von Erpressungen seit 1994. Häuser saß in seinem Büro, trank eine Tasse Kaffee und sah sich die Auflistung interessiert an.

Der wohl bekannteste Fall in dem Bericht war „Dagobert", der seit Juni 1992 mit mehreren Bombenanschlägen auf den Kaufhausgiganten Karstadt versucht hatte, umgerechnet ca. 700.000 € zu erpressen. Nach einem jahrelangen Katz-und-Maus-Spiel mit der Polizei war er am 22. April 1994 festgenommen und durch ein Gericht verurteilt worden. Seit 2000 war „Dagobert" wieder auf freiem Fuß.

Lesenswert fand Häuser auch die ungelöste Erpressung 2004 in Frankreich, bei der Kriminelle Lebensmittelkonzerne damit erpresst hatten, Produkte zu vergiften, und eine Million gefordert hatten. Zu jener Zeit hatten rund 350 Polizisten sämtliche Postfilialen in Toulouse überwacht, weil sie hofften, dass sie die Versendung des nächsten Drohbriefs abfangen könnten. Häuser erinnerte sich wieder an die Idee von Stengelmann, dass man doch sämtliche Geldautomaten observieren könnte, und schüttelte erneut den Kopf.

Einerseits war der Ermittler froh darüber, dass die „Brutto-Erpressung" nun geklärt war, andererseits hätte er den Täter lieber zur Verantwortung gezogen und durch ein ordentliches Gericht verurteilt gesehen. Rund um die Person Julian Becker hatte er noch viele offene Fragen, die nun nie mehr beantwortet werden würden.

***

Da Julian Beckers Tante die Beerdigungskosten nicht aufbringen konnte, übernahm schließlich das Sozialamt die Kosten für eine anonyme Bestattung.

Niemand war an diesem eiskalten Morgen auf dem Nordfriedhof, der seit dem 18.05.1896 als „Entlastungsfriedhof" für den Melatenfriedhof diente, anwesend, als die Urne mit seiner Asche in der anonymen Urnengrabstätte beigesetzt wurde.

***

Anne und Paul lagen im Bett und sprachen über die schöne Tauffeier von Dembers Sohn, als Anne fragte: „Und was folgt als nächstes, mein Schatz? Welchen Fall wirst du nun übernehmen? Oder bewirbst du dich am Ende doch noch auf die Stelle eines Kommissariatsleitervertreters?" Sie erntete nur ein breites Grinsen.

„Schatz, ich weiß es nicht. Lassen wir uns überraschen!"

Danksagung

Wieder gilt mein Dank den treuen Leserinnen und Lesern, die mich zum Weiterschreiben veranlasst haben.

Ich danke meinem Kollegen „Häuser“ vom Kriminalkommissariat 13 für die fachliche Beratung sowie meinem Autorenkollegen Gereon A. Thelen. Er hat insbesondere die wörtlichen Reden der schnatternden Taxifahrerin Oehmchen ins Kölsche übersetzt. Außerdem bedanke ich mich bei meinem „Logik-Professor“ Mark Klobukowksi und ganz herzlich bei meinen Zitatengebern, die sich noch vor dem Lektorat mit dem Skript beschäftigt haben.

Außerdem danke ich meinen Kolleginnen und Kollegen für die authentischen „Steilvorlagen“ aus der täglichen Praxis.

Ganz besonders danke ich wie immer meiner lieben Frau, ohne die ich gar nicht mehr die Zeit hätte, mich der Schriftstellerei zu widmen. „Danke msghTuZPfiue.“ Natürlich gilt mein Dank auch meinen Kindern Simon und Alisa, die mir ebenso die Freiräume fürs Schreiben lassen.

B. Hatterscheidt

Weitere **Krimis** in der Edition Lempertz

ISBN: 978-3-941557-69-7 ISBN: 978-3-939284-14-7 ISBN: 978-3-939284-55-0

ISBN: 978-3-943883-17-6 ISBN: 978-3-943883-19-0

Olaf Schumacher

Der Kölsche Unterschied

52 Gründe, den Kölner zu lieben...
und den Düsseldorfer nicht.

Der Kölner ist anders und der Düsseldorfer ist ganz anders. Die beiden können nicht miteinander und sie wollen auch nicht miteinander. Wie das kommt und wo die unüberbrückbaren Unterschiede und Gegensätze dieser beiden Volksstämme liegen, sehen Sie hier an Beispielen wie Humor, Charakter, Karneval, Botoxkonsum, Luxus, Schwarzarbeit, Tierschutz, Gartenbau und vielem anderen ...

Format: 12 x 15 cm, Softcover, 112 Seiten,
ISBN: 978-3-943883-39-8
€ 7,99

Neu im Rheinland? Verwirrt und orientierungslos? Oder haben Sie schon immer hier gelebt und trotzdem Fragen zu Land und Leuten? Nicht mehr lange! Im Radio Bonn/Rhein-Sieg Quizbuch erfahren Sie alles, was Sie schon immer zu unserer Region wissen wollten: Was ist das Endenicher Ei? Wo wohnt das Bonner Brückenmännchen? Und was meint der Rheinländer, wenn er Sie zum „halven Hahn“ einlädt? Von Karneval bis zur Geschichte, vom Sprachkurs bis zum Bilderrätsel, unsere 100 Fragen werden Ihnen garantiert Spaß machen.

Neben Antworten liefert Ihnen das Radio Bonn/Rhein-Sieg Quizbuch viele Hintergrundinfos und Internettipps. Ob Neu-Rheinländer oder Alteingesessener: Wer sein Wissen erfolgreich getestet hat, dem winkt der Rheinland-Pass.

100 Fragen über das Radio Bonn/Rhein-Sieg-Land von Sven Jaworek,
Format: 13 x 20,5 cm, Softcover, 128 Seiten,
ISBN: 978-3-943883-14-5
€ 7,99